Zu diesem Buch

Der Duke of Connaught hat Unannehmlichkeiten mit seiner Behausung Balmoral. Schloßgeister gehören in Schottland zwar zum Ambiente in diesen Gemäuern, aber erschlagene Dienstmädchen sind eher ein Fall für die Polizei als für Spiritisten. So macht sich Superintendent Sholto Lestrade im Jahr 1903 auf den Weg in die Highlands, aber schon in einer Herberge in Edinburgh nimmt das Unheil seinen Lauf: Zimmer Nr. 12 geht in Flammen auf. Nur gut, daß Lestrade nicht abergläubisch war und in Nr. 13 übernachtete. Motorisiert mit einem Automobil Marke «Quadrant Twin Engine» und in der Begleitung des penetranten Alistair Sphagnum macht sich der unvergleichliche Inspector auf die letzte Wegstrecke nach Balmoral. Was ihn allerdings dort erwartet, übertrifft bei weitem jede Gruselgeschichte.

Sholto Lestrade ist die einzig wahre Alternative zum genialen Übermenschen Sherlock Holmes, schließlich mußte nicht nur er die aberwitzigsten Situationen im Laufe seiner Karriere überstehen.

«Lestrade wird dem Leser langsam und allmählich vertraut – mit seinen Schrullen, seinen Launen. Ein Charakter eben, einer, auf dessen nächste Fälle man schon gespannt ist.»

NDR

M. J. Trow

Lestrade und der Schloßgeist von Balmoral

Deutsch von Hans J. Schütz

Rowohlt

rororo thriller
Herausgegeben von Bernd Jost

Deutsche Erstausgabe
Veröffentlicht im Rowohlt Taschenbuch Verlag GmbH,
Reinbek bei Hamburg, März 1997

Die Originalausgabe erschien 1991 unter dem Titel
«Lestrade and the Gift of the Prince»
bei Constable & Company, London
Umschlaggestaltung: Walter Hellmann
(Umschlagfoto: Fred Dott)

Redaktion Peter M. Hetzel
Satz Sabon (Linotronic 500)
Gesamtherstellung Clausen & Bosse, Leck
Printed in Germany
1290-ISBN 3 499 43071 1

M. J. Trow, geboren in Rhondda Valley, behauptet von sich, daß er der einzige Waliser sei, der weder singen noch Rugby spielen könne. Er lebt mit seiner Familie in Havenstreet auf der Isle of Wight.
Die Romane um Sholto Lestrade erschienen unter dem Titel «Lestrade und die Reize der Mata Hari» (Nr. 2983 – vergriffen), «Lestrade und das Einmaleins des Todes» (Nr. 2990 – vergriffen) sowie «Lestrade und Jack the Ripper» (Nr. 2998), «Lestrade und das Rätsel des Skarabäus» (Nr. 3020) und «Lestrade und die Spiele des Todes» (Nr. 3034). In einem Band wurden nun die ersten drei Lestrade-Romane zusammengefaßt: «Lestrade und die *Struwwelpeter*-Morde», «Lestrade und der tasmanische Wolf» und «Lestrade und der Sarg von Sherlock Holmes» (Nr. 3194).

Und wer diese Heilkraft bestreiten will,
Lieg' lieber bei den Toten still.

John Dyer

1

In dieser Nacht setzte der Regen früh ein. Sie hörte ihm zu, wie er gegen die betropften Fenster von Windsor schlug und in die Gossen spritzte, die ihn umgebracht hatten. Aber nie würde sie das anerkennen. Niemals. Es war Bertie. Bertie, die Enttäuschung. Alle seine entsetzlichen kleinen Sünden. Auf der Schule von Curragh. In Cambridge. Das war es, das ihrem Liebling das Herz gebrochen hatte.
«Wirklich, Mama», hatte der Taugenichts gesagt, «ich werde alles für dich tun, was ich kann.» Und sie hatte ihn geküßt.
Aber das war vorher gewesen. Im Roten Salon, in den Phipps und Leiningen sie getragen hatten. Ihr *Liebchen* war gerade von ihr gegangen, und in den Ecken flüsterte eine schockierte Hofhaltung über das Hinscheiden von Albert, dem Guten. Jetzt, in den frühen Morgenstunden, nur den Dezemberregen zur Gesellschaft, hatte sie Zeit gehabt nachzudenken. Sie zwang sich, vom Sofa aufzustehen, allein. Sie blickte auf Doktor Watsons Gebräu aus Brandy und irgendeinem Schlafmittel. Sie konnte nicht schlafen. Sie war eine Witwe. Und eine Mutter. Und eine Königin. Und sie hatte sich plötzlich bei dem Wunsch ertappt, keine dieser Personen zu sein. Warum hatte nicht einer ihrer gräßlichen alten Onkel einen Jungen gezeugt, der an ihrer Stelle hätte regieren können? Dann hätten sie und Albert Hand in Hand entschlüpfen können, über die Schlüsselblumenwiesen von Osborne oder die Heide von Balmoral... Balmoral. Und der Geruch des Hochlandes zog durch die Luft.
«Madame.» Sie hörte hinter sich ein heiseres Hüsteln, und als sie sich umdrehte, erblickte sie den Kilt und die unteren Gliedmaßen des Ghillies ihres toten Gatten, des Büchsenspanners Brown, der wie eine Douglastanne in der Tür stand, das Licht in seinem Rücken.
«Brown», sagte sie unbewegt.

«Ich kam, als ich erfuhr, daß er krank sei», knurrte er und nahm die Schottenmütze mit dem wohlbekannten Büschel Fasanenfedern ab. «Mein Beileid, Madame.»
Sie ging durch den Raum zu ihm. Und sie standen lange Zeit da, die Königin und ihr Diener, und lauschten dem Regen.
«Halt mich fest, John», flüsterte sie.
Er streckte einen Arm in Tweed aus und zog sie sanft an seine Schulter, wiegte ihren prächtig frisierten Kopf und bettete ihn an seiner Schulter. Sie blickte zu dem Bartgestrüpp auf, das genauso aussah wie die Spanischen Reiter, welche diese schrecklichen Amerikaner für ihre Verschanzungen benutzten, und sog den Duft des Hochlands ein – den würzigen Atem der Heide, den Geruch der Täler, den Beigeschmack des Haggis.
«Oh, John», flüsterte sie.
«Ich weiß.» Er neigte sich, um ihren Scheitel zu küssen, dankbar, daß sie nicht ihr Diadem trug. In den vergangenen Monaten hatte er oft genug den Mund voller Rubine gehabt. «Ich möchte dir versichern», sagte er in dem breiten Schottisch, das er nur für sie benutzte, «daß der Tod deines Prinzen nichts ändert. Ich liebe dich jetzt genauso, wie ich dich immer geliebt habe und lieben werde.»
Sie blickte zu ihm auf, ihre Augen schwammen in Tränen. «Kann eine Frau zwei Männer lieben?» fragte sie ihn. Aber solche Dinge gingen über John Browns Horizont hinaus. Einmal hatte er von dieser Möglichkeit gelesen, in einem schmuddeligen Buchladen in London, aber er war ein Hochländer. Er teilte sein Bett mit niemandem. Damals das Schaf zählte nicht.
«Nein, Schatz», sagte er, «laß dir von seinem Heimgang nicht die Urteilskraft trüben.»
Sie schniefte mit der Heftigkeit eines Panzerschiffes und machte sich von ihm los. «Du hast recht», sagte sie. «Aber –» und die Stimme war wieder hart, gebieterisch – «kein Fünkchen von... uns... darf nach außen dringen. Der große und der kleine Pöbel dürfen, wie Mr. Peel zu sagen pflegt, nie davon erfahren.»
«Also wird dein Tagebuch, Vicky...»
«...kein Wort darüber enthalten. Ich will, ich muß die pflichtgetreue Gattin sein. Und die pflichtgetreue Witwe.»

Er nickte und kaute an seinem mächtigen Schnurrbart.
«Es wird eine Zeit kommen», sagte sie, «in der ich es sehr genau nehmen muß.» Sie wandte sich dem Fenster zu und sah durch dessen und ihre eigenen Tränen die Umrisse der Bäume im Park, deren Wipfel der Wintersturm schüttelte, der über die Royal Mile brauste, und in der Entfernung als dunklen Fleck ihren Großvater in Bronze, George III., der für immer ins Nirgendwo ritt.
«Ein ganzes Jahr Trauerkleidung», sagte sie. «Schwarz wie die Nacht. Ich werde diese Farbe für den Rest meiner Tage tragen.» Sie fuhr herum, als spürte sie das Grinsen in ihrem Rücken. «Und ich will nichts von Scheinheiligkeit hören, John Brown.» Ihre Augen schossen feurige Blitze, die Höflinge und ausländische Würdenträger in die Schranken gewiesen hatten. Mochte Gott Mr. Gladstone beistehen, falls das Unausdenkbare eintreten und er Premierminister werden sollte.
«Natürlich nicht, Madame», beteuerte Brown mit dem wissenden Gesichtsausdruck, den sie so gut kannte. «Nichts läge mir ferner als dieser Gedanke.»
«Ich liebte ihn wirklich... zu Anfang. Aber er veränderte sich. Er wurde rührselig. Egozentrisch. Ich kann nicht... *Wir* können nicht jemanden lieben, der so ist. Und außerdem waren seine Späße unerträglich. Er hatte keinen Sinn für Humor. Und Sie wissen, John Brown», sie war wieder Königin, «ich mag ein gesundes Lachen.»
«In der Tat, Madame», und als ein Mann, der auf den blitzblanken Fluren Balmorals ungezählte Bananenschalen ausgelegt hatte, wußte er das nur zu gut. «Sie wollen also nicht sehen, was ein Schotte unter seinem Kilt trägt?»
Sie blickte in das kräftige Gesicht, auf die stämmigen Beine. Ja, verdammt, sie würde den Ausdruck «Beine» wieder benutzen. Es war bloß Albert mit seinen teutonischen Verranntheiten, der auf schicklicher Ausdrucksweise beharrte. Und waren solche Umschreibungen nicht entsetzlich kleinbürgerlich? Er sagte tatsächlich «untere Gliedmaßen». Sie erschauerte und kämpfte innerlich mit der Sinnlichkeit, die ungeachtet ihrer neun Niederkünfte unter ihrer baumwollenen Oberfläche schwelte.

«Nicht heute nacht, John», sagte sie leise. «Es... wäre nicht recht.»
«Ja», seufzte er. «Nun, ich muß gehen. Oh, sagen Sie mir...» Er unterbrach seine Verbeugung. «Mein Elixier, das ich durch den Postjungen schickte. Es hat also nichts genutzt?»
Victoria von Gottes Gnaden blinzelte verständnislos. «Oh, nein», sagte sie, sich plötzlich daran erinnernd, «es stand schon zu schlecht um ihn.»
«Haben... äh... die Ärzte das Elixier erwähnt?»
«Nein.» Sie schüttelte den Kopf. «Ich denke, Doktor Watson hätte alles versucht, als es zu Ende ging. Aber er meinte, der Prinz habe vor ein paar Tagen ein bißchen munterer ausgesehen. Das war, als er dein Elixier verabreichte. Leider ging es danach mit dem lieben Albert zu Ende. Was war das übrigens?»
«Madame?» Brown war fast an der Tür.
«Ihr Elixier. Was war das?»
«Oh, eine heilkräftige Mischung, Madame. Nur ganz wenigen bekannt. Ein oder zwei Schlückchen davon würden Königin Anne wieder auf die Beine bringen. In gewissen Fällen.»
Sie nickte. «Wir danken Ihnen, John», sagte sie. «Wenn wir das nächste Mal in Balmoral sind...» Und sie lächelte ihn an.
Er zwinkerte ihr zu und verabschiedete sich von ihr.
Er tappte durch die stummen Flure, die von den unzuverlässigen Emissionen der Windsor-Gasgesellschaft sporadisch erhellt wurden. Für einen Mann seiner Größe bewegte er sich wie eine Katze, schlich durch die Flure, die er fast genausogut kannte wie die in Balmoral, und betrat den Raum.
Albert der Gute lag da in der Uniform eines Feldmarschalls, den samtglänzenden Umhang des Hosenbandordens um die Schultern gelegt. Brown betrachtete den Prinzen und bemerkte zum erstenmal, wie kahl dieser geworden war. Mit einem Zungenschnalzen blickte er in das wohlgeformte Gesicht, auf die teutonischen Züge, die blauen Lippen, die grauen Wangen.
«Nun», murmelte er, «wir werden zusammen keine Auerhähne mehr jagen...» Er beugte sich über den Körper. «Du scheinheiliger Halunke!»
Er warf einen Blick auf das Durcheinander auf dem Nachttisch.

Von der Hektik und dem Chaos des Tages unberührt, stand sie da, wie er gehofft hatte, die kleine Flasche mit der Aufschrift «Ein Geschenk aus dem Hochland». Er nahm sie in die Hand, roch vorsichtig daran, darauf bedacht, nicht zu tief einzuatmen. Rasch wich er zurück und stöpselte sie wieder zu.
«Aber, aber, Albert, mein Junge», sagte er, «ich weiß nicht, wie du dieses Zeug trinken kannst», und er beugte sich wieder über seinen Herrn. «Es ist gut, daß der Königliche Leibarzt keine Ahnung von Waldgeist hat, oder? Dieses Zeug würde aus dreißig Yards Entfernung Tapeten ablösen.»
Er drehte die Flasche herum und lächelte über die passende Schrift auf dem Etikett: «Bevor Du Gehst». Er stopfte sie in seine Felltasche, klopfte voller Stolz darauf, denn er wußte, daß sie die größte in Schottland war, und verließ das Mausoleum, das schon ein Heiligtum war. Der Weichlichkeit des Südens bereits überdrüssig, wollte er nach Norden gehen.

Die Uhr tickte mit einem betäubenden Schlag. Wenigstens kam es dem kleinen Jungen so vor, der vor dem riesigen Tisch stand. Er stand einem Mann von gewaltiger Körpergöße gegenüber, der ihn durch die dicken Gläser seines Kneifers finster anblickte.
«Ich möchte dir ein für allemal klarmachen, Master Lestrade», sagte der riesige Mann, «daß wir in dieser Lehranstalt für Söhne nicht ganz feiner Herrschaften ein solches Benehmen nicht dulden.»
«Nein, Sir», sagte der kleine Junge, den Blick starr nach vorn gerichtet, entschlossen, nicht zu weinen.
«Dein Vater ist bei der Polizei, nicht wahr?»
«Ja, Sir.»
«Und deine Mutter?»
Der kleine Junge runzelte die Stirn. «Nein, Sir, sie nicht.»
Trotz seines gewaltigen Leibesumfanges war Ranulph Poulson ein Athlet reinsten Wassers, wenn es um Kindesmißhandlung ging, und seine rechte Hand schoß vor und versetzte dem Polizistensohn eine kräftige Ohrfeige.

«Sei nicht respektlos mir gegenüber, Bürschchen», fauchte der Direktor. «Du vergißt, daß ich dein lateinisches Übungsbuch gesehen habe. Es ist nicht sehr erbaulich und veranlaßt mich zu der Annahme, daß aus dir nie und nimmer etwas werden wird. Wie alt bist du?»

«Sieben, Sir.»

«So, so. Und wenn du in irgendeiner fernen Zukunft acht werden willst, solltest du nicht jede Frage mit einer, wie die unteren Klassen sagen, Frechheit beantworten. Witz kann man es ja schlechterdings nicht nennen.» Er hielt in seiner Predigt inne und lehnte sich in seinem Sessel zurück. «Was ich meinte, war», sagte er, zog ein Taschentuch hervor, das er auf der Rotten Row im Hydepark aufgesammelt zu haben schien, und putzte damit seine Brille, «wie du wohl weißt, Lestrade, welcher Arbeit deine Mutter nachgeht.»

«Sie ist Wäscherin, Sir», sagte der kleine Junge.

Mr. Poulson ließ seine Brille fallen. «Du willst sagen, daß sie Wäsche annimmt?»

«Ja, Sir.»

«Anderer Leute Wäsche?»

«Ja, Sir.»

«Gütiger Gott.»

Jetzt war Poulson in der Zwickmühle. Mrs. Lestrade war eine Waschfrau. Er konnte sich lebhaft ihre roten Hände vorstellen und die Seifenlauge riechen. Ihn schauderte bei dem Gedanken an einen ewigen lebenslangen Montag, und er erfüllte ihn mit Grauen. Einige seiner Eltern waren Bankangestellte, Versicherungsvertreter, Korrektoren und orthopädische Schuster. Was war, wenn sie diese entsetzliche Wahrheit entdeckten? Andererseits war das Geld der Lestrades ebensogut wie das der anderen, und er hatte schließlich Unkosten. Andererseits war es ziemlich schlimm, daß Lestrades Vater Polizist war. Er wußte, daß es ein Fehler war, seiner Sekretärin, Miss Minute, zu erlauben, an seinem freien Tag Schüler aufzunehmen. Andererseits fehlte es ihm an Personal. Einen Augenblick spielte er mit dem Gedanken, sie herzuzitieren und zur Rechenschaft zu ziehen. «Kommen Sie her, Miss Minute», hätte er am liebsten gerufen. Doch er besann sich eines Besseren.

«Also, Lestrade», sagte er, als der Schock sich ein wenig gelegt hatte, «wenn ein hochgestellter Mann wie Mr. Mountfitchett dir befiehlt, der Königin Achtung zu erweisen und deine Hand an die Hose zu legen, was tust du dann?»
Schweigen.
«Was du nicht tun sollst, Lestrade, ist, diesen Befehl wörtlich zu nehmen. Er meinte offensichtlich», und er stand auf, um diesen Punkt zu unterstreichen, «daß du die Daumen an die äußere Naht deiner Beinkleider legen sollst. Er meinte nicht das –» und er erblaßte – «was du getan hast. Dazu noch in der Kapelle. Schwester Chippenham wurde ohnmächtig. Und sie hat eine medizinische Ausbildung.»
Poulson stapfte durch sein Arbeitszimmer und blickte finster auf den Jungen herab. «Deine Eltern bezahlen gutes Geld für deine Erziehung, Lestrade. Und du lohnst es ihnen auf diese Weise.» Er hielt eine Hand in die Höhe, an der er schwarze Fingerlinge trug. «Du hast Glück, daß mein altes Leiden wiedergekehrt ist, sonst würde ich dich einen Zoll tief in dein nicht sehr vielversprechendes junges Leben hineinprügeln. Verstanden?»
«Ja, Sir.» Selbst jetzt zitterten die Lippen des Jungen nicht.
Poulson beugte sich über ihn. «Niederträchtige kleine Jungen wie du», zischte er, «kommen nicht in den Himmel. Sie landen in der Besserungsanstalt. Und auf dem Weg dahin werden sie blind, weil sie dauernd nach den Haaren Ausschau halten, die aus ihren Handflächen wachsen.»
Lestrades Finger zuckten hinter seinem Rücken. Er unterdrückte das Verlangen, zum Fenster zu rennen und nachzusehen.
«Welches ist dein Bett im Schlafsaal?» fragte Poulson.
«Bett Nummer sechsunddreißig, Sir», erwiderte Lestrade.
«Gut. Du wirst heute morgen Schwester Chippenham aufsuchen – und nähere dich ihr mit Vorsicht, du degenerierter Wicht. Ich wünsche keine Gaswolken mehr. Du wirst ihr sagen, daß sie dir Bett Nummer dreizehn geben soll.»
«Oh!» Der Siebenjährige stieß unwillkürlich einen Schrei aus.
«Ja, dreizehn, du anormales Individuum. Das Bett am offenen Fenster und dem Abzugskanal. Und jetzt», er kehrte zu seinem Sessel

zurück, «wollen wir, weil ich ein vernünftiger Mann bin, über dieses kleine Fiasko von heute morgen nicht mehr sprechen. Laß mich mal überlegen.» Er wandte sich dem Fenster zu und blickte hinaus in den treibenden Schneeregen, der waagerecht über die Wildnis von Blackheath fegte. «Da draußen haben sich Kleinbauern einmal empörend aufgeführt, Lestrade. Mr. Taylor, dein Geschichtslehrer, wird dir das in diesem Schuljahr zweifellos beibringen. Darum ist es angemessen, wenn du den Rest des Tages mit dem vollen Marschgepäck, das uns die City-of-London-Füsiliere freundlicherweise überlassen haben, über die Heide marschierst. Schönes, erfrischendes Dezemberwetter. Überhaupt kein Problem.» Und er sah den Jungen zähnebleckend an. «In Ordnung?»
«Ja, Sir.» Lestrade schluckte heftig.
«Gut. Und nun raus mit dir.»
Und der kleine Junge ging aus dem Zimmer. Einen Augenblick blieb er zitternd an der Tür stehen, dann biß er sich auf die Lippen und zerrte das Exemplar von Summers *Latein für Dummköpfe* aus seiner Hose, derselben, in die sich seine Hände ganz arglos während des Morgengebetes verirrt hatten.
«Nun?» flüsterte eine Stimme hinter einer Ecke.
Lestrade streckte eine Hand aus. «Das macht Threepence, Derbyshire», sagte er.
«Keine Prügel bekommen?» fragte Derbyshire ungläubig.
Lestrade schüttelte den Kopf.
Derbyshire fummelte in seiner Tasche nach den Münzen.
«Du, Junge!» kam eine Gebrüll aus den Lungen von Mr. Mountfitchett, der jetzt vor einer erschreckend frühen Ausbreitung von Selbstbefleckung auf der Hut war, welche die Schule zu vergiften schien. «Komm sofort her – daß heißt, wenn du unterwegs im Flur überhaupt noch etwas erkennen kannst.»
Derbyshire, in diesen Dingen ebenso unschuldig wie Lestrade, blickte sich verzweifelt nach seinem jungen Freund um. Doch Lestrade war fortgegangen, um Schwester Chippenham aufzusuchen, und prüfte im Gehen Derbyshires Pennies mit dem Zähnen. Wie die Kricketergebnisse bis zum Ende des Jahrhunderts bestätigen sollten, hatte Derbyshire überhaupt keine Chance.

2

Obgleich er den Tag in strenger Haft in dem kleinen Raum unter dem Dach verbrachte, in den man alle Widerspenstigen schickte, meisterte Lestrade die zweite Deklination nie. Noch zweiundvierzig Jahre später hatte er bloß eine verschwommene Vorstellung davon. Und die Gerundien blieben ihm für immer ein Rätsel.

Trotzdem war er an einem anderen Dezembermorgen, Ewigkeiten später, in der Lage, den Weg zum «Horse and Collar» zu finden. Alles in allem neigte sich ein sehr ereignisreiches Jahr dem Ende zu. Jedermann, der abseits vom Strand seinen windigen Geschäften nachging, pfiff die Kashmiri-Melodie. Irgendeiner Französin hatte man einen Nobelpreis für etwas verliehen, das ihr Ehemann entdeckt hatte, und jede Frau, der man auf der Straße begegnete, versuchte wie ein Gibson-Girl auszusehen. Ein Verrückter namens Ebenezer Howard baute auf den lieblichen, unversehrten Feldern von Hertfordshire etwas, das er eine Gartenstadt nannte. Niemand wußte, warum?

Und der Yard? Nun, der Yard war der Yard. Nimrod Frost, Assistant Commissioner, hatte das Criminal Investigation Department mit seinem üblichen, weit ausholenden Schwung geleitet. Man munkelte, man habe ihn im letzten großen Krieg vom Kommando eines Konzentrationslagers des Lord Kitchener entbunden, weil er zu unangenehm gewesen sei. «Der Mann mit der Rute» herrschte weiter mit eiserner Rute, bis er plötzlich im Sommer 1901 umkippte, ein Opfer von Miss Featherstonehaughs Sahnetorten. Und an seiner Stelle kam ein kleiner nußbrauner Mann aus Indien mit einem Faible für die kleinen Muster an den menschlichen Fingerspitzen. Walter Dew wurde zum Inspector befördert, weil er zur richtigen Zeit am richtigen Ort gewesen war. Und die Fälle stapelten sich in Norman Shaws Anatomiesaal. Von den Behausungen der Sergeants im Kellergeschoß, wohin die Ratten aus dem Fluß auf der Suche nach Kuttelsandwiches kamen, bis zu jenen unheimlichen Dachstuben, wo die siebzehn Männer der Special Branch ihren paranoiden Geschäften nachgingen, ächzte das ganze Gebäude buchstäblich unter zuviel Arbeit.

Lestrade hatte das Telegramm am Vortag erhalten: SUPT LESTRADE STOP TREFFEN SIE MICH MORGEN PUNKT ZWÖLF STOP HORSE AND COLLAR STOP GEHEIM STOP ZU KEINEM EIN WORT STOP KEINESFALLS ZU DEN HOHEN TIEREN STOP

Das Telegramm war nicht unterzeichnet, und da Lestrade die Lektion über Wappenkunde für Polizisten versäumt hatte, machten ihn Monogramm und Telegramm ratlos.

«Connaught», hatte ihm Detective Constable Jones versichert, «Arthur William Patrick Albert, Herzog von.»

«Erzählen Sie mir mehr», hatte ihn Lestrade aufgefordert und seinen Bath Oliver die erforderliche Zahl von Sekunden eingetunkt.

«Sohn der verstorbenen Königin», hatte der enzyklopädische Gernegroß ihn aufgeklärt, während er links und rechts die Karteikästen mit Protokollen polierte. «Geboren am 1. Mai 1850. Arthur genannt nach seinem Paten, dem Herzog von Wellington. Und William Patrick Albert nach Arthur. 1868 Eintritt in die Königlichen Pioniere, 1874 Herzog von Connaught und Strathearn geworden. Diente bei den Siebten Husaren und der Schützenbrigade. Befehligte 1882 in Ägypten die Gardebrigade und hatte von 1886 bis 1890 in Indien den Oberbefehl. 1893 General. Wurde letztes Jahr Feldmarschall.»

«Hm», hatte Lestrade sinniert. «Ein Soldat also.»

«Könnte man sagen, Sir.» Jones wunderte sich wieder einmal, wie sein Chef es so weit hatte bringen können.

«Ich frage mich, was er von mir will.»

«Man munkelt was im Erdgeschoß, Sir.» Jones hatte einen Leistenbruch riskiert, als er die Remington in Position rückte.

«Im Erdgeschoß munkelt man immer, Jones», hatte Lestrade dem Burschen versichert. «Was ist es denn diesmal?»

Jones sah sich um. Nur der Ofen knisterte und spuckte in der Ecke. Und entfernt hörte man Stiefel der Übergröße elf durch den Korridor klappern. Chief Inspector Walter Dew blickte über seinen Kneifer auf den jungen Detective und hörte auf, mit dem löffelförmigen Teil der Gabel seinen Darjeeling umzurühren.
«Ist schon in Ordnung», hatte Lestrade gesagt. «Wir sind allein. Inspector Dew ist taub, oder, Walter?»
Der Inspector hatte auf seine Uhr geblickt. «Es muß fast halb elf sein, Sir», hatte er gesagt.
«Gut. Also, Jones?»
«Man munkelt von der Einführung einer Offiziersklasse bei der Metropolitan Police. Man will Leute von der Armee reinbringen.»
Lestrade und Dew brachen gleichzeitig in Gelächter aus. «Das hat man schon gemunkelt, als ich bei der City Police war, Junge», hatte der Superintendent ihn aufgeklärt. «Mr. Gladstone war Premierminister und dieses Gebäude existierte noch gar nicht. Klein Walter hier war ein Augenzwinkern seines Vaters. Ihr Vater hat nie mit den Augen gezwinkert, nicht wahr? Der große Athelney Jones von der River Police?»
Jones hatte ihn seltsam angesehen.
«Nein, na ja, das machen all die Jahre, bob, bob, auf und ab auf der Themse. Darum werden wir Bobbies genannt, wissen Sie.»
«Nein, Sir», hatte Jones die Unverschämtheit, ihn zu verbessern, «wir werden Bobbies genannt, weil...»
Lestrade hob die Hand. «Das nennen wir beim Yard Humor, Bursche, denken Sie daran, daß *ich* hier die Witze mache», hatte er gesagt. «Nein, merken Sie sich meine Worte. Was immer seine Lordschaft will, er hat nicht vor, die Polizei zu übernehmen... oder?»
Nun, jetzt würde er es ja erfahren. Das «Horse and Collar» befand sich in jenen Tagen an der Ecke von William IV. Street, in einem der wenigen Häuser Londons, in denen der berühmte Dr. Johnson *nicht* gewohnt hatte. Wenn man sich auskannte, betrat man es durch einen Seiteneingang – ein Überbleibsel der alten Tage, als die Preßpatrouille aus der Greenwich-Gegend auf der Suche nach ge-

eigneten Burschen den Fluß heraufgekommen war. Und Lestrade bezog im kleinen Nebenzimmer Posten, den Donegal-bekleideten Rücken an der Wand. Von hier aus konnte er mit einem Blick alle drei Türen im Auge behalten. Er hoffte, er würde seinen Mann erkennen, den einzigen von Victorias Söhnen, der nicht in *zu hohem* Maße die Glotzaugen und den eindrucksvollen Umfang seiner Mutter geerbt hatte. Er überragte seine Mutter – Gott habe sie selig – auch um Haupteslänge, doch das war schließlich zu erwarten. Die britische Armee war noch nicht so tief gesunken, Knirpse zu Feldmarschällen zu machen.

Lestrade wandte sich gerade dem zweiten Halben des vorzüglichen – mit einem Schuß Themsewasser versetzten – Gebräus zu, als er im Raum eine plötzliche Stille verspürte und sah, wie die Mützen langsam von den Köpfen gezogen wurden. Er erblickte eine schwarze, aufrecht wippende Feder, die sich, vom Haupteingang zu seiner Linken kommend, über den Köpfen an der Theke bewegte.

«Gott schütze Sie, Sir», rief eine rauhe Stimme.

Und eine andere: «Drei Hurras für Seine Gnaden den Herzog von Connaught!» Und das Gebrüll übertönte das Gemurmel der Unterhaltung und das metallische Scheppern der Spucknäpfe. Die Menge machte Platz, vor Erstaunen erstarrt, und ein großgewachsener Herr mit einem gestutzten militärischen Schnurrbart tauchte auf und blickte Lestrade an. Er trug die Gardeuniform und die Bärenfellmütze eines Obersten der Schützenbrigade, Degen und Sporen.

«Lestrade?» fragte er.

Der Superintendent erhob sich wie betäubt.

«Connaught», und der Feldmarschall streckte eine behandschuhte Hand aus. Lestrade verbeugte sich und streckte die seine aus, als Connaught plötzlich heftig nickte, seine Hand an Lestrades vorbeischwenkte und ihn mit dem Ellenbogen anstieß. Er zwinkerte mit dem rechten Auge, dann hob er das rechte Bein, bevor er sich mit gekreuzten Armen am Tisch niederließ. «Oh», sagte er überrascht und ein wenig enttäuscht, «Sie gehören nicht zum Orden.»

«Äh... Oh, nein, Mylord, bitte. Ich werde ordern.» Er schnippte mit den Fingern, und der Herr Wirt wieselte stolz herbei, die strahlende Frau Wirtin an seiner Seite.

«Nein, mein lieber Freund.» Connaught nestelte an seiner Mütze. «Ich meine –» und er beugte sich vor, so daß Bärenfellmütze und Bowler zusammenstießen – «Sie gehören nicht zur Bruderschaft?»
«Ah.» Lestrade verstand. «Nein, Sir. Kirche von England.»
Connaught seufzte. «Einen Pint von Ihrem Besten, Wirt», sagte er, «und ein Kleines für diesen Herrn.»
«Zu Befehl, Mylord.» Die Frau Wirtin knickste und schien mitten im Knicks zu erstarren, den Herzog wie eine Verrückte angrinsend, bis ihr Gatte sie weggeleitete. Connaught bemerkte die Menge in seinem Rücken, die ihn überwältigt schweigend anstarrte.
«Macht weiter», winkte er den Männern zu. «Ihr macht das alle ganz wunderbar. Gut gemacht. So gut war's noch nie.»
Langsam nahmen sie ihre unterbrochenen Unterhaltungen wieder auf, und die Luft widerhallte vom Scheppern der Spucknäpfe und dem Scharren von Sägemehl. Connaught beugte sich wieder zu Lestrade, und beide Männer legten ihre Kopfbedeckungen neben sich auf den Tisch. «Wollte so wenig Aufsehen erregen wie möglich, Lestrade», sagte Connaught. «Nur nicht auffallen. Kitzlige Sache, verstehen Sie.»
«Ich verstehe, Sir.» Lestrade betrachtete das Kreuzbandelier aus Glanzleder mit seinen Silberketten und der Pfeife, den dunkelgrünen Uniformrock mit seinen kunstvollen schwarzen Verschnürungen und den glänzenden Degengriff aus Kirschholz. Es war zumindest tröstlich, daß Feldmarschälle und Leute ihres Schlages dieselben Dinger trugen wie der einfache Streifenpolizist.
«Schließlich», fuhr Connaught fort, «hätte ich meine Kluft von den Siebten Husaren tragen können oder den scharlachroten Umhang eines Feldmarschalls. Hab's trotzdem nicht getan. Wollte keinen Verdacht erregen, verstehen Sie.»
«Vollkommen klar», stimmte Lestrade zu, der sein ganzes Leben lang Verdacht erregt hatte.
Ein großes und ein kleines Glas vom besten Bitter erschienen auf einem Silbertablett, serviert vom Wirt. Lestrade bemerkte, daß im Hintergrund die Wirtin von kräftigen Wirtsarmen zurückgehalten wurde und ein weiteres Mitglied der Familie bereits «Hoflieferant» über die Theke pinselte.

«Auf Ihre Gesundheit!» Connaught nippte am Schaum. «So also schmeckt Bier.»
«Äh … nein, Sir», beteuerte Lestrade. «Nun, Ihr Telegramm …»
«Ach ja. Nun, es ist nicht allgemein bekannt, Lestrade. Und all dies ist natürlich höchst vertraulich …»
Lestrade schielte über die herzoglichen Schultern auf Dutzende von starrenden Gesichtern. «Gewiß», sagte er.
«Ich hätte nach Scotland Yard kommen können, aber das hätte zuviel Aufmerksamkeit auf sich gezogen.»
«Ja, gewiß.»
«Es ist nicht allgemein bekannt, daß man mich im nächsten Jahr zum Generalinspekteur des Heeres machen wird. Berties Neujahrsbeförderungsliste und so weiter.»
«Glückwunsch, Sir.»
«Ja, wirklich, aber sehen Sie, der Punkt ist, daß ich nicht so oft im Lande sein werde. Ich bin jetzt gerade aus Irland zurückgekommen und werde in einigen Wochen nach Südafrika gehen.»
«Ich verstehe», bluffte Lestrade, der eigentlich überhaupt nichts verstand.
«Aber es gibt ein kleines Problem. Ich war letzte Woche in Balmoral – Sie wissen schon, Papas und Mamas Erholungsort … da oben.»
«Ah, ja», nickte Lestrade mit der Weltläufigkeit eines Mannes, der nach Norden nie über Macclesfield hinausgelangt war.
«Nun, es passierte das Allerschlimmste.»
«Ja?»
Connaught rückte näher, so daß der Prinz und der Superintendent sich Auge in Auge gegenübersaßen. «Eines der Dienstmädchen wurde getötet.»
«Wirklich?» Lestrades Augen verengten sich. «Unfall?»
«Nun, ihr Kopf wurde mit einem schweren Gegenstand eingeschlagen. Vierzehn Schläge auf den Schädel, sagten sie.»
«Dann ist es nicht wahrscheinlich», murmelte Lestrade. «Was sagt die örtliche Polizei dazu?»
«Nun ja, das ist es ja eben», flüsterte Connaught. «Wenn es nicht um schwarzgebrannten Whisky oder Schafe geht, kommen sie in Verlegenheit. Ihre offizielle Ansicht ist Selbstmord.»

Lestrade richtete sich jäh auf. Vierzehn Schläge auf den Schädel waren die entschlossenste Art von Selbstmord, von dem er je gehört hatte. «Warum erzählen Sie mir das, Mylord?»
«Bertie hält große Stücke auf Sie, Lestrade. Seit dieser Sache bei der Krönung. Er geht natürlich nicht mehr oft nach Balmoral, eigentlich überhaupt nicht mehr. Zu viele schmerzliche Erinnerungen, schätze ich. Von dem Linoleum mit Schottenmuster ganz zu schweigen. Aber ich erzählte ihm im Palast davon, und er schlug vor, Sie zu Rate zu ziehen.»
«Ich fühle mich geschmeichelt, Sir, aber das Problem ist, daß Schottland nicht in meine Zuständigkeit fällt. Meine Befugnis endet an der Grenze.»
«Dummes Zeug», sagte Connaught. «Können Sie nicht Urlaub nehmen oder so was?»
«Urlaub?»
«Ja. Sehen Sie, Lestrade, ich nehme nicht an, daß ihr Burschen viel verdient, oder? Ich werde für alles aufkommen. Unkosten und so weiter. Kein Problem. Aber ich will nicht, daß die schottische Polizei in ganz Balmoral herumpoltert. Das ist nicht annehmbar. Das gehört sich nicht. Sehen Sie...» Und er beugte sich noch näher zu Lestrade, so daß er ihm ins Ohr flüsterte und ihn mit seinem Schnurrbart kitzelte. «Seit Mamas Tagen, im Grunde schon vorher, sind ein paar unglückliche Dinge passiert. Ich brauche Ihnen über Bertie nichts zu erzählen, nicht wahr? Er ist mein Bruder und er ist König, ich weiß, aber sein Benehmen läßt viel zu wünschen übrig. Da gab es diese Lady Mordaunt, wissen Sie, die Unmäßige; Mrs. Keppel; Mrs. Langtry; Mrs.... Oh, nein.» Er wurde puterrot. «Sie gehörte einem anderen. Tranby Croft; The Grange; Kimber; nun ja, praktisch jeder Landsitz auf der Karte. Dann war da Eddie, mein Neffe...»
Ihm war Lestrade schon einmal begegnet.
«...Irgendein Unsinn mit einem Blumenmädchen im East End; die Sache in Cleveland Street mit diesen Chorknaben...»
«Botenjungen, Sir», verbesserte ihn Lestrade.
«Ja, ja. Einige in unserer Familie wollten, daß das alles heruntergespielt wurde. Es gibt internationale Implikationen, wissen Sie. Ich

sollte Ihnen das nicht erzählen, ich weiß, aber Bertie ist dieses Jahr in Paris gewesen, um zu einer Verständigung mit den Franzosen zu kommen. Wir haben nicht viele Freunde in der Welt, Lestrade. Wir sind einfach zu mächtig, deshalb. Aber wir können nicht für immer prächtig isoliert bleiben. Besonders jetzt nicht, wo dieser alte Halunke Salisbury weg ist. Wohin Sie auch schauen, gibt es Anarchie. Die Throne Europas sind nicht sicher, Lestrade. Stellen Sie sich vor, wie sich das im *Anarchist Review* ausnehmen würde – ‹Bedienstete im Königlichen Palast niedergemetzelt›. Da würden sich in der Wilhelmstraße ein paar Augenbrauen heben, das kann ich Ihnen sagen. Das geht nicht an. Das geht überhaupt nicht an. Das ist der Grund, warum ich Sie zu Rate gezogen habe. Und darum will ich, daß niemand – überhaupt niemand – in die Sache verwickelt wird. Sie ist absolut geheim. Verstanden?»

«Ich werde vielleicht Hilfe brauchen, Sir», sagte Lestrade vorsichtig.

«Constables, meinen Sie?»

Lestrade nickte.

«Dann beschränken Sie die Zahl auf das äußerste Minimum», sagte Connaught. «Und das meine ich ernst. Nun», er lehnte sich zurück, «der Mann, mit dem Sie sich auseinandersetzen müssen, ist Ramsay. Er ist der Haushofmeister in Balmoral. Er wird Ihre Augen und Ohren sein. Und Ihr Dolmetscher.»

«Dolmetscher?» Lestrades Kinn sackte herunter.

«Nehmen Sie das nicht wörtlich.» Connaught griff nach seiner Mütze. «Auf den Besitzungen sprechen sie meistens Englisch. Aber», er klemmte die Kinnkette unter seine Lippe, «diese Sippe hält zusammen wie Pech und Schwefel. Sie müssen vorsichtig vorgehen.»

Lestrade lächelte. Das hatte er in seinem Leben gelernt.

«Name?»

«Snellgrove, Sir. Peter Wimsey.»

Lestrade kniff seine müden alten Augen zusammen und blickte auf das Blatt Papier. «Peter Wimsey Snellgrove», wiederholte er. «Wie lange im Dienst?»

«Vier Jahre auf dem Postamt, Sir.»

«Ja, nun, das zählt nicht, oder? Bei der Polizei?»

«Äh... sechs Monate bei Mr. Jones in Rotherhithe.»

Lestrade lehnte sich im Sessel zurück. «Liebe Güte», sagte er. «Ich verstehe, warum Sie zur Kriminalpolizei wollen. Also, Snellgrove, ich muß sagen, daß es nicht sehr rosig aussieht. Können Sie lesen und schreiben?»

«Natürlich, Sir.» Der junge Constable war ziemlich verletzt.

«Und einen von diesen Telegrafenapparaten bedienen?»

«Ich kann ein Telegramm absenden, Sir», versicherte Snellgrove.

«Gut, wir werden sehen... Ich gebe Ihnen zwei Wochen Probezeit. Danach kann Athelney Jones Sie zurückhaben.»

«Zu Befehl, Sir. Danke, Sir.»

«Dann sind Sic wohl..?» Lestrade wandte sich an den anderen jungen Mann.

«Der nächste, Sir», sagte der Bursche.

«Nein, ich meine, wie heißen Sie?»

«Marshall, Sir, Edward Tacitus.»

Lestrade musterte ihn von oben bis unten. Das tat er bei Grünschnäbeln in der Regel mehrere Male. Bei diesem reichte einmal.

«Dienstjahre?»

«Drei Jahre Hundeabrichter Nummer vier in Walthamstow, Sir.»

«Das ist es?» fragte Lestrade nach einer Pause.

«Ja, Sir», antwortete Marshall achselzuckend.

«Sei's drum», seufzte der Superintendent. «Sie verfügen, nehme ich an, über die üblichen Fertigkeiten?»

«In der Tat, Sir. Ich besuchte Mr. Poulsons Lehranstalt.»

Dem ungläubigen Lestrade fiel der Bleistift aus den Fingern. «In Blackheath?»

«Ja, Sir.» Marshalls Gesicht hellte sich auf. «Kennen Sie die Schule?»

«Ob ich sie kenne, Bürschchen? Abgesehen von Mr. Disraeli bin ich der *einzige* berühmte Absolvent. Ja, ja, ja. Es werden jetzt natürlich andere Lehrer dort sein. Ich weiß, daß der alte Poulson tot ist.»

«Könnte es sein, daß Sie einen Mr. Mountfitchett kennen?»

«O ja, in der Tat... Ich dachte, er wäre schon vor Jahren in Pension gegangen.»
«Nun ja, er wurde inzwischen pensioniert, Sir.»
«Aha.»
«Man soll ihn erwischt haben, als er einem Jungen die Hand in die Hose steckte. Bin sicher, da ist nichts dran. Obgleich ich ihn natürlich beim Schlafittchen nehmen müßte, wenn das heute passierte.»
«Ja», brummelte Lestrade. «Das würde ihm vermutlich gefallen. Also, Gentlemen; ein paar grundsätzliche Dinge – Verkehrsregeln, sozusagen. Der Gentleman da drüben, der in den Papieren wühlt, ist Chief Inspector Dew. Er ist ein harter Mann, aber ein gerechter. Wenn Sie sich mit ihm anlegen, ist das Ihr Untergang, das verspreche ich Ihnen. Diese beiden auf dem Flur, den wir Vorzimmer nennen, sind die Detective Constables Dickens und Jones. Sie tun gut daran, wenn Sie sich ihnen fügen. Ich würde ihnen das zwar nie ins Gesicht sagen, aber sie sind das, was Polizisten sein müssen – intelligent. Das führt mich zu Chief Superintendent Abberline, der das nicht ist. Ja, es ist verdammt unprofessionell von mir, das zu sagen, aber so ist es beim Yard. Er ist die öffentlichste Einrichtung der Welt. Wenn Sie hier heute einen falschen Schritt machen, weiß morgen jeder darüber Bescheid. In den ersten fünf Jahren nehmen Sie von jedermann Befehle entgegen, aber wenn es widersprüchliche Befehle gibt oder wenn Sie jemals Rat brauchen, dann kommen Sie zu mir. Und jetzt Ihr erster Auftrag. Snellgrove?»
«Sir?»
«Unser Tee wird knapp. Flitzen Sie zu Hip Hops chinesischem Warenhaus in Richmond Terrace. Sagen Sie, daß Mr. Dew Sie schickt. Er spricht die Sprache wie ein Eingeborener. Sie werden drei grüne Formulare und acht weiße brauchen – die bekommen Sie beim Sergeant Major in der Buchhaltung, dritter Stock, ganz hinten. Klar?»
«Sonnenklar, Sir.»
«Gut. Marshall?»
«Sir?»
«Bath Olivers. Das sind runde keksartige Dinger mit Kerben drin. Es ist ein bißchen weit dahin, aber die besten gibt's in der Süßwarenab-

teilung von Harrods in Knightsbridge. Dieselbe Anzahl von Formularen, aber vergessen Sie nicht zu sagen, daß sie auf Mr. Abberlines Rechnung gehen. Verstanden?»
«Vollkommen, Sir.»
Lestrade zwinkerte. «Guter Junge. Gut zu sehen, was die alte Schule ausmacht.»
Die Constables verschwanden und begaben sich zur Buchhaltung im dritten Stock.
«Welcher Zufall, daß du auf derselben Schule warst wie der Chef, Tass», grinste Snellgrove.
«Zum Teufel mit der alten Schule», sagte Marshall. «Ich hab sie nie gesehen.»
«Aber wie...»
«Als ich in Walthamstow war, hatten wir einen alten Halunken als Hundeabrichter Nummer eins, der hieß Derbyshire. Er war auf Lestrades alter Schule, und was noch besser ist, er war mit ihm zusammen dort.»
«Jetzt hör aber auf!»
«Ich ließ mir von ihm einfach ein paar Namen nennen, sobald ich wußte, daß ich hierherkommen würde. Man weiß nie, wann sich so was mal als nützlich erweist.»
«Du alter Gauner.» Snellgrove gab ihm eine Kopfnuß.
«Halt dich an mich, mein Sohn. Es dauert keinen Monat, und wir haben diesen Laden im Griff.»

Der oberste Polizist – für jedermann, vom Sergeant abwärts, «Herr sei uns gnädig» – saß in seinem luxuriösen Büro am knisternden Kaminfeuer und röstete langsam seine Nüsse. Schließlich mußte er sich zurückziehen, denn die Hitze war zu drückend. Es klopfte an der Milchglasscheibe der Tür.
«Herein!» rief er.
Ein ziemlich zerbeultes gelbes Gesicht erschien in der Tür, die Augen heller als gewöhnlich. Aber der über den Arm gelegte Donegal und die ausgebauchte Gladstone-Tasche verrieten, daß er auf dem Sprung war.

«Kommen Sie oder gehen Sie, Lestrade?» fragte Mr. Edward Henry.
«Ich wünschte, ich wüßte es, Sir», räumte der Superintendent ein. «Es geht um Urlaub.»
«*Urlaub*, Lestrade?» Henry ging zu seinem lederbezogenen Schreibtisch hinüber. In Augenblicken wie diesem gab es ihm Trost, den Walnußklotz zwischen sich und seinen Untergebenen zu wissen. Er kannte den Polizisten und den Menschen Lestrade seit fast drei Jahren. Er war ein Einzelgänger, ein Witzbold, und er hatte ein Talent dafür, Leute vor den Kopf zu stoßen. Aber er konnte Resultate vorweisen. Und das allein zählte beim Yard.
«Es ist kurz vor Weihnachten, Sir», erinnerte ihn Lestrade.
Der Assistant Commissioner blickte auf den Datumsanzeiger auf seinem Tisch: 14. Dezember. Es stimmte. «Stimmt», sagte er. «Ich dachte, Sie arbeiten über Weihnachten?»
«Ach, es ist meine alte Tante», sagte Lestrade.
«Was ist mit ihr?»
«Sie ist kränklich. Stellen Sie sich bitte eine gebrechliche, silberhaarige alte Lady vor, die allein lebt im Herbst ihres Lebens, kein Geräusch, bloß das unaufhörliche Klick-Klack ihrer Stricknadeln.» Er zog ein relativ sauberes Taschentuch und trompetete hinein. Draußen auf dem Fluß erwiderte ein Lastkahn im Nebel das Signal.
«Erzählen Sie mir nicht», sagte Henry, «daß Sie alles sind, was sie hat, und Sie das Weihnachtsfest bei ihr verbringen müssen.»
Lestrades Lippe zitterte, vermutlich zum erstenmal seit seinem siebten Lebensjahr. «Es könnte ihr letztes sein, Mr. Henry.»
«Ja, und ich bin der Maharadscha von Swat.»
«Wirklich, Sir? Glückwunsch.»
Henry nahm keine Notiz davon. «Ich gebe Ihnen zwei Kalenderwochen, Lestrade. Danach streiche ich Ihr Gehalt. Fröhliche Weihnachten», und er wandte sich wieder seinen Nüssen am Kamin zu.
«Danke, Sir.» Lestrades Lächeln gefror. «Und auch Ihnen zum Fest herzliches Beileid.»

Lestrade hatte den Tanggeruch der Inseln nie geschnuppert. Aber ihm war oft der Gestank vom Fischmarkt in Billingsgate in die Nase gestiegen, den der Fluß herbeitrug. Es war vermutlich ein ähnlicher Geruch. Zwei herausgeputzte Jung-Detektive empfingen ihn im geschäftigen Durcheinander von Euston Station und schnaubten und prusteten mit den Lokomotiven um die Wette, als sie sich über den Bahnsteig kämpften, beladen mit ihrem und Lestrades Gepäck.

«‹Halte dich an mich›, sagt er», zitierte Snellgrove. «‹Es vergeht kein Monat, und wir haben diesen Laden im Griff.› Alles, was ich habe, ist Fieber.»

«Hör auf zu stöhnen, Snellgrove», keuchte Marshall. «Wir fahren in Urlaub. Das ist nicht übel nach einem Arbeitstag.»

Im Eisengrau dieses Dezembertages ratterten sie nach Norden, und als die Dämmerung einen Winterteppich über das Land breitete, fanden sie das schwacherhellte Hotel «Saracen's Head» in Lincoln. Die große Glocke im Turm der Kathedrale schlug die Stunde, als das Polizistentrio das Kopfsteinpflaster überquerte. Lestrade stauchte sich die Knöchel, als er verzweifelt versuchte, seine Würde und Standfestigkeit zu bewahren. Sie verbrachten eine angenehme Nacht auf Kosten des Herzogs von Connaught, dessen Notiz, daß er für alles aufkomme, Lestrade bei sich trug, und brachen in einer nebligen Morgendämmerung nach Sunderland auf, dem dreckigsten Loch des Nordostens.

Hier wurde der schlichte kleine Bauer der Fennlande zum unbegreiflichen Grubenarbeiter von Tyne und Wear. Der ganze Ort war schwarz von Kohle und grau vom Staub der Schleifsteine. Vom geschäftigen Treiben der Docks blieb am Abend nur noch das einsame Heulen von Leichtern übrig, die sich durch den Hafen schleppten. Der Leuchtturm blinkte ihnen vom Anleger zu, wo die große graue Nordsee dröhnte und brüllte. Sie fanden warmen Trost im «Saddle», wo die Südländer zum erstenmal mit dem braunen Gesöff Bekanntschaft machten, das Newcastle Ale hieß. Sie sprachen ihm zu. Schließlich bezahlte ja der Herzog von Connaught.

Von hier überquerten sie die Penninischen Berge, das Rückgrat Englands, und die Lokomotiven der Nord-West-Linie brachten sie nach Carlisle, wo drei Flüßchen zusammenfließen. Hier warfen ihnen die Leute finstere Blicke zu. Niemand trug einen Bowler, so hoch im Norden, und Lestrades Donegal roch ganz und gar nach London. Vielleicht hatten die Leute die unaussprechlichen Grausamkeiten nicht vergessen, die «Stinking Billy», der Schlächter von Culloden, verübt hatte. Zugegeben, das war 1745, aber für die Leute von Carlisle war das gestern. Aus diesem Grunde wagten sich die drei Londoner nur bis zum «Coffee House» und schliefen aufrecht, den Rücken an der Wand.

Am nächsten Tag, als sie bei Coldstream den Tweed überquerten, verabschiedete sich Lestrade von seinen Burschen. Das also ist Schottland, sagte er zu sich selbst, als die purpurnen Berge der Lowlands durch den Bodennebel stießen. Snellgrove ließ das Gepäck auf den kleinen Bahnsteig plumpsen, während die Lokomotive Wasser nahm.

«Da wären wir also», strahlte Marshall. «Unsre Wege trennen sich, Chef.»

«Stimmt», sagte Lestrade. «Und jetzt hören Sie zu. Ihr beide seid mein Stützpunkt hier an der Grenze. Sucht euch ein Hotel – denkt daran, daß es ein billiges ist – und entfernt euch nie weiter als ein paar Fuß vom Postamt. Wenn ich Ärger bekomme, da... oben, muß ich euch vielleicht rasch herbeordern.»

«Wir werden warten, Sir», versicherte Marshall.

«Gut. Nun, dann mal los, Männer.»

«Auf Wiedersehen, Sir.» Marshall streckte eine Hand aus. «Verzeihen Sie, daß ich das sage, aber ... nun ja, die Reise mit Ihnen während dieser drei Tage war ... Nun, ich glaube, daß ich jetzt viel mehr über Polizeiarbeit weiß. Mehr, als ich je zuvor gelernt habe. Es ist eine Ehre gewesen, Mr. Lestrade, Sir, eine wirkliche Ehre.»

«Ja, schon gut.» Lestrade fühlte sich unbehaglich. Die letzte Person, die ihm ein Kompliment gemacht hatte, war seine Mutter gewesen.

«Passen Sie auf sich auf, Chef.» Marshall packte den Superintendent fest an der Schulter und hielt seine Unterlippe mit der ein wenig steiferen Oberlippe im Zaum. Dann schrillte die Pfeife, die grüne Flagge ging hoch, und die Lokomotive schlich in den Nebel.

«Glaubst du, daß die Leute über uns reden werden, Tass?» fragte Snellgrove, seinen Gladstone hochhievend.

«Was meinst du damit?» Marshall winkte einem vorbeikommenden Gepäckträger.

«Na ja, dieser Ort ist doch wie Gretna Green, nicht wahr? Berühmt wegen seiner... ungesetzlichen Heiraten. Glaubst du nicht, die Leute werden denken...?»

Marshall blickte ihn entsetzt an. «Ich bin entsetzt, Detective Constable», sagte er. «Hier ist Britannien, wenngleich ein widerwärtig nördlicher Teil davon. Ungesetzlich bleibt ungesetzlich. Es ist alles Rechtens, solange wir zwei auf dem Boden des Rechts stehen. Also, wo ist dieses Schreiben vom Herzog?»

«Welches Schreiben?» Snellgrove bepackte den Rücken des kleinen knurrenden, stöhnenden Trägers.

«Dieses», und Marshall zog das Blatt mit dem Wappen des Herzogs von Connaught hervor.

«Es gehört Lestrade», sagte Snellgrove.

«Wirklich?» Marshall betrachtete es eingehend. «Liebe Güte, so ist es», und er hielt es matt in die Höhe, als wolle er die Aufmerksamkeit des Superintendent erregen, der wieder nach Nordosten ratterte. «Macht nichts, er muß eben die Hand in die eigene Tasche stecken, wenn er Kleingeld braucht. Trotzdem, er wird seinen Meister finden... da oben. Die Schotten sind genauso gemein wie er.»

«Verzeihung», rief ihnen eine Grenzerstimme zu, «gehört dieses Gepäck Ihnen?»

Die beiden Polizisten drehten sich um und erblickten einen graubärtigen Mann in Eisenbahneruniform und mit spitzer Mütze.

«Ist es», bejahten die beiden und blickten auf das kleine Lasttier, das darunter ächzte.

«Ja, nun, Sie werden jemand anderen brauchen, der's für Sie trägt.»

«Warum?» fragte Marshall.

«Die Pflichten dieses Mannes beschränken sich auf das Tragen von Brennstoff, der andere Mann da drüben, der trägt Gepäck. Es liegt nicht in meiner Macht, etwas anderes zu erlauben.»

«Ich verstehe.» Marshall war über diese Kleinkrämerei empört,

aber auch er war Sklave der Streifen, die meisten davon rot. «Der Mann da drüben ist also...»
«Ja, er ist der Gepäckträger. Dieser hier ist der Kohlenträger.»

Lestrade hatte sich bereits ins Gästebuch des «North British Hotel» eingetragen, als ihm zu Bewußtsein kam, daß das Schreiben des Herzogs von Connaught nicht in seiner Tasche war. Es war auch nicht an dem geheimen Ort, den kein sterbliches Wesen je zu Gesicht bekommen hatte, nämlich in seiner Brieftasche. Der Mann am Empfang, verschrumpelt wie eine Dörrpflaume, dessen makelloser Lowland-Akzent Fischbein auf vierzig Yards durchbohren konnte, schenkte ihm den angeekelten Blick, den er für alle heruntergekommenen Sassenachs reserviert hatte, so daß Lestrade sich fast für seine Anwesenheit schämte.
«Zimmer zwölf», kreischte der Mann. «Ich werde Ihr Gepäck sogleich heraufbringen lassen, Mr. ... Lestrade, nicht wahr?»
«Danke», sagte der Superintendent. «Ich finde meinen Weg schon allein.»
«Ich fürchte, das werden Sie müssen, Sir. Da Weihnachten vor der Tür steht, sind wir im Augenblick ein wenig unterbesetzt. Jemanden zu bekommen, der über Hogmanay arbeitet, ist heutzutage nahezu unmöglich.» Lestrade fragte sich, wer dieser Hogmanay war, daß Leute es so unangenehm fanden, ihm Befehle zu geben, aber er spürte, daß es nicht seine Aufgabe war, danach zu fragen. Er spielte mit dem Gedanken, den Lift zu nehmen, doch er erinnerte ihn an den Aufzug im Yard, und da seine Mutter einmal in einem Lift einen Schrecken erlitten hatte, nahm er die plüschbelegte Treppe, entschlossen, am Morgen ein Telegramm nach Coldstream zu schicken, damit seine Gehilfen den Bahnhof nach seinem verschwundenen Gutschein absuchten. Das Zimmer war reizend, mit einem prachtvollen Ausblick auf die pfeilgerade Princes Street. Was er nicht wußte, war, daß die Zimmer nach Südosten, mit Blick auf den großen grauen Granit des Schlosses und den Schloßberg, fast das Doppelte kosteten. Er war billig davongekommen.

Den Glockenschlägen der gotischen Kirche nach war es gegen neun Uhr abends, als es an die Tür klopfte. Er hatte ohnehin nicht viel Freude am *Lüsternen Türken*. Die ganze Handlung mit Eunuchen und ihrem Treiben war einem Mann, der in Pimlico geboren war, ein wenig fremd. Ein ziemlich aufgeräumter Herr, unverkennbar ein zielstrebiger Handlungsreisender, stand da.

«Sind Sie Mr. Lestrade?» fragte er und lüftete seinen Hut.

«Wenn Sie mich nett darum bitten», hielt Lestrade dagegen.

«Ich verstehe. Nun, ob ich Sie wohl um einen sehr großen Gefallen bitten dürfte?»

«Sie dürfen, Mr. ...?»

«Acheson», sagte der Vertreter.

«Wie schön», sagte Lestrade. «Worum geht's?»

«Nun, ich bin in Damenunterwäsche...» gestand Acheson.

Instinktiv wich Lestrade zurück. Er war fast fünfzig Jahre alt – ein Alter, in dem man für vieles empfänglich ist. Andererseits mußte er zugeben, daß Acheson seine Sache sehr gut machte. Er entdeckte an ihm kaum eine Spur von Schminke oder anderem Firlefanz, der ihn hätte verraten können.

«Ich meine, ich verkaufe das, was die Franzosen Lingerie zu nennen belieben.»

«Ach so, nein danke», sagte Lestrade. «Im Augenblick habe ich gerade keinen Bedarf. Vielleicht nächsten Monat», und er versuchte die Tür zu schließen.

«Nein, Mr. Lestrade, ich glaube, Sie verstehen nicht. Wissen Sie, ich wohne nebenan. In Nummer dreizehn.»

«Pech», strahlte Lestrade und versuchte es noch einmal. Aber Acheson kannte alle Tricks eines reisenden Hausierers und hatte seinen Fuß fest in die Tür gesetzt.

«Genau.» Der Mann schien völlig verzweifelt. «Das ist es. Es ist eine krankhafte Angst von mir, Mr. Lestrade. Oh, normalerweise bin ich nicht abergläubisch», und er krümmte hinter dem Rücken seine Finger. «Es ist bloß, daß ich diese Macke mit der Dreizehn habe. Es war die Zahl des letzten Abendmahls, wissen Sie. Und wenn ich in diesem Zimmer bleibe, fürchte ich, könnte ich heute nacht an der Reihe sein.»

«Ah, die Nacht, in der Ihre Nummer gezogen wird.» Lestrade begriff.
«Wären Sie, lieber Mr. Lestrade, damit einverstanden, die Zimmer zu tauschen? Es ist bloß für eine Nacht. Ich werde am Morgen fort sein. Und es wird mir ein Vergnügen sein, als Gegenleistung Ihr Frühstück zu bezahlen.»
«Nun, ich...»
«Bitte. Ich hab es schon bei dem jungen Mann in Nummer vierzehn versucht, aber er ist ausgegangen. Sie würden mir einen großen Gefallen tun, Sir.»
Lestrade zögerte. «Oh, in Ordnung», sagte er. «Vorausgesetzt, daß zum Frühstück nicht so was wie Porridge gehört.»
Acheson sah sehr erleichtert aus. «Nieren à la Urinoir?»
«Lecker», stimmte Lestrade zu und begann seine Sachen wieder einzupacken.
Das Ganze dauerte nur einen Augenblick, ohne daß ein Schaden entstand. Höchstens daß Achesons Himmelbett bequemer war als Lestrades Bett, und nach der soundsovielten Grausamkeit, die der Bei irgendwo an der marokkanischen Küste beging, schlossen sich Lestrades müde alte Augenlider.
Ein Gefühl der Hitze weckte ihn. Als er über seinem Kakao-Schlaftrunk, den ihm ein unvorstellbar griesgrämiger Schotte, dem nahezu alle Ansätze zur Menschlichkeit fehlten, brachte, war sein Kaminfeuer fast erloschen gewesen. Nun, das war nicht zu bestreiten, schwitzte er, und das Bettzeug lag als unordentlicher Haufen auf dem Boden. Er schoß kerzengerade hoch und schlug dabei mit dem Schädel gegen das Kopfbrett. Auf der Stelle begann er zu husten. Seit 1873 hatte er nicht mehr so heftig gehustet, als ihm bei seinem Eintritt in die City Force der alte Doc Watsupp mit dem Feingefühl eines Droschkenkutschers an die Hoden gegriffen hatte. Als er daran dachte, trieb ihm das zusätzlich das Wasser in die Augen. Der Raum war voller Qualm, scharfem, beißendem Qualm wie... ein Haufen Damenunterwäsche, der Feuer gefangen hat.
Er hörte dumpfe Stöße und Schläge, von Rufen unterbrochen, und von irgendwo das wahnsinnige Klingeln einer Glocke. Er krabbelte von der Plattform des Himmelbettes und rannte zur Tür. Die Klinke

fühlte sich heiß an, aber er riß die Tür auf, doch eine Feuerwand trieb ihn ins Zimmer zurück.
«Vorwärts, Mann», hörte er eine Stimme rufen. «Springen Sie, wenn ich's Ihnen sage.»
Lestrade beschirmte seine Augen. Er konnte nichts erkennen, und in seiner Brust dröhnte und ächzte seine Lunge.
«Jetzt!»
Er warf sich nach vorn, blind der Stimme vertrauend, die von irgendwo auf der anderen Seite der Feuerwand kam. Er spürte, wie die Flammen am Saum seines Nachthemdes knisterten und züngelten, und er prallte gegen die Wollbüschel der Flurtapete, daß ihn die kleinen Stoppeln in die Nase stachen. Er gewahrte, daß ihn jemand tüchtig durchschüttelte, und einen Augenblick glaubte er im Umdrehen, die spindeldürre Gestalt von Mr. Mountfitchett zu erblikken. Statt dessen stand ein junger blonder Mann im Morgenmantel da, ein riesiges Aspidistrablatt in der Hand. Wäre es eine Lilie gewesen, hätte Lestrade gewußt, daß es sich um einen ästhetischen Jünger Oscar Wildes handelte, doch der große Kartenspieler war tot. Und er war die einzige Dame im Spiel. Er war der Dumme.
«Entschuldigung», sagte der junge Mann. «Aber Sie schwelten ein bißchen.»
«Sie haben mir das Leben gerettet», keuchte Lestrade.
«Verschieben wir die Schmeicheleien auf später», sagte der Mann. «Jetzt haben wir ein kleines Problem in Nummer zwölf.»
«Nummer zwölf?» Lestrade blinzelte verzweifelt und versuchte, in dem Qualm etwas zu erkennen.
«Von dort kam das Feuer, aber die Tür ist verschlossen. Ich komme nicht rein.»
Lestrade spähte über den Flur. «Wo sind die anderen?» würgte er.
«Ich glaube, wir sind die einzigen auf dieser Etage. Der Nachtportier holt die Feuerwehr. Ich glaube, ich habe vorhin die Glocke gehört.»
«Ich auch», sagte Lestrade. Er faßte an die Türfüllung. Sie war glühend heiß. «Also mit der Schulter.»
«Das habe ich versucht», sagte der junge Mann. «Sie wollte nicht nachgeben.»

«Vielleicht geht's zu zweit. Fertig?»
«Ja, fertig», und sie warfen sich beide gegen die Tür. Sie krachte zu Boden und riß dabei die Luft herein und nach oben. Sie fielen mit ihr, wobei sich Lestrades Nase schmerzhaft in die Messingziffern auf dem Mittelbrett rammte. Als sie da lagen, schlugen die Flammen hinaus auf den Flur und spien einen Funkenregen zur Decke.
«Da», keuchte der junge Mann. «Ich kann seine Füße sehen.»
Sie krochen vorwärts durch den stechenden schwarzen Qualm, tränenblind, in der Hitze erschlaffend. Lestrades Hand spürte einen bestrumpften Fuß, und sie begannen zu ziehen und zerrten den Körper aus der Tür.
«Wasser marsch!» ertönte ein lauter Befehl, und Lestrade wurde von einem stechenden und zwickenden Wasserstrahl nach hinten in den Flur geschleudert. «Oh, verdammt noch mal. Tut mir leid, Mann», hörte er eine rauhe Stimme sagen, und als nächstes nahm er wahr, daß ein paar behelmte Feuerwehrmänner ihn durch den Flur in Sicherheit schubsten.
Im Foyer des Hotels herrschte ein Chaos. Der Nachtportier tupfte verzweifelt den Plüschteppich ab, in den die großen schmutzigen Stiefel der Feuerwehrleute den Schlamm von Edinburgh eingetreten hatten. Gäste belebten sich gegenseitig mit Riechsalz oder feindseligen Unterhaltungen über Schadensersatz, je nach Geschlecht und Veranlagung. Lestrade war überrascht, wie viele Männer Riechsalz bei sich trugen.
«Na ja», hörte er eine Stimme neben sich, «wir haben es versucht.»
Jemand hatte ihm eine Decke umgelegt, und er stand betäubt und durchnäßt da, die Augen rot gerändert, die Nase blutend. «Das haben wir», sagte er zu dem jungen Schotten.
«Ich bin Alistair Sphagnum.» Er streckte eine Hand aus.
«Sholto Lestrade. Und noch mal danke. Wären Sie nicht gewesen, wäre ich jetzt gut durchgeräuchert.»
«Oh, das hätte jeder außerordentlich tapfere Mann auch getan. Das kommt alles daher, daß die Sassenachs – Sie natürlich ausgenommen, Lestrade – so weit nach Norden kommen. Können ohne Feuer

nicht leben. Und unser Freund in Zimmer zwölf braucht keins mehr.»
«Sie sind also sicher, daß er tot ist?» fragte Lestrade.
Sphagnum nickte zu zwei bulligen Feuerwehrleuten in rußigen Uniformen hinüber, die eine Bahre die Treppe hinabtrugen. «Sieht so aus», sagte er.
«Kennt jemand diesen Gentleman?» Der Chief des Löschkommandos schnallte seinen Helm ab.
«Wir», riefen Lestrade und Sphagnum.
«Ich begegnete ihm, als er das Zimmer wechselte», sagte der Schotte.
«Das Zimmer wechselte?» Die Augen des Chief verengten sich. «Warum wollte er denn das?»
«Er war abergläubisch», sagte Lestrade. «Er war in Dreizehn. Bat mich, mit ihm zu tauschen.»
«Sie waren in Vierzehn?»
«Nein», sagte Sphagnum, «ich war in Vierzehn.»
«Ich war in Zwölf», sagte Lestrade.
«Waren Sie das auch vorhin?»
Lestrade witterte die Feindseligkeit. «Ja», sagte er langsam und bestimmt.
«Und Sie sind sicher, daß Sie ihn nicht baten, mit ihm zu tauschen?»
«Warum sollte ich?» fragte Lestrade.
«Das wird der Prokurator vielleicht auch gern wissen wollen», sagte der Chief.
«Wer?» fragte Lestrade.
«Kommen Sie schon, Chief», sagte Sphagnum. «Zwölf ist keine Unglückszahl, wissen Sie. Sie haben gerade gehört, was der Mann Ihnen erklärt hat.»
«Ja, schon, wir haben nur sein Wort, nicht wahr?»
Lestrade warf dem Chief des Löschtrupps einen argwöhnischen Blick zu. Für einen Feuerwehrmann hätte er einen verdammt guten Polizisten abgegeben. «Sie wollten, daß wir ihn identifizieren?» fragte Lestrade.
«Ja.» der Chief schlug die Decke zurück, und eine Frau schrie auf.

«Ist kein hübscher Anblick, Madame, da haben Sie recht», rief der Chief.
«Das ist es nicht», rief die Frau, die von einigen daneben stehenden Männern gestützt wurde. «Es ist... dieser ... Mann.» Ihr entkräfteter Finger deutete auf Lestrade, dem die Decke von der Schulter geglitten war, so daß sich im unheimlichen Gaslicht des Foyers deutlich seine Hinterbacken abzeichneten, an denen sein Nachthemd klebte, dessen Stoff sich über ihnen spannte. Hastig bedeckte er sich. Brandstiftung und unsittliches Entblößen in einer Nacht bedeuteten nichts Gutes.
«Mein Gott.» Sphagnum wich vor dem geschwärzten Kopf der Leiche mit den gebleckten gelben Zähnen und den gespannten, blutigen Lippen zurück.
«Einen Augenblick.» Lestrade zog den Zipfel seines Nachthemdes unter der Decke hervor, sorgsam darauf bedacht, daß die fallsüchtige Lady es nicht sah und falsch deutete, und betupfte das Gesicht der Leiche.
«Nun?» knurrte der Chief. «Ist er's?»
«O ja», sagte Lestrade, nachdem er seinen Mund geschlossen hatte. «Er ist es, kein Zweifel. Er sagte mir, sein Name sei Acheson. Er war Handlungsreisender.»
«Nun, das war seine letzte Reise», nickte der Chief.
An den Flügeltüren entstand Bewegung und eine Armee uniformierter Männer marschierte herein.
«O Gott», stöhnte Sphagnum. «Ich hoffe nicht, daß Sie vorhatten, Ihren Schönheitsschlaf nachzuholen, Lestrade. Wir werden sozusagen noch mal gegrillt. Es ist die Leith Police.»
«Sie haben leicht reden», murmelte Lestrade. «Mr. Sphagnum...» Er zog den Mann aus der Mitte des Gewühls.
«Ja?»
«Was weckte sie auf? Das Feuer?»
«Nein. Es war ein dumpfer Schlag. Oder besser, eine Reihe von Schlägen.»
«Kamen sie aus Nummer zwölf?»
«Konnte ich nicht ausmachen. Aber Sie waren doch zwischen mir und Acheson. Haben Sie nichts gehört?»

Lestrade schüttelte den Kopf.
«Warum fragen Sie?» sagte Sphagnum.
«Oh, aus keinem besonderen Grund», sagte Lestrade achselzuckend. «Es ist bloß, daß ich von früher weiß, was Feuer Leuten antun kann.»
«Und?» Sphagnum wartete.
«Und ich habe noch nie gesehen, daß Feuer einem Menschen Schläge auf den Kopf versetzt.»
«Guter Gott.»
«Zumindest nicht mehrere Schläge.»

Inspector Thaddeus McFarlane von der Leith Police war Lestrade gegenüber genauso mißtrauisch, wie es der Chief der Feuerwehr von Edinburgh gewesen war. Er trank beinahe pausenlos aus einer kleinen, lederumkleideten Taschenflasche, und während er sich mit dem Rumpeln und Gurgeln herumschlug, das davon zeugte, daß er ein Opfer von Verdauungsstörungen war, drohte er Lestrade fortwährend mit einer Nacht im Tollbooth. Wenn die Leith Police einem Mordverdächtigen nichts Schlimmeres in Aussicht stellte als eine Nacht im Mauthaus, dachte Lestrade, brauchte er sich absolut keine Sorgen zu machen.

Der Morgen dämmerte über der Stadt, als sie den Superintendent laufenließen. Irgend jemand hatte seinen Bowler, seinen Donegal und seine zerbeulte alte Gladstone-Tasche geborgen, wenngleich sein Exemplar des *Lüsternen Türken* in dem Inferno verlorengegangen zu sein schien. Das dachte zumindest Lestrade. Tatsächlich befand sich das Buch inzwischen im Besitz des von Blähungen geplagten McFarlane, der es, zwischen Schlucken aus seiner Taschenflasche unbekannten Inhalts, begierig studierte und mit dem Gedanken spielte, Lestrade wegen des Besitzes pornographischer Literatur anzuklagen. Wenn er ihn wiedersah, schwor er, würde er ihm das Buch unter die Nase halten.

McFarlanes Vermutung traf zu. Lestrade war beunruhigt. Aber nicht wegen des *Lüsternen Türken*. Irgend etwas stimmte nicht an der ganzen Geschichte des verstorbenen Mr. Acheson. Erstens: der Zufall, daß er mit Lestrade das Zimmer getauscht hatte. Wer außer Acheson und Lestrade hatte von diesem Tausch gewußt? Der Mann an der Rezeption gewiß nicht. Das hatte Lestrade in Erfahrung gebracht, bevor er in den frühen Morgenstunden, flankiert von Polizi-

sten, das Hotel verließ. Und dann waren da Achesons Wunden. Schläge auf den Kopf. War Acheson gefallen, von Flammen und Rauch überwältigt? Oder wurden ihm diese Verwundungen zugefügt, *bevor* das Feuer gelegt wurde? Und war das Feuer bewußt gelegt worden, um die Tat zu verschleiern? Die Mordtat. Eines stand fest: Er hatte keine Chance, die Leiche noch einmal zu sehen. Er konnte in einer Stadt dieser Größe kein Leichenschauhaus finden, und er ahnte, daß er keine sonderlich freundliche Antwort bekäme, wenn er einen Polizisten danach fragte. Aber vielleicht fand sich im Zimmer des Toten, wenn es auch ausgebrannt war, noch ein Anhaltspunkt. Unter dem Vorwand, nach weiteren seiner Habseligkeiten zu suchen, schlenderte er zum «North British Hotel» zurück. Und als er um die Ecke bog, vorbei an der kleinen steinernen Statue eines ekelhaft niedlichen Hundes, und über die Waverley-Brücke am Bahnhof vorbeischritt, ging ihm plötzlich auf, daß es eine Person gab, die von dem kurzfristigen Tausch wußte – der junge Schotte, Alistair Sphagnum.
«Morgen, Lestrade», grüßte ihn eine Stimme im Foyer. «Sie kehren an den Ort des Verbrechens zurück, wie?»
«Mr. Sphagnum», sagte Lestrade. «Dasselbe könnte ich von Ihnen sagen.»
«Aha», lächelte der junge Mann, «aber wenigstens habe ich eine Entschuldigung. Ich hatte letzte Nacht nicht die Gelegenheit, mich richtig vorzustellen. Ich bin Student der juristischen Fakultät der Universität.»
«Der Universität?» Lestrade war nicht klüger als zuvor. «Welcher Universität?»
Sphagnum blieb abrupt stehen. «*Der* Universität», erklärte er. «Und, wenn ich das sagen darf, vermutlich der einzige Student, der alle viertausenddreihundertundacht Bücher der Playfair Library gelesen hat – von denen, wie ich hinzufügen möchte, zwei mein Großvater, Sphagnum of Sphagnum, verfaßt hat. Sagen Sie, was hat Sie bewogen zurückzukommen?»
«Nennen Sie es krankhafte Neugier. Und die Tatsache, daß ich mein Rauchkäppchen dortgelassen habe.»
«Nun, wenn's vorher nicht geraucht hat, wette ich, tut es das jetzt», piepste eine dünne, schrille Stimme.

Lestrade blickte um sich und bemerkte, neben Sphagnums Ellenbogen schwebend, ein weißhaariges Individuum mit Kneifer und dem Gesichtsausdruck eines ziemlich verärgerten Steinbocks. Lestrade war besonders verblüfft, weil er vor nicht langer Zeit, im Fall des steuerhinterziehenden Tierpräparators auf dem Weg über die Haupttreppe des Museums von South Kensington mit dem präparierten Kopf eines solchen Untiers zusammengestoßen war. Alles in allem sah die präparierte Version lebendiger aus als diese.
«Oh, verzeihen Sie mir.» Sphagnum schob den kleinen alten Mann nach vorn. «Darf ich Ihnen Doktor Spittal aus Glenshee vorstellen? Er ist Honorarprofessor an der Universität – und, glauben Sie mir, was er über Feuer nicht weiß, ist nicht wissenswert. Wollen wir? Ich habe die Reisetasche des verblichenen Acheson für eine unbedeutende Summe von diesem mürrischen Halunken an der Rezeption erstanden. Es ist gut, daß ich ein überaus bemittelter Mann und der einzige großzügige Schotte nördlich der Trennmauer bin.»
Dieses Mal nahmen sie den Lift, größtenteils wegen Doktor Spittals Unfähigkeit, seine Füße allzu hoch zu heben. Das blaue Absperrungsseil der Leith Police war so rasch wie möglich durch eine geschmackvolle Holztafel mit Hochlandszenen ersetzt worden, die die Direktion quer über den Flur plaziert hatte, ängstlich darum besorgt, daß die Nachricht vom Feuer im «North British» so wenig Ohren und Augen wie möglich erreichte. Sphagnum und Lestrade hoben sie beiseite und bugsierten den kleinen Professor hindurch. Sphagnum bedeutete Lestrade, beiseite zu treten, und der kleine alte Kauz wankte allein durch die geschwärzte Tür des Zimmers, das Lestrade ursprünglich bewohnt hatte. Er schnüffelte, rückte seinen Kneifer zurecht und kratzte sich den Kopf, von links nach rechts spähend.
«Dieser Bursche», sagte er plötzlich, zu den Männern an der Tür gewandt, «was machte er?»
Sphagnum sah ihn verständnislos an.
«Er sagte mir, er verkaufe Damenunterwäsche», sagte Lestrade.
«Aha», krächzte der alte Mann. «Ich wußte es. Baumwollflanell. Der schlimmste Fluch, der einen Mann nach tertiärer Syphilis treffen kann, und verdammt leicht entzündbar.»

«Was passierte also?» fragte Lestrade nach einer angemessenen Pause.
«Sch!» Spittal und Sphagnum brachten Lestrade gleichzeitig zum Schweigen. Lestrade zog sich ein wenig beschämt zurück. Spittal schielte nach oben, stocherte im Kaminrost mit dem Feuerhaken herum, den die Flammen zu einer Sichel geformt hatten, und begann mit angefeuchtetem Zeigefinger über das Fensterbrett zu fahren. Man hatte ein Brett über dem geschmolzenen Glas befestigt, und das ganze Zimmer glich einem feuchtriechenden Kerker.
«Das war's.» Spittal stolperte zur Tür zurück. «Folgendes ist passiert, Gentlemen: Das Feuer brach aufgrund einer übermäßigen Anhäufung von Flanellstoff im Kamin aus. Es breitete sich rasch aus. Etwa so wie in den Vorlesungen der meisten meiner Kollegen stieg heiße Luft auf. Schwarzer, stechender Rauch dürfte zur Decke gestiegen sein, und dann haben sich die Flammen seitlich ausgebreitet, vermutlich durch den Zug fast aller Öffnungen des Raumes angefacht.»
«Das Klosett wäre also keine Hilfe gewesen?» fragte Lestrade.
«Nicht die geringste. Ich nehme an, die Leiche wurde auf der linken Seite des Bettes gefunden?»
«Stimmt», sagte Sphagnum. «Wenigstens haben Lestrade und ich sie von dort weggeschleppt.»
«Richtig. Vermutlich weckten ihn die Hitze und der Qualm. Möglicherweise versuchte er aufzustehen, aber die Kohlensäure und das Kohlenmonoxyd dürften ihn gestoppt haben. Ohne Zweifel hat das seinen Tod verursacht.»
«Nicht die Schläge auf den Kopf?» bohrte Lestrade.
«Wie? Welche Schläge auf den Kopf, Lestrade?» Spittal warf ihm über seinen Kneifer einen schiefen Blick zu.
«Mr. Sphagnum und ich sahen unter den Verbrennungen deutlich die Spuren mehrerer Schläge.»
«Nun, Sie vielleicht, Lestrade», sagte Sphagnum. «Ich bin weiß Gott in diesen Dingen ziemlich versiert, aber ich gestehe, daß ich nichts dergleichen sah.»
«Nein, nein.» Spittal war unnachgiebig. «Im Falle eines Feuers sterben Leute an Schock, Erstickung oder Betäubung. In Fällen von

Verbrennungen natürlich an Oedema glottidis oder Bronchopneumonie. Warten Sie mal.» Er spähte an die Decke. «Das ist sehr merkwürdig.» Er schnalzte mit der Zunge – zweifellos ein Fehler, denn dabei fielen ihm plötzlich die Zähne aus dem Mund. «Oh, hol's doch der Doyle!» sagte er. Es war der schlimmste Fluch, den Mrs. Spittal unter ihrem oder einem anderen Dach zuließ.
«Was ist?» Lestrade hob behutsam das Gebiß vom rußigen Teppich auf.
«Äh, ja.» Spittal nahm es entgegen. «Ich habe als Junge meine Zähne immer mit Ruß gereinigt. Was meinen Sie mit ‹Was ist?›?»
«Sie sagten», erinnerte ihn Lestrade, «daß etwas sehr merkwürdig sei.»
«Ach ja, ganz recht. Nun, die einzige Möglichkeit, daß Schläge auf den Kopf ihn umbrachten, würde darin bestehen, daß die Decke eingedrückt ist. Was ist mit dem Himmel?»
«Mit was?» fragte Lestrade ungläubig.
«Er meint den Betthimmel, den Baldachin, Lestrade», erklärte Sphagnum.
«Nein.» Spittal trottete hinüber. «Nur ein Brett verschwunden. Könnte das die Verletzungen verursacht haben?»
Lestrade schüttelte den Kopf, halb zu sich selber sprechend. «Nicht die Verletzungen, die ich sah», sagte er. «Doktor Spittal, könnten Sie sagen, ob ihm die Schläge vor oder nach seinem Tod zugefügt wurden?»
«Natürlich», erwiderte der alte Mann. «Aber dazu müßte ich die Leiche sehen.»
«Unmöglich», sagte Lestrade.
«Also, es funktioniert so. Wenn ich brennendes Material – zum Beispiel einen Fetzen Flanell – auf Ihren Arm fallen ließe, würde das eine verräterische rote Brandblase verursachen. Entfernte ich nun die Epidermis, würden ihre Papillen geschwollen und rot hervortreten. Nähme ich davon ein paar Abschabsel und erhitzte sie über einem Bunsenbrenner, würden die ganzen Dinger fest werden und – wohlgemerkt, mit absoluter Sicherheit – Eiweißserum und Chloride absondern. Wenn Sie nun aber tot wären, würde das Zeug total milchig werden, aber nicht fest – und in der Regel enthält es dann Blut.»

«Das habe ich befürchtet», seufzte Lestrade.
«Natürlich gibt es noch die Möglichkeit, eine Obduktion durchzuführen. Wenn sich im Kehlkopf und in der Luftröhre kein Ruß findet, dann ist unser kleiner Freund gestorben, *bevor* das Feuer ausbrach. Hinwiederum würde das Blutspektrum karbonsaures Hämoglobin aufweisen, wenn die Person lebte, als sie die Verbrennungen erlitt, weil sich Blut nur beim Atmen mit Kohlenmonoxyd vermischt. Antizipieren Sie?»
«Äh... Oh, seit Jahren nicht mehr», bluffte Lestrade, in der Annahme, der alte Mann habe das Thema gewechselt. Spittal sah ihn ziemlich befremdet an.
«Nun, Doktor.» Sphagnum schüttelte dem alten Professor abschließend die Hand. «Ich weiß es wirklich zu schätzen, daß Sie so früh aufgestanden sind und uns Ihren fachmännischen Rat so bereitwillig haben zuteil werden lassen. Ich werde Sie zur Kutsche bringen. Mr. Lestrade?» Und sie halfen dem alten Mann hinunter auf das Straßenniveau.
An der Tür blieb er stehen. «Mann», sagte er zu Lestrade, «Sie haben Ihr Rauchkäppchen nicht gefunden.»
«Wie Sie vermuteten, Doktor», erwiderte Lestrade, «es ist jetzt ein Häufchen Asche. Macht nichts. Nochmals vielen Dank.»
Spittal schüttelte ihnen die Hände, und Sphagnum hob den gebrechlichen kleinen Körper in die Kutsche. «Er ist ein netter alter Bursche», sagte er, als er zur Hoteltreppe zurückkehrte. Er zwinkerte Lestrade zu. «Sie wären nicht darauf gekommen, daß er dreizehn Jahre wegen Brandstiftung in Barlinnie abgesessen hat, oder?»

Das Frühstück, das ergab sich so, fiel auf Alistair Sphagnum zurück. Nicht buchstäblich, denn seine Tischmanieren waren vorzüglich. Irgendwie hatte das Hotel «North British» seine Anziehungskraft verloren, obgleich man den vom Brand betroffenen Herren einen Freitisch versprach. Sie besuchten also ein kleines Etablissement auf Carlton Hill, das Sphagnum kannte, hinter den Gedenkstätten für die alten Toten – Nelson, dessen Götzenbild hier einem einhundertacht Fuß hohen Fernrohr zu gleichen schien, und, was

noch weniger erklärlich war, Abraham Lincoln. Vielleicht hatte er einmal wie in Gettysburg auch in Edinburgh eine Rede gehalten.
«Powsowdie oder Cullen Skink?» fragte Sphagnum, als sie die Speisekarte überflogen. «Ich fürchte, Stoved Howtowdie mit faschierten Eiern ist ausgegangen.»
Lestrade brauchte Sphagnum nicht, um das zu erkennen. «Gibt es hier Tee?»
«Tee?» Sphagnum zog eine Lowland-Augenbraue hoch. «Äh ja.»
«Das reicht völlig», sagte Lestrade, der vermutete, daß nördlich von Watford Eier und Schinken wahrscheinlich nicht serviert wurden.
«Ein Kanne Tee, Mädchen», sagte Sphagnum zu der beschürzten, kräuselhaarigen Fee, deren Miene Milch sauer werden lassen konnte. «Und darf ich sagen, daß Sie heute ungemein bezaubernd aussehen?» Sie grinste ihn spöttisch an und wieselte fort.
«Viel Drumrum, wie?»
«Nein, danke, ich möchte meinen Tee ohne alles.»
«Nein, ich meine die Sache mit dem alten Acheson. Die ist schon merkwürdig.»
«In der Tat», nickte Lestrade.
«Trotzdem ist es ein Jammer, daß wir nicht noch einmal einen Blick auf die sterblichen Reste werfen konnten.» Sphagnum begann irgendeinen undefinierbaren braunen Torf in den Kopf seiner eleganten Meerschaumpfeife zu quetschen.
«Hm», pflichtete Lestrade bei, der gerade an etwas Ähnliches dachte.
«Ich habe einen Bunsenbrenner in meiner Wohnung.»
«Danach wollte ich gerade fragen», sagte Lestrade. Krankhafte Neugier war seine zweite Natur.
«Wonach? Nach dem Bunsenbrenner?»
«Nein. Nach Ihrer Wohnung. Ich habe Sie nach unserer ersten Unterhaltung so verstanden, daß Sie Student an der Universität Edinburgh seien.»
Sphagnum richtete sich kerzengerade auf. «Von einer anderen Universität weiß ich nichts», sagte er.

«In Ordnung. Warum also verbrachten Sie die letzte Nacht in Zimmer vierzehn des ‹North British Hotel›?»
«Holla, Sie sind aber ein ganz Mißtrauischer», grinste Sphagnum. «Wenn ich's nicht besser wüßte, würde ich sagen, daß Sie zu den Pols gehören.»
«Zu den was?»
«Oh, tut mir leid. Das kommt daher, daß ich mich während der Ferien zu lange unter den Glasgower Lowländern aufhalte.»
«Tatsache ist...»
Die Fee kam mit dem Tee und stellte polternd das Tablett ab.
«Vielen Dank, Mädchen, anmutig wie immer.» Sphagnum drehte den Kopf in ihre Richtung. «Eine Studentin der John-Knox-Mannequinschule, wie sie im Buche steht. Sie sagten...»
«Ich sagte», sagte Lestrade, «daß ich mal mit dem Gedanken spielte, Polizist zu werden. Bedauerlicherweise versagte ich bei der ärztlichen Untersuchung.»
«Wirklich?»
«Ich hatte Grips.»
«Aha», lächelte Sphagnum. «Ich weiß, was Sie meinen. Also, was treiben Sie, Lestrade?»
«Äh... ich bin Lehrer», sagte der Superintendent.
«Für was?»
«Für Kinder», erwiderte er.
«Ach ja, ich verstehe. Hier in Schottland, wo wir richtige Schulen haben, spezialisieren sich unsere Schulmeister, wissen Sie. Auf bestimmte Fächer.»
«Ach ja», sagte Lestrade. «Klassische Sprachen und so, nehme ich an. Sie können Latein und... diese andere Sprache.»
«Soll ich das Mütterchen spielen?» fragte Sphagnum und hob die Porzellankanne.
Das schien unwahrscheinlich, wenn man die breiten Schultern und das stoppelige Kinn des Mannes betrachtete. Aber andererseits war es noch ziemlich früh am Tag.
«Was also führt Sie nach Schottland, bei Ihrem Gehalt?»
«Eine alte Tante. Sie starb kürzlich, und ich mache ein paar Wochen Ferien.»

«Sie haben sich nicht die beste Zeit ausgesucht», sagte Sphagnum, «und auch nicht den besten Ort. Weihnachten ist eine Zeit der Familie, Lestrade. Haben Sie Familie?»
Lestrade dachte an Sarah, seine Frau, die vor Jahren gestorben war. Er dachte an Emma, das lebendige Spiegelbild ihrer Mutter, die er seit über einem Jahr nicht gesehen hatte. Sie war inzwischen zehn. Er würde ihr eine Karte schicken und eine Puppe mit goldenem Haar.
«Nein», sagte er. «Niemanden.»
«Und Hogmanay?» fragte Sphagnum.
«Nein, auch das nicht.»
«Nein, Hogmanay ist das, was wir in Schottland Neujahr nennen. Wenn Sie noch weiter nach Norden kommen, werden Sie es ziemlich fremdartig finden.»
«Nun, wir werden sehen.»
«Jetzt zum Fall Acheson.» Sphagnum beugte sich über den Tee zu Lestrade. Der Tee war überraschend gut und gewiß bekömmlicher als Cullen Skink.
«Sie waren gerade dabei, mir zu sagen, warum Sie im Hotel wohnten», sagte Lestrade, der sich auf raffiniert ausweichende Antworten verstand.
«Wirklich? Ach ja. Mein Zimmer in der Universität wird gerade renoviert. Dieses Durcheinander... Sie würden es nicht glauben, man kriegt doch heutzutage keine Leute. Also zog ich aus. Ich sagte zu dem verantwortlichen Burschen: ‹Ein Tag, Meister›, sagte ich zu ihm, ‹ein Tag, mehr gebe ich Ihnen nicht. Dann ziehe ich den Auftrag zurück.› Nun ja, man muß die arbeitenden Klassen in ihren Schranken halten, finden Sie nicht?»
«Ganz recht», sagte Lestrade.
«Ich weiß, wohin sie ihn gebracht haben.»
«Wen?»
«Acheson.»
«Wohin?»
«Aha. Oh, nein, nicht doch. Ich weiß nicht warum, Mr. Lestrade», sagte Sphagnum, «aber ich habe den Verdacht, daß Sie für einen Lehrer alter Sprachen ziemlich viel über ein *corpus delicti* wissen. Habe ich recht?»

Lestrade hatte keine Ahnung. Er lächelte bloß.
«Dachte ich mir», sagte Sphagnum. «Egal, ich muß gestehen, daß ich, obgleich meine Kenntnisse enzyklopädisch sind, mit Leichenschauen nicht vertraut bin. Also denke ich, daß wir bei dieser einander irgendwie brauchen.»
«Bei dieser?» Lestrade hob eine Augenbraue.
«Ach, kommen Sie, Lestrade, Sie sind genauso interessiert wie ich. Das ist wirklich aufregend. Alles, was vor mir lag, waren ziemlich langweilige Weihnachtstage in der Fakultät. Und wenn Sie einmal von der Adventszeit bis zum Bootsrennen im Frühjahr von der Sauferei gelähmt gewesen sind, gibt es für Sie keine neuen Erfahrungen mehr. Aber dies ist ein wirkliches Abenteuer. Es bedeutet natürlich, daß wir ein kleines bißchen einbrechen und eindringen müssen.»
Lestrade zog auch die andere Braue hoch. «Ist das nördlich der Grenze nicht ungesetzlich?» wollte er wissen.
«Nun, ich studiere erst seit drei Jahren die Rechte», sagte Sphagnum, «aber ich glaube, es ist überall ungesetzlich.»
«Und wie wollen Sie es machen?» fragte Lestrade.
«Nun, ich habe ein Brecheisen in meinem Zimmer.»
«Und einen Bunsenbrenner auch.»
«Ich habe viele Zimmer. Aber wir werden warten müssen, bis es dunkel ist.»
«Ich trinke darauf», Lestrade hob seine Tasse. «Was sagen wir, wenn wir geschnappt werden?»
«Geschnappt? Pah, ich habe die Laufbahn von Daft Jamie McWhorter studiert, der Diebeskatze von Holyrood. Ich habe nicht die Absicht, mich schnappen zu lassen. Und in der Zwischenzeit», Sphagnum schnippte mit den Fingern, um der säuerlichen Fee die Rechnung zu entlocken, «müssen wir einen Tag herumbringen sozusagen. Soll ich Ihnen die Sehenswürdigkeiten zeigen? Ach du liebe Güte, ich scheine meine Brieftasche in meinem Zimmer vergessen zu haben.»

«Ich nehme an, Lestrade, daß Sie alle Geißeln der Menschheit mit Interesse studiert haben», sagte Sphagnum.

Das hätte Lestrade bestritten. Er machte sich wenig aus Auspeitschungen. Nicht einmal die Verrenkungen von Mimi La Whipp aus Carnaby Street konnten seine Leidenschaft erregen. Aber bevor er das verneinen konnte, fuhr Sphagnum fort. «Also will ich Ihnen den üblichen Unsinn ersparen. In den Princes Street Gardens haben wir die erste Blumenuhr der Welt, sogar mit einem Kuckuck, obgleich ich mir vorstelle, daß sie um diese Jahreszeit wahrscheinlich die erste Unkrautuhr der Welt ist. Ah, aber das hier wird Ihren Gaumen kitzeln.»
Er deutete nach oben auf die Ecke eines kuriosen alten Hauses. «Sehen Sie die Kanonenkugel?»
Lestrade sah sie. Sie ragte unter einem Fenstersims im Obergeschoß hervor.
«Als der junge Thronbewerber vor ein paar Jahren die Stadt besetzte, konnte er das Schloß nicht einnehmen. Es gab eine kleine Kabbelei, und ein Schuß landete dort.»
«Hat niemand daran gedacht, sie zu entfernen?» fragte Lestrade unschuldig.
«Entfernen, Mann? Sind Sie verrückt? Sie ist alles, was das Haus zusammenhält. Also, ich weiß, daß Sie ein Mann sind, den Mord interessiert.»
Lestrade versuchte, so gleichmütig dreinzuschauen wie ein Zugpferd, das unmittelbar neben ihm einen Wind abließ.
«Da drüben ist das Netherbow, das alte Stadttor, wo Burke und Hare dem Chirurgen Doktor Knox Leichen verkauften. Ich war Medizinstudent, wissen Sie, drei oder vier Tage lang.»
«Sie sind nicht dabei geblieben?»
«Kein Abenteuer. Alles, was ich zu sehen bekam, waren Fotos von Zwölffingerdärmen. Das ist keine Art für einen erwachsenen Mann, seinen Lebensunterhalt zu verdienen.»
Wenn Lestrade an ein paar Mediziner dachte, die er kannte, mußte er ihm recht geben.
Sphagnum blieb an einer anderen Ecke stehen, die noch grauer, zugiger und kurioser war als die letzte. «Also, das ist West Bar, und da drüben ist das Haus von Major Weir. Haben Sie von Major Weir gehört?»

Lestrade gestand seine Unwissenheit.
«Nun, wenn Sie bequem stehen, werde ich anfangen. Thomas Weir war vor einiger Zeit der Kommandant der Stadtgarde. Er war es, der die Hinrichtung von Montrose vornahm, dem einzigen anderen großen schottischen Helden neben mir und Robert Bruce. Jedenfalls bewohnte Major Weir dieses Haus zusammen mit seiner Schwester, Grizel – eine Dame, stelle ich mir vor, mit demselben Gesichtsausdruck wie das liebreizende Wesen, das uns heute morgen den Tee servierte. Im Alter von neunundsechzig Jahren gestand er, daß sie beide jahrelang dem Bösen gedient und empörenden Praktiken gefrönt hätten.»
«Wirklich?» Lestrade spitzte die Ohren. «Wie empörend?»
«Auf einer Skala von eins bis zehn, dreizehn», belehrte ihn Sphagnum. «Hexerei, Inzest, Erzeugung unglaublicher Mengen erfundender Geschichten, alles mögliche in dieser Art.»
«Ja», stimmte Lestrade zu, «das ist ziemlich empörend.»
«Jedenfalls scheint es, daß der alte Major ein Diener des Satans und sein Amtsstab sein Vertrauter war und gleichsam zum Personal des Hauses gehörte. Es geht die Geschichte, daß sie den Stab zusammen mit dem Major verbrannten und das Ding sich im Feuer im Todeskampf drehte und wand und sich verwandelte.»
«Darum können Sie also kein Hauspersonal finden», bemerkte Lestrade scharfsinnig.
«Ha, ha, aber nicht doch», strahlte Sphagnum. «Es ist nicht allgemein bekannt, daß man das halbverbrannte Ding aus dem Feuer klaubte. Und, wie es der Zufall will, es befindet sich in meinem Zimmer.»
«Natürlich», sagte Lestrade, nicht im geringsten überrascht. «Und verfügt es über Zauberkräfte?»
Sphagnum lächelte. «Ich weiß es, und Sie müssen es herausfinden», sagte er. «Die Leute sagen natürlich, daß es in dem Haus spukt. Es leuchtet nachts in einem unheimlichen Licht, und man kann hören, wie sich das Spinnrad der alten Grizel quietschend dreht. Und der Geist einer zehn Fuß großen Frau, die sich vor Lachen schüttelt, wandelt da drüben über Stinking-Closs, umringt von anderen Gespenstern, die aus vollem Halse lachen.»

«Hm, hm», war Lestrades tiefsinniger Kommentar.
«Oh, es ist wahr», versicherte ihm Sphagnum. «Ich habe das Tapp-Tapp vom Stab des alten Majors auf dem Pflaster selber gehört.»
«Aber Sie sagten, er sei in Ihrem Zimmer», gab Lestrade zu bedenken.
«Mein Gott, Mann, Sie werden mir doch wohl ein bißchen dichterische Freiheit gestatten, oder? Wie der alte Rabbie Burns zum Staatsanwalt sagte. Also, da drüben...»
Und so ging es fast den ganzen Tag weiter, bis es sich in Lestrades Kopf vor lauter Geschichten drehte und seine Füße von den zurückgelegten Meilen zitterten. Wenigstens waren Lunch und Dinner einigermaßen eßbar, und der großzügigste Mann Schottlands bezahlte in beiden Fällen nur für sich selber.
Nach dem Abendessen verschwand Sphagnum wie die Geister der alten Grizel und ihres unmöglichen Bruders, denn es war dunkel und somit Zeit geworden, ein paar Dinge aus seinem Zimmer zu holen.
Den ganzen Tag hatte Lestrade versucht, aus Sphagnum herauszukitzeln, wo die Leiche des verblichenen Acheson sich wohl befand, und den ganzen Tag hatte der freundliche Schotte in diesem Punkt ein unfreundliches Schweigen bewahrt. So brachen sie denn kurz nach Mitternacht gemeinsam auf und schlichen aus ihren neuen Zimmern, die ihnen die Direktion des Hotels mit unterwürfigen Entschuldigungen zur Verfügung gestellt hatte. Sie passierten St. Giles, die High Kirk, deren Turmspitze stumm in die kalte, besternte Nacht ragte, die gewundenen Mauern von Gledstone's Land, durchquerten das wahre Herz von Midlothian und gelangten durch Cannongate zum Parliament Square. Hier, vor einem Seiteneingang, zog Sphagnum Lestrade plötzlich in den Schatten und holte einen Schlüssel hervor.
«Ist es hier?» flüsterte Lestrade.
«Nein», antwortete Sphagnum. «Dies ist die Signet Library. Die Writers to the Signet sind das, was Sie in England Solicitoren nennen würden.»
«Männliche Kundschaft anzusprechen ist in England ein Vergehen», bemerkte Lestrade.

«Na und? Die meisten Solicitoren, die ich kenne, sind auch ziemlich ungehörig. Aber trotzdem ist ihre Bibliothek ziemlich nützlich.»
«Ah, ja.» Lestrade folgte ihm eine Wendeltreppe hinauf. «Für Sie als Student der Rechte müssen ihre Bücher nützlich sein.»
«Zum Teufel mit ihren Büchern, Mann. Hier.»
Sphagnum duckte sich plötzlich auf einem Absatz der Treppe und preßte seine Schulter an die Wand. Ein Brett der Täfelung gab knarrend nach und enthüllte völlige Finsternis. «Zum Glück hatte ich in meinem Zimmer eine Laterne. Jetzt bleiben Sie dicht hinter mir und passen Sie auf, daß...»
Aber es war zu spät. Lestrades Bowler und der darunter befindliche Kopf krachten gegen den steinernen Türsturz, und als er zurücktaumelte, sah er mehr Sterne, als am Edinburgher Himmel standen.
Sphagnum stützte ihn. «Mann, Mann», flüsterte er, «passen Sie auf Ihren Kopf auf. Vergessen Sie nicht, wir brauchen Sie für diese kleine Leichenschau.»
«Wohin führt dieser Gang?» fragte Lestrade, als die Dinge nicht mehr vor seinen Augen verschwammen.
«Ein kleine Treppe führt runter in den Keller des Hauses nebenan.»
«Ins Leichenschauhaus?»
«Wissen Sie, für einen Lehrer der klassischen Sprachen sind Sie ziemlich helle.» Sphagnum zwinkerte ihm zu, freilich in der Dunkelheit, so daß Lestrade es nicht bemerkte. Der Schotte zündete seine Laterne an, und sie warf verrückte, huschende Schatten auf die Decke des Ganges. Er schien aus dem massiven Gestein herausgehauen zu sein – wie massiv es war, hatte Lestrade bereits erfahren.
«Es ist ein alter Geheimgang der Covenanter», antwortete Sphagnum auf Lestrades unausgesprochene Frage. «Was die Leute im Namen der Religion nicht alles machen! So, da wären wir.»
Sie standen vor einer Ziegelmauer, mit grünem Schimmel überzogen und von Spinnweben bedeckt. Die Ratten hoben ihre Nasen, wütend über diesen Einbruch in ihr Revier. Sie quietschten Lestrade verärgert an und huschten mit nachgeschleiften Schwänzen davon.

«Hier ist es irgendwo, ich weiß es.» Sphagnum klopfte mit seinem eisernen Brecheisen gegen die Ziegel.
«Lassen Sie mich mal ran.» Lestrade war jetzt in seinem Element. Es war nicht das erste Mal, daß er sich mit dem Brecheisen den Weg in verschlossene Gebäude bahnte. Es würde vermutlich auch nicht das letzte Mal sein. Er klopfte, er drückte, er kratzte. «Gibt es hier wirklich einen Zugang?» erkundigte er sich bei Sphagnum. Die Mauer mochte wohl zwei Fuß dick sein. Wollte er sie durchbrechen, würde er gewiß Rente beziehen, bevor er auf der anderen Seite ankam.
«He, lassen Sie mich mal den Stab des Majors ausprobieren.» Sphagnum zog einen sonderbar knorrigen Stock hervor, dessen geschnitzter Knauf eine gehörnte Ziege darstellte. Er setzte die Spitze auf einen Ziegel, und die Mauer wich mit einem mißtönenden Quietschen zurück.
«Na, da haben Sie's!» Er strahlte Lestrade an. «Zauberkräfte. Hier entlang.»
Da es sich offensichtlich um eine alte Edinburgher Sitte handelte, gehorchte Lestrade. Sie traten in ein Kellergewölbe, weniger feucht und rattenverseucht wie das, welches sie gerade verlassen hatten. Stumme Schläfer lagen, in weiße Laken gehüllt, auf Marmortischen, genauso kalt wie der Marmor.
«Hier ist der Gasanschluß», rief Sphagnum aus der anderen Ecke. Lestrade stöhnte, als seine Leiste mit einem gerade erstarrten Zeh zusammenstieß. Das war nichts Neues für ihn. Er kannte von früher die Schläge, die Tote austeilten, die tödlichen Schläge.
«Ist er das?» Sphagnum brachte aus seinem schier unerschöpflichen Leinensack einen Bunsenbrenner zum Vorschein.
«Nur unter der Voraussetzung, daß sich beim Verbrennen die Geschlechtsorgane verändern», füsterte Lestrade. «Diese Leiche ist eine Frau. Aha.»
«Haben Sie ihn?»
«Ich habe ihn. Kommen Sie mit der Laterne.»
Im flackernden Lichtstrahl ging Lestrade an die Arbeit. Er legte seinen Bowler auf die Brust der verblichenen Frau zu seiner Rechten und schlug das Leinentuch zurück. Achesons Körper war buchstäblich von Kopf bis Fuß schwarz. Die Leiche war offensichtlich gewa-

schen worden, und die verräterischen Merkmale befanden sich an der linken Schläfe. Lestrade kramte in seiner Tasche und Sphagnum sah, wie er einen Schlagring hervorholte und anlegte. Es klickte im Halbdämmer, und aus der Faust des Superintendent schoß eine mörderische Klinge heraus.

«Was macht ein Lehrer der klassischen Sprachen mit einem solchen Ding?» fragte Sphagnum.

Lestrade sah nicht auf. «Ich habe ein paar ziemlich ungezogene Schüler», sagte er und begann die verbrannte Haut abzukratzen. Er zählte acht einzelne Schläge seitlich am Schädel. Dann schob er die Klinge unter eine große Brandblase am Unterarm und schnitt sie ab. Er ließ sie mitsamt dem Eiter in ein Taschentuch fallen und schärfte sich im Geist ein, es nicht wieder zu benutzen; zumindest nicht, so lange die Blase drin war. Behutsam füllte er den Blaseninhalt in Sphagnums Reagenzglas.

«Sie sehen ein bißchen grau aus, Mr. Sphagnum», bemerkte er.

«Ach, das ist die Dezemberluft», sagte er wegwerfend. «Fertig?»

Lestrade drehte das Gas an und entzündete ein Streichholz. Sphagnum stellte die blaue Flamme ein und hielt das Glas darüber. Beide Männer beugten sich vor, um die Reaktion zu beobachten. Nach etwa einer Minute nickte Lestrade grimmig. «Milchig», sagte er. «Ihr alter Professor hatte recht.»

«Das bedeutet?»

«Das bedeutet, daß unser Nachbar, Mr. Acheson, zu Tode geschlagen wurde, ich würde sagen, mit einem Hammer, *bevor* er verbrannte.»

«Es ist also Mord?»

Lestrade nickte. «Das Feuer war dazu bestimmt, diese Tatsache zu verschleiern. Die Frage ist, wer wollte Acheson ans Leder und warum vertuschte er den Mord durch ein Feuer.»

«Das sind zwei Fragen», fühlte sich der Anwalt bemüßigt einzuwerfen.

«He, ihr da!» Eine Stimme mit schottischem Akzent überlagerte donnernd ihr Geflüster.

Lestrade drehte das Gas ab, während Sphagnum die Laterne ergriff und auslöschte. Eine Sekunde standen sie in totaler Finsternis,

dann warf eine andere Laterne ihr Licht vom oberen Ende der Treppe.
«Was habt ihr da zu suchen?» fragte die Stimme hinter der Laterne.
Lestrade zog sich zurück zum Eingang hinter ihnen, aber die Mauer hatte sich mit einem gleitenden Knirschen geschlossen, und nicht einmal Sphagnums Stab verfügte über genügend Zauberkraft, sie rasch genug wieder zu öffnen.
«Hier rüber!» rief der Student der Rechte und huschte in einen angrenzenden Raum, Lestrade hart auf seinen Fersen. Auf der Treppe klapperten genagelte Stiefel, und Lestrade erkannte das von Flatulenzen untermalte Gebrüll von Thaddeus McFarlane.
«Halt. Hier ist die Leith Police. Sie können nicht entkommen!»
Das schien zu stimmen. Sphagnum versuchte sich an einer Tür nach der anderen, und alle schienen verschlossen zu sein. Keine gab nach, so verzweifelt er auch daran rüttelte.
Man konnte McFarlane hören, der seine Constables anbellte. «Vorwärts, sie sind da drüben.»
Köpfe tanzten im spärlichen Licht aus dem einzigen Fenster auf Straßenniveau, und die einzige Laterne warf verrückte Strahlen, die vom einheitlichen Grün der Wände zurückgeworfen wurden.
«Ich hab sie, Inspector», rief eine energische Stimme.
«Das ist eine Leiche, mit der Sie herumalbern, Taggart, Sie Holzkopf. Lassen Sie sie auf der Stelle los.»
Es gab einen dumpfen Aufprall, als die Leiche zu Boden fiel.
«Hier rüber, Lestrade.» Sphagnum war an der letzten Tür angekommen.
«Lestrade!» rülpste McFarlane. «Geben Sie auf, Mann. Sie haben keine Chance.»
Es krachte entsetzlich, als ein Constable in der Dunkelheit mit einem anderen zusammenprallte.
«Vielen Dank für dieses nette Meisterwerk freiwilliger Identifizierung», zischte Lestrade, als er bei Sphagnum ankam.
«Tut mir leid. Hab nicht nachgedacht. Wie wär's mit dieser Tür? Schulter an Schulter und alles auf eine Karte?»
Lestrade zuckte die Achseln. «Bei drei», sagte er.

«Drei!» rief Sphagnum, und die beiden Männer warfen sich gegen die Tür wie im flammenden Inferno des Hotels gegen Tür Nummer zwölf. Diesmal ging das Ding einfach auf, denn es hing nur noch an einer Angel, und die beiden Männer taumelten hindurch.
«Hier lang!» kreischte McFarlane, als das Licht hereinfiel, und seine Constables solperten hinter ihm her. Lestrade und Sphagnum klapperten die Steinstufen zu einer weiteren Tür hinauf. Sphagnums Stab zertrümmerte das Glas und Lestrades Schulter krachte gegen den Rahmen. Vergeblich.
«Au!» schrie er. «Die Angeln sind auf der anderen Seite.»
«Ja, das ist schließlich ein McAlpine-Bau. Hier lang, Mann.»
Er tauchte seitlich weg und schlitterte über einen glattgebohnerten Korridor, wo längst verblichene Polizisten mit Schnauzbärten und Helmen auf sie herunterglotzten. Pfeifen schrillten und Hunde bellten, während sie durch unendliche Flure sausten, immer höher hetzend, immer die Constables auf den Fersen.
«Was ist das für ein Gebäude?» keuchte Lestrade, als sie Korridore erreichten, in denen noch das Gaslicht brannte.
«Hab ich Ihnen das nicht gesagt?» fragte Sphagnum zurück. «Das Hauptquartier der Edinburgher Polizei.»
Er stemmte seine Schulter gegen eine Tür, und Lestrade huschte hindurch. Sphagnum stieß einen Schreckensschrei aus. Lestrade bekam ihn gerade noch rechtzeitig zu fassen, indem er seine Finger tief in den Harris-Tweed des Mantels grub. Sphagnum klammerte sich am Superintendent fest, als er spürte, daß seine Füße auf feuchtem Blei ausglitten.
«Jesus Christus!» zischte der Schotte und blickte hinunter. Unter ihnen lag Blackfriars Street: vierzig Fuß unter ihnen.
«Was jetzt?» fragte Lestrade nach Atem ringend.
«Sagen Sie's mir.» Sphagnum schlug das Herz immer noch bis zum Hals.
«Ich dachte, Sie hätten die Laufbahn von Daft Jamie McWhorter studiert, der Diebeskatze von Holyrood, oder?»
«Hab ich auch, Mann, aber der pflegte Katzen zu stehlen. Was soll uns das jetzt nützen?»
«Er pflegte Katzen zu stehlen?» wiederholte Lestrade.

«Nun ja, warum wohl, glauben Sie, wurde er ‹Dämlicher Jamie› genannt?» klärte ihn Sphagnum auf.

Sie hörten unten auf der Treppe das Knirschen genagelter Stiefel.

«Also dann», sagte Lestrade. «Hier geht's lang.»

Diesmal übernahm er die Führung und eilte über das schmale Sims, welches das Dach einfaßte. Er erreichte den Rand, holte tief Luft und sprang ins Dunkel. Er fiel auf ein weiteres Sims, etwa zehn Fuß tiefer, und drehte sich um. Sphagnum folgte ihm. Sie wichen seitlich aus, um den brüllenden Constables zu entgehen, die auf McFarlanes Befehl auf die konventionellere Art den Rückweg nach unten antraten. Ironischerweise waren es die letzten zehn Fuß, die Lestrade zur Strecke brachten. Den Bowler auf dem Kopf festhaltend, den Donegal gebauscht, segelte er wie ein fliegendes Eichhörnchen in ein weiteres schwarzes Loch, nur um sich unter entsetzlichem Schmerz den Knöchel zu verstauchen, als er den Boden erreichte. Aufs neue verfluchte er den Erfinder des mörderischen Kopfsteinpflasters und wurde von dem treuen Sphagnum in eine Gasse geschleppt.

«Zwei Bobbies», flüsterte der Schotte. «Sind uns auf den Fersen. Setzen Sie sich hier hin und strecken Sie Ihr Bein aus.»

«Was?»

«Los!» zischte Sphagnum. Er saß Lestrade gegenüber, jeder Mann sein Bein von sich gestreckt wie ein Paar ziemlich ungewöhnlicher Buchstützen. Die zwei Constables kamen um die Ecke in die Gasse gerasselt und traten sorgfältig darüber hinweg, bevor sie in die Dunkelheit weitertrabten. Aber sie waren kaum verschwunden, als ein zweites Paar ihnen folgte, und dieses Mal stolperten sie über die ausgestreckten Beine und gingen zu Boden, was Lestrade zu neuerlichem Geheul veranlaßte, als ein Stiefel Größe zwölf gegen seinen Knöchel krachte.

In der Dunkelheit tauchte Sphagnums Stab auf und versetzte dem einen Bobby einen kräftigen Schlag an die Schläfe. Der andere hatte sich bereits aufgesetzt und fummelte nach seinem Schlagstock. Da er seinen Schlagring nicht rechtzeitig zu fassen bekam, verließ sich Lestrade auf die eigene Faust und rammte sie dem Constable auf die Nase. Der Mann verdrehte die Augen und sackte zusammen.

«Los jetzt», zischte Sphagnum. «Keine Zeit für falsche Bescheidenheit», und er begann den Uniformrock des Constables aufzuknöpfen.
Nach einer Rekordzeit tauchten zwei Constables aus der Gasse auf. Einer trug einen Donegal und einen ziemlich zerbeulten Bowler, der andere, größere, dem die Hosen um die Waden schlackerten, trug einen Mantel aus Harris-Tweed. Sie stießen mit einem rotgesichtigen Inspector und einem Trupp Constables zusammen. Man salutierte massenhaft.
«Irgendeine Spur?» rülpste McFarlane und zog Trost aus seiner Taschenflasche.
«Keine, Sir. McTroon hier hat sich den Knöchel verstaucht. Ich bringe ihn ins Hospital.»
«Recht so. Hier lang, Männer!» Und sie eilten weiter.
Erst als sie an Thistle Street angelangt waren, blieb McFarlane plötzlich stehen und hielt seine vorwärts stürzenden Bobbies zurück. «Augenblick», sagte er und ließ seine Taschenflasche fallen, als ihm ein Licht aufging, «wir haben gar keinen McTroon auf dem Revier. Lestrade!»
Der genannte Superintendent befreite sich, so rasch er konnte, von der geliehenen Uniform. Schließlich steckte er schon ohne die Anklage, sich als Polizeibeamter ausgegeben zu haben, tief genug in Schwierigkeiten. Anstatt weitere unangenehme Fragen von mißtrauischen Hoteliers zu riskieren, schlief Lestrade, wie ein Viertel der Einwohner Edinburghs, auf der Straße. Er erwachte, starr von der bitteren Kälte des nahenden Weihnachtsfestes, den Kopf auf den häßlichen kleinen Hund aus Stein gebettet. Es war kurz nach Tagesanbruch. Sphagnum hatte sich von ihm getrennt (dieses Mal waren sie einzeln sicherer) und eingewilligt, sich eine Weile ruhig zu verhalten. Schließlich war es Lestrades Name gewesen, wie dieser mit einiger Schärfe erklärt hatte, der mit solcher Deutlichkeit im Kellergeschoß des Polizeihauptquartiers gebrüllt worden war.
Und in der Zwischenzeit mußte er sich herumdrücken. Er wagte es nicht, eine Rückkehr ins Hotel zu riskieren, um seine Gladstone-Tasche zu holen, so daß ihm an Garderobe nur das blieb, was er am Leibe trug, und ohne das Schreiben des Herzogs von Connaught

würde es ihm schwerfallen, sie zu ersetzen. Er humpelte im allmählich zunehmenden Licht nach Norden, auf der Hut vor Bobbies, ob sie aus Greyfriars oder von sonstwo kamen, die ihn womöglich immer noch jagten. Er hatte gerade die Wasser des Leith überquert, vor Schmerzen in seinem Bein die Augen verdrehend, als er ein bekanntes Gesicht erblickte.
«Morgen», winkte Alistair Sphagnum. «Ich habe mir gedacht, daß Sie mit Ihrem Bein nicht weit kommen würden. Also, bitte sehr.»
Er war recht eigenartig gekleidet und trug einen langen Ledermantel, einen Radfahrer-Deerstalker und eine Schutzbrille. Fellhandschuhe reichten bis zu den Ellenbogen. «Willkommen an Bord!» strahlte er.
Lestrade wollte seinen rotgeränderten Augen nicht trauen. Hinter dem Schotten puckerte ein ausländisches Vehikel, wie der Superintendent noch nie eins gesehen hatte. Es war hellrot mit gelber Zierleiste und kam ihm wie ein Klapperkasten mit einem Motor vor.
«Was ist das?» fragte er.
«Nun, ich schätze, Sie würden es einen Klapperkasten mit einem Motor nennen», sagte Sphagnum. «Seine Hersteller nennen es einen zweimotorigen Quadranten – dies ist eines von nur sechs Exemplaren auf der Welt.»
«Was stellt es dar?»
«Ha, in Ihrem Fall, Lestrade, denke ich, ist es ein Geschenk des Himmels. Nehmen Sie hier Platz.» Sphagnum half ihm, in eine Art Beiwagen zu klettern, der an der rechten Vorderseite des Zweirades befestigt war. «Setzen Sie Ihre Füße in diese Bügel.» Lestrade gehorchte und saß dort wie in einem Lehnsessel, die Beine vor sich gespreizt.
«Gut so.» Spaghnum schwang sich rittlings in den Sattel neben Lestrade. «Wohin?»
Lestrade sah verdutzt drein. Die Federung des Apparates erschien ihm keinesfalls sicher, aber das war nicht sein Problem. Sein Fuß pochte heftiger als der Motor des Quadranten.
«Das Ding macht dreiundzwanzig Meilen in der Stunde, bei Rükkenwind», klärte ihn Sphagnum voller Stolz auf. «Und ich denke, es

ist Zeit, daß wir den Staub Edinburghs von den Füßen schütteln, meinen Sie nicht? Die Frage ist – in welche Richtung fahren wir?»
«In Ordnung, Mr. Sphagnum», seufzte Lestrade. «Sie haben gewonnen. Mit diesem Fuß werde ich nicht weit kommen, da muß ich Ihnen recht geben. Ich werde Sie ins Vertrauen ziehen müssen, obwohl ich verdammte Zweifel habe, ob ich das kann.»
«Oh, ihr Kleingläubigen», feixte Sphagnum.
«Ich bin kein Lehrer – auch nicht für klassische Sprachen.»
«Nein!» Sphagnum sperrte den Mund auf, ein schwieriges Unterfangen, denn seine Zunge klebte fest an seinem Gaumen. «Sagen Sie mir, daß das nicht stimmt!»
«Ich bin ein Superintendent von Scotland Yard.»
«Was Sie nicht sagen!»
«Es stimmt.»
«Na schön, und ich bin ...»
«Vermutlich. Ich habe etwas Dringendes in Balmoral zu erledigen. Ob dieses Ding uns dorthin bringen kann?»
«Im Handumdrehen», lächelte Sphagnum. «Und für die Zwischenzeit finden Sie in diesem Freßkorb eine Wildpastete und ein paar Gerstekuchen. Oh, und eine Flasche Whisky. Es wird ziemlich kühl sein im Moor.»
«Im Moor?» Lestrades Augen weiteten sich. «Ich dachte, daß wir Straßen benutzen.»
Und sein Bowler hüpfte fort, als der Quadrant dröhnend ansprang und auf seinem Weg nach Norden durch die schlafende Fettes Road fauchte.

Inspector Thaddeus McFarlane ließ seine Hand auf die Hotelglocke prallen.
«Ah, Inspector, schon wieder?» sagte der Mann an der Rezeption.
«Ja, aber es wird heilen. Ich bin letzte Nacht in einen Bunsenbrenner gelaufen.»
«Nein, so was!»
«Dieser Mann, Lestrade, der Gast in Nummer zwölf, der in Nummer dreizehn landete. Was wissen Sie über ihn?»

«Nicht mehr, als hier im Eintragungsbuch steht.»
McFarlane sah nach. Eine falsche Adresse, ganz klar. Scotland Yard, tatsächlich. Sehr komisch. Das hielt man offensichtlich für witzig… dort unten.
«Oh, da war ein Freund von Lestrade, der vorbeikam», erinnerte sich der Mann.
«Wann?» rülpste McFarlane.
«Äh… warten Sie, etwa eine Stunde nach Lestrades Ankunft. Er sagte, er sei ein Freund, und fragte nach Lestrades Zimmernummer.»
«Was sagten Sie ihm?»
«Das, was hier steht», erklärte der Mann. «Zimmer zwölf.»

4

Constable Marshall schlug den *Coldstream Examiner* auf.
«Benutzt du zum Lesen immer ein vergoldetes Lorgnon, Tass?» fragte ihn Snellgrove.
«Nein», murmelte Marshall. «Erst seit der Gutschein des Herzogs von Connaught Mr. Lestrades Gepäckträger vom Rücken fiel. Sag mal, Wim, glaubst du, daß sie hier oben Kaviar haben oder ob die den erst mit dem Zug herschaffen müssen?»
«Trotzdem komisch, daß wir von Lestrade nichts gehört haben.» Snellgrove schlürfte seinen Morgentee. «Dies Zeug schmeckt besser aus einer Porzellantasse, meinst du nicht?»
«Wir werden früh genug von Lestrade hören», sagte Marshall. «Und in der Zwischenzeit», er wartete, daß der Hotelpage seine Fußbank eine Spur näher an den Kamin schob, «müssen wir es einfach nehmen, wie es kommt.»

Nördlich der Grenze. In der Gegend von Braemar. Sphagnums Quadrant ratterte über eine angebliche Straße durch Gleann Beag, umkurvte Devil's Elbow, wo Lestrades Teil der Maschine jede Bodenhaftung verlor, und das neblige Glen Clunie hinauf. Der Wald von Ballochbuie umschloß sie, und das Dröhnen des Motors überschreiend, malte Alistair Sphagnum voller Liebe ein Bild der Cairngorms, die vor ihnen lagen. Ein Bild, das Lestrade wegen der wirbelnden grünen Dunstschwaden überhaupt nicht sehen konnte.
Sie stiegen aus, das heißt, Sphagnum stieg aus (Lestrade mußte von zwei Hausburschen getragen werden), und trugen sich im «Deoch and Doris»-Hotel ein. Sphagnum wurde Mr. Jones, eine ziemlich unmögliche Vorstellung für einen Schotten, und Lestrade griff auf

seinen alten Decknamen Lister zurück. Darauf schickte er, nachdem das Blut in seine Finger zurückgekehrt war, einen Botenjungen mit zwei Telegrammen los: eines an seine beiden Constables, die in Coldstream wie Windhunde an ihren Leinen zerrten, das andere an Mr. Ramsay, Haushofmeister des Königlichen Besitzes in Balmoral.

Lestrades Zimmer war winzig und weiß getüncht. Glasäugige, von Motten durchsetzte Hirschköpfe, die unter der Flickensteppdecke den Sassenach-Eindringling witterten, starrten auf ihn herunter. Da die Stromzufuhr in Kirriemuir endete, mußte Lestrade mit einer Kerze durch das kleine Wirtshaus humpeln, von der das Wachs schmerzhaft auf seine Hand tröpfelte. Der Wirt, der von Kopf bis Fuß mit Haar bedeckt zu sein schien, hatte den Superintendent gefragt, ob er einen Skirlie wünsche, doch Lestrade hatte geantwortet, er käme schon zurecht, und der Mann hatte sich ein wenig verwirrt in die Küche zurückgezogen.

Sphagnum und Lestrade verbrachten den nächsten Morgen im Salon, Lestrade gegen die Kälte in mehrere Lagen karierter Wolldecken gehüllt, und sie beobachteten den Regen, der an die Fensterscheiben schlug. Lestrade machte den Versuch, eine Zeitung zu lesen, doch das Licht im Raum war entsetzlich schlecht, und außerdem konnte er der Tatsache, daß gerade der Burenkrieg ausgebrochen war, nicht viel Interesse abgewinnen. Schließlich war das fünf Jahre her.

«Mr. Lister, richtig?»

Sie blickten den Neuankömmling an.

«Nein, ich bin Jones», sagte Sphagnum. «Das ist Lister.»

«Allan Ramsay.» der Mann streckte eine Hand aus. «Ich freue mich, Sie kennenzulernen.»

Er zog sich einen Sessel heran, der aus Geweihen gezimmert zu sein schien, und knöpfte seinen voluminösen Ulster auf. «Mr. Lestrade», flüsterte er. «Ich bin froh, daß Sie da sind. Aber wer...?»

«Inspector Sphagnum», sagte Sphagnum ebenfalls *sotto voce*, «Leith Police. Ich helfe dem Superintendent bei seinen Ermittlungen.»

Lestrade klappte ein wenig den Mund auf.

Ramsay sah ein bißchen verstimmt aus. «Ich dachte, die schottische

Polizei sollte nicht einbezogen werden», sagte er, den gefrierenden Regen aus seinen Nasenlochhaaren schüttelnd.
«Mit wem hatten Sie es bis jetzt zu tun?» lächelte Sphagnum.
«Inspector McNab.»
«Na, da haben Sie's. Der Mann ist ein anerkannter Idiot.»
«Ist er das?» fragte Ramsay.
«O ja, das ist allgemein bekannt. Es ist natürlich unprofessionell von mir, das zu sagen. Aber sein Rang kommt daher, daß er etwas gegen den Chief Constable in der Hand hat; nicht mehr und nicht weniger.»
«Ich verstehe.» Ramsay hob eine rotblonde Augenbraue.
«Äh... Inspector», sagte Lestrade, ein wenig mit den Zähnen knirschend, «würden Sie einen Augenblick mit mir kommen?»
Sphagnum gehorchte, freilich ohne zu humpeln, und sie erreichten die Bar.
«Wissen Sie, was Sie tun?» zischte Lestrade.
«Ich bin auf Ihre Interessen bedacht.»
«Danke, ich komme zurecht.»
«Wirklich?» Sphagnum hob die Stimme, dann strahlte er Ramsay an. «Ich denke, wir probieren einen einfachen Malz», sagte er laut. «Sie haben ein lahmes Bein, Sie kennen die Gegend nicht, und die Polizei von Leith hat mit ziemlicher Sicherheit einen Haftbefehl gegen Sie erlassen. Nun, ich weiß nicht, was Sie vorhaben, Lestrade, aber ich schätze, es ist etwas Geheimes. Zufällig habe ich mitbekommen, daß Sie ein Telegramm nach Balmoral geschickt haben. Und ich schätze, Ramsay war der Empfänger. Sie brauchen Freunde, Lestrade, glauben Sie mir.»
Es gab keinen Grund, warum ihm Lestrade nicht glauben sollte, aber die Alternative, Sphagnum auch weiterhin zu vertrauen, würde bedeuten, eine Szene zu machen und seine Tarnung aufzugeben. Kein Zweifel, die Moore draußen waren mit den Leichen von Schneehühnern bedeckt, die etwas Ähnliches getan hatten.
«In Ordnung», sagte Sphagnum, «wir nehmen den einfachen Malz», und er läutete die Glocke, um zu bestellen.
«Können wir hier reden?» fragte Ramsay, als Lestrade an den Kamin zurückkehrte.

«Solange wir flüstern, Mr. Ramsay», sagte Lestrade. «Ich nehme an, daß Ihnen so klar ist wie mir, daß wir in dieser Sache Verschwiegenheit brauchen.»
«Mehr noch, Mr. Lestrade», sagte Ramsay. «Die Ehre der größten Monarchie der Welt steht auf dem Spiel, nicht weniger.»
Sphagnum brachte ein Tablett mit einer Flasche und drei Kristallgläsern. Der erste Schluck versengte Lestrade die Lippe, der zweite versetzte seinen Mandeln einen Schlag. Nach dem dritten hatte er zwischen seinem Kopf und seiner Taille jedes Gefühl eingebüßt. Ramsay fuhr fort.
«Ich weiß nicht, wieviel Seine Gnaden, der Herzog von Connaught, Ihnen erzählt hat», begann er.
«Nehmen Sie an, daß ich gar nichts weiß», sagte Lestrade. Die meisten Leute taten das.
«In Ordnung. Der Name der Toten war Amy Macpherson.»
«Eine sehr hochgestellte Person?» Sphagnum konnte es nicht lassen, sich einzumischen.
«Nein», sagte Ramsay ziemlich aufgeblasen. Lestrade fühlte sich durch den Haushofmeister des Königlichen Haushalts an jemanden erinnert. Jetzt wußte er, an wen. An den Hirsch in «The Monarch of the Glen» von Landseer – er hatte dieselben Schnurrhaare unter der Nase, dieselben mißbilligenden Nüstern. «Tatsächlich war sie ziemlich minderwertig. Sie hatte weniger Verstand als dieses Glas Malz, würde ich sagen. Sie war ein bißchen schwerfällig. Ein bißchen zurückgeblieben, wenn ich das sagen darf. Die Leute in der Gegend nannten sie Amy Simple Macpherson.»
«Wie alt war sie?» fragte Lestrade.
«Siebzehn. Sie war das Mädchen für alles.»
«Wie lange bei Ihnen?»
«Ein bißchen weniger als ein Jahr. Davor war sie Dienstmagd bei Angus Laidlaw drüben in Abergeldie.»
«Wer ist das?»
«Oberster Ghillie aller Königlichen Besitzungen nördlich des Tay. Eine Legende zu Lebzeiten. Landbesitzer aus ganz Schottland fragen ihn um Rat in allen geschlechtlichen Dingen. Er war außer sich, als er es erfuhr.»

«Wirklich?» fragte Sphagnum.

«Hatte ein Auge auf das arme Mädchen, als wär's sein eigenes, wissen Sie. Wohlgemerkt, er ist ein grimmiger und stolzer Mann. Als er es erfuhr, hob er bloß eine Augenbraue. Seine linke.»

«Dann ist er außer sich?» fragte Lestrade nach.

Ramsay warf ihm einen vernichtenden Blick zu. «Angus Laidlaw ist ein echter Schotte, wie Sie kaum einen finden können. Stammt von den Lennoxes in Argyll und den Blairs von Atholl ab – und das ist bloß die mütterliche Seite. Oh, Mann, als die alte Königin noch lebte, habe ich ihn bei den Spielen von Braemar Telegrafenmasten schleudern sehen.» Er beugte sich vor und flüsterte wieder. «Ich persönlich finde das alles ein bißchen schweißtreibend.»

«Ganz recht», sagte Lestrade. «Nun zu Amy Macpherson...»

«Ja?»

«Wann starb sie?»

«Haben Sie den Polizeibericht nicht gelesen?» fragte Ramsay. Er wandte sich an Sphagnum. «Sie arbeiten doch wohl mit der Ortspolizei zusamen?»

«Typisch McNab», schwindelte Sphagnum. «Läßt sich nicht in die Karten gucken. Was können Sie von der Grampian Constabulary erwarten?»

«McNab ist bei der Forfar Police», verbesserte Ramsay.

«Nun, gerade darauf will ich hinaus», sagte Sphagnum.

«Also, warten Sie. Kommenden Donnerstag ist es drei Wochen her.»

«Das wäre der... vierte Dezember», kombinierte Lestrade. Er hatte ein Hirn wie ein Kalender.

«Nein, der dreißigste November», stellte Ramsay richtig.

«Der Feiertag von St. Andrew», sagte Sphagnum.

«Fahren Sie fort», sagte Lestrade.

«Der heilige Andrew», sagte Sphagnum, «der Schutzpatron Schottlands...»

«Nicht Sie», unterbrach Lestrade, «jemand anderer. Wer fand sie?»

«Miss Pringle, die Gouvernante.»

«Wessen Gouvernante?» fragte Lestrade stirnrunzelnd.

«Die Gouvernante der kleinen Elizabeth Bowes-Lyon», erklärte Ramsay. «Sie wollte Weihnachten bei uns verbringen, in Anbetracht der Familie in St. Paul's Walden Bury.»
«Haben Sie die Leiche selber gesehen?»
«Ja.» Ramsay schauderte. «Miss Pringle wurde ohnmächtig zu mir als Vorsteher des Haushalts gebracht. Sie war totenbleich. Sie war in den Keller gegangen, um nach einer Kerze zu suchen, und fand das arme kleine Mädchen am Fuß der Treppe in einer Lache von Blut.»
Sphagnum schwenkte sein Glas.
«Hat sie sich über die Todesursache geäußert?» fragte Lestrade.
Ramsay zuckte die Achseln. «Sie war dazu wohl kaum imstande. Ich will Ihnen gestehen, Mr. Lestrade, daß ich ihr das Korsett öffnen mußte.»
«Das von Miss Macpherson?»
«Das von Miss Pringle. Nun, ich bin ein verheirateter Mann. Gott allein weiß, was die Hausherrin gesagt hätte, wenn sie in diesem Augenblick hereingekommen wäre.»
«Als Sie die Leiche sahen», fuhr Lestrade fort, «zu welchem Schluß gelangten Sie?»
«Über Miss Pringle oder das tote Mädchen?»
«Über das tote Mädchen.» Lestrades Augenbraue machte es der von Angus Laidlaw nach.
«Ich habe nie etwas Derartiges gesehen», sagte der Haushofmeister. «Ihr Kopf, Mann, er war so gut wie weg.»
«Weg?» fragten Lestrade und Sphagnum zugleich.
«Nicht wiederzuerkennen. Eine Ansammlung von Blut. Irgendwie... geronnen.» Und er griff wieder nach seinem Glas, um im Whisky Zuflucht zu suchen.
«Hatte Miss Macpherson irgendwelche Feinde?» fragte Lestrade.
«Aber nein», erwiderte Ramsay. «Sie war ein niedliches harmloses Ding. Nun ja, sie ließ hin und wieder einen Darmwind fahren, aber nicht so schlimm, um ihr deshalb den Schädel einzuschlagen.»
«Ganz recht.» Auch Lestrade hatte Darmwinde nie als so aufreizend empfunden. «Wieviel Diener haben Sie auf dem Schloß?»
«Achtunddreißig, mich eingeschlossen.»
«Und Knechte?»

«O ja, wir haben Knechte.»
«Nein.» Lestrade fand, daß es nach einigen Schlucken von dem bernsteinfarbenen Nektar leichter war, die Geduld zu bewahren. «Ich meine, wie viele Knechte?»
«Oh, sechzehn. Und zwölf Ghillies.»
«Ja», zögerte Lestrade. «Sie werden meine südliche Unkenntnis entschuldigen...»
«Diener», erklärte Sphagnum, der Lestrades Gedanken, oder was davon übrig war, las. «Insbesondere ein Mann, der einen Hochlandedelmann begleitet. So einer, der die Flinte trägt, sie lädt und Wild ausweidet. Alles ziemlich schweißtreibend, Mr. Ramsay, würden Sie mir da recht geben?»
Ramsay nickte.
«Und Gäste?» wollte Lestrade wissen.
«Als das kleine Mädchen starb, sechs.»
«Sind davon noch welche da?»
«Alle», erwiderte Ramsay, «ausgenommen Mr. McAlpine. Er ist nach Glamis gefahren, um ein paar Reparaturen auszuführen.»
«Darf ich erfahren, wer sie sind?» fragte Lestrade.
«Aus Gründen der Diskretion», flüsterte Ramsay, «habe ich mir die Mühe gemacht, die Namen aufzuschreiben. Wände haben Ohren, wissen Sie, selbst im ‹Deoch and Doris›. Ich habe sie auf Reispapier geschrieben, das Sie aufesssen können, wenn Sie sich die Namen eingeprägt haben.»
Sphagnum verdrehte den Hals, um sie zu lesen, aber Lestrade war schneller. Jahrelange Arbeit beim Yard, Hunderte von Karteikästen mit Protokollen, Meilen von Pflastertreterei zu jeder Jahreszeit. Das alles lief auf eines hinaus – teile niemals alle deine Geheimnisse mit einem Zivilisten. Ebensogut hätte man die Liste dem verblichenen Sherlock Holmes zeigen können.
«Danke», sagte er und stopfte den Zettel in seine Brusttasche. «Ich denke, ich werde sie für später aufbewahren. Ich bin nicht direkt zum Schloß gekommen», erklärte er, «weil ich nicht sicher war, woher der Wind wehte. Aber meine Zeit ist kostbar. Ich werde morgen kommen müssen.»
Ramsay nickte. «Wir werden bereit sein. Es gibt für Sie, Gentlemen,

wohl keine Möglichkeit, inoffiziell zu kommen, nehme ich an? Der Skandal und all das?»

«Ich habe daran gedacht», sagte Lestrade, «aber das macht es doppelt schwer, Fragen zu stellen. Wann ist Weihnachten?»

«Ich glaube, es fällt dieses Jahr auf den fünfundzwanzigsten», sagte Sphagnum mit unbewegtem Gesicht.

«Ich meine, welches Datum haben wir heute?»

«Den achtzehnten. Alle Personen auf der Liste verbringen Weihnachten auf dem Anwesen.»

Lestrade blickte Sphagnum und Sphagnum blickte Lestrade an.

«Erwarten Sie uns morgen um zehn Uhr», sagte Lestrade. «Und sorgen Sie dafür, diese Gäste in der Bibliothek zu versammeln, ja? Ich werde alle Gerüchte ersticken müssen.»

«Und ein paar Geister beschwören, wie, Superintendent?» zwinkerte Sphagnum und klopfte gegen den Ziegenkopf von Major Weirs Stab, den er, wie Lestrade bemerkte, immer in Reichweite hatte.

«Das auch», murmelte Lestrade.

«Superintendent Lestrade?»

Er drehte sich ins scharfe Licht, das durch die bleigefaßten Fenster fiel, wo die Schneeschauer bereits den Morgen übergossen, um sich dann unentschlossen in Regen zu verwandeln.

«Madame.» Er verbeugte sich so tief, wie das einem Mann mit einem böse verstauchten Knöchel möglich war.

In den Raum vor ihm schwebte eine glotzäugige Gestalt, der an einer Wange etwas fehlte. Sie war vermutlich in seinem Alter oder ein wenig älter, aber die Jahre hatten an ihr gezehrt, und sie hatte nur ein Ohr.

«Was?» krächzte sie schrill. «Ich fürchte, Sie werden etwas lauter sprechen müssen. Ich habe nur ein Ohr.»

«Madame», wiederholte Lestrade. Bei einem anderen Fall hatte er bereits das außerordentliche Vergnügen gehabt, sich vor Königin Alexandra zu verbeugen. Warum war die ganze Famlie, legitime und illegitime Mitglieder, vollkommen taub?

«Was?» wiederholte die Lady.
«Madame.»
«Ja, ja», sagte die Lady mißbilligend und schwebte an ihm vorbei, um am Kamin in einem Sessel Platz zu nehmen. «Das habe ich alles gehört. Ich warte auf den Rest des Satzes.»
Lestrade lächelte gequält.
«Setzen Sie sich dahin», sagte sie gebieterisch und deutete auf einen Schemel, der grausam unbequem aussah. «Von mir aus gegen den Wind. Von dort kann ich Sie hören.»
«Sie sind die Herzogin von Argyll, Madame?» Lestrade hielt verzweifelt nach einer Ablage für seinen Bowler Ausschau.
«Das weiß ich», versicherte ihm die Lady. «Was wünschen Sie?»
«Ihr Bruder, der Herzog von Connaught, bat mich, ein paar diskrete Ermittlungen anzustellen, Madame», sagte er, «wegen des Todes des Hausmädchens Amy Macpherson, mit Verlaub.»
«Taub?» schrillte die Herzogin und beugte sich im Knistern der Scheite vor.
«Ermordung, Madame.» Lestrade hielt es für das Beste, die Zahl der Silben zu variieren.
«Oh, du liebe Güte, ja.» Die Herzogin lehnte sich zurück und umklammerte krampfhaft ihre Perlen. «Eine schockierende Sache. Entsetzlich. Das arme Ding.»
«Stimmt es, daß die hiesige Polizei bereits hier gewesen ist?»
«Ja. Nicht gerade Schottlands Blüte. Sagen Sie, sind Sie je mit Ihren Haaren in einem Pferdeschlitten hängengeblieben und mitgeschleift, buchstäblich, ein paar hundert Yards mitgeschleift worden?»
«Äh… nein, Madame.» Lestrade kam sich irgendwie unzulänglich vor.
«Nun, da haben Sie's.» Sie ließ sich zurückfallen. «Nun zu dem Mädchen. Wie kann ich helfen? Mein Gott, Sie glauben doch nicht, daß Arthur es getan hat, oder? Seine zahlreichen öffentlichen Verpflichtungen sollten ihm doch wohl ein wasserdichtes Alibi verschaffen.»
«Nein, Madame, ich dachte nicht an ihn. Ich würde gern Ihre Gäste befragen, ich müßte…»

Sie schoß kerzengerade in die Höhe und blickte ihn im Feuerschein verständnislos an. «Superintendent, bitte. Meine Mutter war Königin, mein Gatte – Gott möge ihn strafen – war als Liberaler Unionist Parlamentsmitglied für Manchester Süd. Er ist jetzt Herzog von Argyll. Sprechen Sie freundlicherweise nicht mit mir über Brüste.»
«Besucher, Madame.» Lestrade beugte sich näher zu ihr, obwohl die Hitze des Kaminfeuers bereits seine Wange sprenkelte und seinen Schnurrbart schlaff herabhängen ließ. «Kann ich mit ihnen sprechen?»
«Bitte», sagte sie, sich zurücklehnend.
«Darf ich die Bibliothek benutzen?»
«Ich bin nicht sicher, ob wir enthüllende Bücher besitzen», sagte sie stirnrunzelnd, «aber Sie können natürlich gern nachsehen.»
«Danke, Madame. Darf ich annehmen, daß Sie jedes Weihnachtsfest hier in Balmoral verbringen?»
«Guter Gott, nein», sagte sie, «aber ich kann es nicht ertragen, die Tage, die angeblich Feiertage sein sollen, mit dem Herzog zu verbringen. Das ist etwa so, als säße man mit chronischen Zahnschmerzen vor einem Teller Ingwerplätzchen.»
Lestrade nickte wissend.
«Es liegt an der Geburt, wissen Sie.» Die Herzogin erhob sich, und der Superintendent folgte ihr. «Ich kam ohne ätherische Hilfe zur Welt», erklärte sie und schwebte auf die Tür zu, die sich auf geheimnisvolle Weise vor ihr öffnete. «Mama sagte immer, ich würde ‹etwas Besonderes› sein. Nun, Herzogin von Argyll zu sein ist wirklich etwas Besonderes, das kann ich Ihnen sagen. Oh, mein Gott.» Sie sackte plötzlich seitlich gegen den Türrahmen. Lestrade fing sie auf und legte ihr Gewicht auf sein gesundes Bein.
«Eure Königliche Hoheit, sind Sie in Ordnung?»
«Äh … ja, ja.» Er half ihr in den Sessel zurück, und der Diener, der die Tür geöffnet hatte, kniete mit Riechsalz vor ihren Füßen.
«Einer ihrer Schwindelanfälle», knurrte der Diener.
«Hat sie sie oft?» Lestrade gefiel die Gesichtsfarbe der Herzogin von Argyll überhaupt nicht. Sie stand in schreiendem Gegensatz zur karierten Tapete.
«Ich habe das zweite Gesicht», stöhnte sie.

Nun, das entschädigt sie sicherlich für das fehlende Ohr, dachte Lestrade.
«Ich sehe es», flüsterte sie und schlug dem Diener das Fläschchen aus der Hand, daß es am Boden zersplitterte.
«Was, Madame?» fragte Lestrade.
«Feuer», sagte sie und blickte auf ihn herab. Lestrade überraschte das nicht, denn das Kaminfeuer war zwei Fuß entfernt. «Sie, lieber Superintendent», und sie umklammerte seinen Ärmel. «Mein armer Mann, Sie sind in tödlicher Gefahr.»
«Ich?» Lestrade hob gleichzeitig beide Augenbrauen.
«Versprechen Sie mir», sagte sie feierlich, «versprechen Sie mir, sich von Wasserfällen fernzuhalten.»
«Äh... ich verspreche es», sagte Lestrade.
«Und bitte», sagte sie erzitternd, «lassen Sie sich nicht von fremden Männern mitnehmen.»
Erst vor kurzem hatte sich Lestrade von Alistair Sphagnum mitnehmen lassen. Trotzdem, jetzt war es zu spät.
«Kommen Sie, Madame», sagte der Diener. «Zeit, daß Sie in Ihr Bett kommen», und er half ihr hinaus.

Gegen seine Gewohnheit befragte Lestrade zuerst die Dienstboten. Er hatte alle Gäste unter den wachsamen Augen von Haushofmeister Allan Ramsay in der Bibliothek versammelt und ihnen die Situation erklärt. Er hatte sich dafür entschuldigt, ihre Festtagsfreude trüben zu müssen, obwohl das Wetter ohnehin schon dafür sorgte, aber ein Mädchen sei tot und er habe eine Aufgabe durchzuführen. Glücklicherweise reparierte der allgegenwärtige Sphagnum ein Loch im Reifen seiner Maschine, und Lestrade hatte ihm entschieden die Erlaubnis verweigert, während der Befragungen dabeizusein.
Er stemmte sich mit dem Rücken gegen eine Wand und seinen Kopf unter einen Hirschkopf, dessen glasiger Gesichtsausdruck zeigte, daß er schon lange in Balmoral war. Ein Riese von einem Mann beugte seinen Kopf, um durch die Tür treten zu können, und stand da in grobkariertem Jackett, wie man es von der Insel Harris kannte. Unter dem schwingenden, tausendmal gefälteten Kilt stan-

den zwei stämmige Beine, die aus massivem Granit gehauen zu sein schienen.
«Angus Laidlaw?»
«Immer derselbe», sagte der Hochländer, «von Kindesbeinen an, fünfundvierzig Jahre lang.»
Lestrade machte eine Handbewegung. «Bitte, nehmen Sie Platz.»
«Nein, Mister, ich habe Wild ausgeweidet. Am besten stellen Sie sich mit dem Wind, und ich kann nicht beschuldigt werden, überall auf der Seligen Majestät Sofas Innereien hinterlassen zu haben. Mann, bis ich achtzehn war, hab ich nicht gewußt, was ein Stuhl war. Es war wie ein Schock, sag ich Ihnen. Ich werde stehen.»
«Nun gut, Mr. Laidlaw. Äh... wer ist das?»
Eine kleine Kopie des Riesen war an Laidlaws Seite gehuscht.
«Ist mein ältester Sohn. Klein Fingal.»
Lestrade betrachtete den Burschen. Er hatte etwas Merkwürdiges an sich. Als ob Laidlaw seine Gedanken lesen könne, sagte er: «Ja, ich weiß, er hat einen etwas komischen Gang. Nun, er ist nicht wie andere Ghillies, und in seinem Fall bin ich überhaupt nicht sicher, ob er trotzdem ein Mann ist. Schreibt sich mit verdammten Brieffreunden in Frankreich, wirklich! Trotzdem, so ist es nun mal. Die Bürde, die ich zu tragen habe.»
«Sie sind der höchste Wildhüter, habe ich gehört», sagte Lestrade.
«Dann haben Sie nicht sehr viel gehört.» Laidlaw nahm seine Mütze ab und stopfte sie unter seinen Schulterriemen. «Ich bin ein Ghillie. Und damit anderthalb Kopf größer als jeder weichliche Sassenach-Wildhüter, mit Verlaub.»
«Wie lange arbeiten Sie schon auf dem Besitz?»
«Hier auf Balmoral? Warten Sie. Ich übernahm das Amt vom alten Hamish Laidlaw of the Minch, der es wiederum vom alten McAvity Laidlaw hatte, der auf den ganzen Inseln wegen seiner Ehrlichkeit berühmt war.»
«Seit wann also?»
«Achtzehnhundertvierundneunzig.»
«Und ich nehme an, daß Sie sich auch um die anderen Güter kümmern?»

Laidlaw nickte. «Alles, was Sie vom Park von Lochnagar sehen können, und das ist etwa zehn Monate im Jahr dasselbe.»
«Und ich hörte von Mr. Ramsay, daß das junge Mädchen, Amy Macpherson, in Ihrem Dienst stand?»
Laidlaws Gesicht wurde aschgrau, als hätte er gerade eine Zitrone gekaut, und seine Lippen kräuselten sich. «Ihr Aschenbecher.» Er deutete auf den Messingbehälter neben Lestrade. «Würden Sie ihn rübergeben?»
Lestrade gehorchte.
«Zu Lebzeiten der alten Königin hätte es diese Dinger nicht gegeben», klärte ihn der Ghillie auf und spuckte ausgiebig hinein. «*Das* ist meine Ansicht über Allan Ramsay», sagte er. «Danke. Sie können das Ding wieder zurückstellen.»
Lestrade war sich nicht sicher, da aber niemand anderer da war, das zu tun, schob er es wieder auf die Bambus-Etagere. «Ich bin sicher, Mr. Ramsay meinte es gut», sagte er.
«Ach ja, sein Herz ist am rechten Fleck. Andererseits wieder nicht, wenn ich darüber nachdenke. *Mein* Herz schlägt für die Hochlande. Er ist ein verdammter Lowlander. Sie sind dafür bekannt, daß sie die Pfundnote verehren, wissen Sie.»
Lestrade wußte das, aber er hatte gedacht, das treffe auf alle Schotten zu. «Erzählen Sie mir von Amy», sagte er.
Der Hochländer veränderte seine Stellung, so daß der Feuerschein auf dem Rauchquarz im Knauf des Dolchmessers schimmerte, das in seiner Socke steckte. Klein Fingal trat beiseite. «Sie war ein prächtiges Mädchen.» Seine Stimme war weich und melodisch. Sie hatte ihre Schärfe und Schroffheit verloren. «Ich nahm sie in meinen Haushalt in Abergeldie, als sie ein winzig kleines Kind war. Bevor mir klar wurde, wieviel Spaß der junge Fingal daran hatte, einen Kilt zu tragen. Ihre Mutter starb bei der Geburt, wissen Sie. Ihr Vater war ein gemeiner Soldat. Und ein gemeiner Hurensohn. Er machte sich aus dem Staub, sobald er sah, daß Amys Mutter an Gewicht zulegte.»
«Sie haben sie also aufgezogen?»
«Gewissermaßen, ja. Eigentlich war es die Haushälterin, die alte Mrs. Abernethy; sie ersetzte dem Kind die Mutter – wie diesem

Jungen hier auch, als seine Mutter verschieden war, nachdem sie einen Blick auf ihn geworfen hatte. Ich habe bloß für ihre Kleidung und ihr Essen gesorgt.»
«Wie lange war sie im Dienst?»
«Hier auf dem Schloß? Ungefähr ein Jahr. Jeder liebte sie, das ist es, was ich nicht begreifen kann.»
Wie Allan Ramsay gesagt hatte, hob Laidlaw ein wenig eine Augenbraue. Es war die einzige Gefühlsregung, die er sich je gestattete. Die einzige, die man ihm beigebracht hatte.
«Sie hatte also unter der Dienerschaft keine Feinde?»
«Sie gehörte zur Familie», sagte Laidlaw.
«Was ist mit den Gästen?»
«Ja, nun, steht mir nicht zu, über die was zu sagen. Ich lade ihre Flinten und schleppe ihre Beute zurück. Gelegentlich muß ich sogar für sie schießen und ihnen dann zu *ihrer* Treffsicherheit gratulieren. Aber über einen davon ein Urteil abgeben? Nein, Sir, das werde ich nicht tun.»
Lestrade nickte. Er hatte mehr Dienstboten verhört, als die Herzogin von Argyll jemals zum Schlittenfahren gebraucht hatte. Er verstand sich auf die Loyalität Untergebener. Er würde diesen Mann nicht kleinkriegen. Plötzlich trat Laidlaw an ihn heran und beugte sich ein Stückchen herab. «Aber ich würde einfach auf den ein Auge haben, der sich wie 'n Nigger anzieht. Komm, Fingal. Zeit für die Übungen mit dem Breitschwert, du verdammter kleiner Schwächling.»
Sie verbeugten sich steif und gingen.

Derjenige, der sich wie ein Nigger anzieht. Lestrade rechnete vielleicht mit einem Offizier des Hochländerregiments. Was ihm beschert wurde, als die frühe hebridische Nacht hereinbrach, war Sir Harry Aubrey de Vere Maclean, Komtur des Ritterordens. Man hatte ihm gesagt, daß Sir Harry sich für das Dinner umkleide, und zahlreiche Blicke auf die Taschenuhr schienen das nicht zu beschleunigen. Also verließ Lestrade den Anbau der Bibliothek und begab sich zögernd zum türmchenbewehrten Gemach im Ostflügel,

wo Maclean residierte. Weitere tote Hirsche sahen ihm zu, hier und da durchsetzt mit hochmütigen, turbangekrönten Indern, die ihn verschlagen beäugten. Aber sie blieben an ihren Plätzen zwischen der Leinwand und der Farbe. Wenigstens waren sie nicht ausgestopft.
Er klopfte an die Tür, die Ramsay ihm bezeichnet hatte. Er blickte nach links und nach rechts in den dämmrigen Korridor. Stille. Nur das Knistern seiner Kerzenflamme leistete ihm Gesellschaft. Er drückte leicht gegen die Tür. Sie gab nach, und er versetzte ihr einen letzten Stoß, ehe er hindurchschlüpfte. Etwas schwirrte dumpf, und er spürte, daß es sich in seine Taille grub. Seine Kerze fiel zur Seite, der Kerzenhalter wurde ihm aus der Hand gerissen und kollerte über den Teppich. Er stand reglos da, und ihm war bewußt, daß sich etwas Straffes und Gefährliches über seiner Weste spannte, das vibrierend auf seiner Uhrkette lag.
Aus der totalen Dunkelheit fiel plötzlich Laternenschein voll in sein Gesicht.
«Gütiger Gott», sagte eine Stimme. «Nicht bewegen.»
In der Dunkelheit bewegte sich etwas, das Lestrade wie ein indischer Matrose vorkam. Die bärtige Gestalt trug einen Turban, und der scharfe Strahl der Laterne blitzte auf dem Griff eines orientalischen Dolches, der in wallenden Gewändern steckte. Das war mit Sicherheit nicht die Galauniform des Hochländerregiments. Dann Schwärze.
«Verdammtes Balmoral!» zischte die Stimme. «Nie findet man ein Zündholz, wenn man eines braucht. Ah!»
Er hörte ein Plink, gefolgt von einem Plonk, und dann das Kratzen von Schwefel. «Diesen neumodischen Laternendingern darf man nie trauen.» Die Streichholzflamme glühte unter einem Lampenschirm auf, und das sonderbare, orientalisch aussehende Individuum mit rotblondem Haar stand im Licht. Lestrade sah an sich herunter. Ein Stück Kupferdraht summte zum Zerreißen gespannt um seine Lenden. Ein Stückchen tiefer, und es hätte einen neuen Menschen aus ihm gemacht.
«Mein lieber Freund», sagte der Berber, «wie können Sie mir das je verzeihen? Das war verdammt knapp. Erlauben Sie», und er löste

ein Ende vom Türrahmen, so daß der Draht harmlos über den Boden schleifte.
«Ich war dabei, meinen neuen Kamelkastrator auszuprobieren. Ich habe nicht im Traum daran gedacht, es könnte jemand hereinkommen. Um die Wahrheit zu sagen, ich war so sehr mit meiner Erfindung beschäftigt, daß ich gar nicht bemerkt habe, wie dunkel es geworden ist.»
«Kamelkastrator?» Lestrade schluckte heftig, denn er sah seine schlimmsten Befürchtungen bestätigt.
«Ja, ich weiß», seufzte der Berber. «Es muß doch irgendwie funktionieren, nicht wahr? Na ja, dann also zurück ans Reißbrett.»
«Sir Harry Maclean?» vergewisserte sich Lestrade.
«McLane», sagte er und streckte eine Hand aus seinen Gewändern. «Man spricht es ‹McLane› aus. Eigentlich ist das alles wirklich ein bißchen lächerlich. Ich wurde in Cheltenham geboren. Ich bin ebensowenig ein Schotte wie Sie, Mr. ... äh?»
«Lestrade. Superintendent Sholto Lestrade.»
«Ach ja, der Bursche vom Yard. Leider habe ich heute morgen Ihre kleine Ansprache in der Bibliothek verpaßt. Habe an meinem Kastrator gearbeitet. Er zieht immer noch ein bißchen nach rechts.»
Lestrade dankte Gott dafür. «Sind Sie schon lange auf Schloß Balmoral, Sir Harry?»
«Nun, unter uns, Lestrade, es kommt mir vor wie Jahre. Tatsächlich bin ich erst seit einer Woche hier. Ich weiß wirklich nicht, warum mich Ihre Königliche Hoheit eingeladen hat. Vielleicht hielt sie mich für einen Schotten oder so was.»
«Gehe ich recht in der Annahme, daß Sie scharf darauf sind, nach Cheltenham zurückzukehren, Sir?» Lestrade spürte, daß dieser Mann eine gewisse Flüchtigkeit an sich hatte.
«Cheltenham?» Maclean blickte verblüfft. «Sind Sie mal dort gewesen?»
Lestrade nickte, denn er erinnerte sich an trübe vergangene Tage. An eine ausgesprochen merkwürdige Familie, die in Parabola Road wohnte. Alles in allem nicht die glücklichste Erinnerung.
«Na, dann wissen Sie Bescheid», sagte Maclean achselzuckend.

«Es gibt nur eines, das schlimmer ist als Cheltenham, Lestrade, und das ist ein Abend in Galashiels. Nein, ich bin scharf darauf, wie Sie es ausdrücken, nach Tanger abzureisen.»
«Tanger?»
«Marokko. Kennen Sie es?»
«Schlägt nicht gerade in mein Fach, Sir», bekannte Lestrade.
«Gut, gut. Mein lieber Freund, wo sind meine Manieren? Nehmen Sie Platz.»
Lestrade nahm dankbar an, da sein Fuß höllisch weh tat. Er stand jedoch fast genauso rasch wieder auf, als sich der Griff eines Tuareg-Schwertes in seine Hinterteil zu bohren schien.
«Aha, danke», sagte Maclean. «Danach habe ich gesucht. Ein Geschenk vom Sultan. Ich nehme es überallhin mit.»
«Der Sultan von... was?»
«Marokko. Ich bin sein militärischer Berater. Nun ja, eigentlich sein Leibwächter, Erfinder und offizieller Pfeifer.»
«Ah.» Lestrade kannte die Opiumhöhlen abseits von St. Giles. Auch er war ein Mann von Welt. «Das sind doch diese Wasserpfeifen mit den vielen Schläuchen, oder?»
«Bei Allah, nein. Dudelsäcke, Mann. Der Sultan verehrt das Pfeifen der Dudelsäcke.»
«Wirklich?»
«Wirklich, ist verflucht ärgerlich, diese Einladung, Weihnachten hier zu verbringen. Ich befinde mich mitten in langwierigen Verhandlungen mit dem Raisuli.»
«Mit welchem Reis?»
«Der Halunke ist der Sheriff der Rifkabylen. Hält sich für einen Sultan. In Wahrheit ist er ein Bandit. Trotzdem ein ganz netter Bursche. Könnte ein Schotte sein.»
Das hieß nicht viel, wenn es nach Lestrade ging.
«Unglücklicherweise hat der Bursche den Hang, Leute zu entführen. Ist wohl als Kind nicht richtig ans Töpfchen gewöhnt worden, schätze ich. Also, womit kann ich Ihnen helfen, Superintendent? In ein paar Tagen bin ich unterwegs nach Marokko.»
Wenn er ihn ansah, hatte Lestrade daran keinen Zweifel.
«Der Tod dieses Mädchens, Amy Macpherson...»

«Ach ja. Komisch das, oder? Hab mal in Marrakesch gesehen, wie ein Mädchen abgeschlachtet wurde.»
«Wirklich?»
«Ja. Wurde vom Express überfahren. Schreckliche Sache.»
«Kannten Sie das Mädchen?»
«Gott, nein. Irgendeine Negerin.»
«Amy Macpherson?»
«War sie 'ne Negerin? Gewiß nicht.»
«Nein, ich glaube, sie war ziemlich kaukasisch, Sir.» Lestrade hielt es für das Beste, das klarzustellen. «Kannten Sie sie?»
«Ich bin ihr vermutlich auf dem Gang begegnet. Sie wissen schon, so wie Schiiten, die in die Nacht entschwinden.»
«Gewiß. Die Frage mag Ihnen ziemlich unverschämt vorkommen, Sir, aber ist Ihnen aufgefallen, ob einer der anderen Gäste sich merkwürdig benommen hat, vor oder nach dem Vorfall?»
«Nun, das taten sie alle, Lestrade. Jeder ist irgendwie verrückt, wie wir in Outat Oulad sagen. Und dieser McAlpine reiste kurz danach ab, wissen Sie. Nun denn...» Sir Harry erhob sich. «Tut mir leid, daß ich Ihnen keine große Hilfe sein kann. Würde es Ihnen etwas ausmachen, sich eine Weile zu verdrücken? Ich muß mein Gesicht gegen Mekka wenden, und Sie stehen mir im Licht. Sehe ich Sie beim Dinner?»

Für einen flüchtigen Augenblick, während er sich fragte, wie er den Schloßgästen in demselben braunkarierten Anzug, den er seit einer Woche trug, gegenübertreten sollte, hörte er ein leises Pochen an der Tür, aber als er die Tür öffnete, war niemand da. Sein Zimmer in Balmoral war nicht viel prächtiger als die Hütte, die man ihm im «Deoch and Doris» gegeben hatte. Ihre Königliche Hoheit, Prinzessin Louise, Herzogin von Argyll, war offensichtlich überbucht.
Er wandte sich wieder den Reihen ausgestopfter Lachse zu, die sein Boudoir zierten, und ertappte sich dabei, daß er vor lauter Mitgefühl den Mund öffnete und schloß. Wieder ertönte das Pochen. Diesmal war er schneller, wirbelte so akrobatisch wie ein zwanzig Jahre jüngerer Mann herum und bekam den Türknopf zu fassen.

Zugegeben, er behielt ihn in der Hand, aber irgendwie ging die Tür auf, und Alistair Sphagnum stand da.
«Mr. Lestrade», grinste er, «ich hoffe, ich störe nicht.»
«Mr. Sphagnum», grinste Lestrade zurück, «habe ich es mir bloß eingebildet, oder haben Sie heute den ganzen Tag nicht an mir geklebt?»
«Ach, kommen Sie, Lestrade, geben Sie's zu. Sie haben mich ein klitzekleines bißchen vermißt, nicht wahr? Sagen Sie», er ließ sich in den nächsten Sessel fallen, «hatten Sie Spaß mit den Verdächtigen?»
«Mr. Sphagnum», Lestrade fand seine Krawatte, die über einem Lachs baumelte, «Sie wissen, daß ein Polizeibeamter nicht befugt ist...»
«Ja, ja. Ich weiß das alles. Gilt das auch, wenn ich ein paar Informationen für Sie habe?»
Er warf einen beigen Umschlag auf den Tisch. Lestrade entzifferte den Stempel auf der Oberseite: «Forfar Police».
«Mit Empfehlungen von Inspector McNab», sagte Sphagnum.
«Das hat er Ihnen gegeben?» fragte Lestrade ungläubig.
«Nicht direkt. Er war ziemlich beschäftigt, und weil ich ihn nicht belästigen wollte, habe ich mich selber bedient.»
«Sie meinen, daß der Umschlag auf dem Polizeirevier lag?»
«Sozusagen», räumte Sphagnum ein. «Er lag in einem unknackbaren Safe von Rix and Westerby herum.»
«Der offenstand?» Lestrade achtete nicht darauf, wie diese Unterhaltung ablief.
«Zufällig», lächelte Sphagnum. «Der Wachhabende war weg, um nach einer ausgesprochen obskuren Verordnung zu suchen, die der Staatsanwalt erlassen hat. Hätte er sie gefunden, wäre ich berechtigt gewesen, bis zum Jüngsten Tag Papageien, Lemuren und dreiringige Gürteltiere in meinem Zimmer zu halten. Wie die Dinge lagen, konnte er besagte Verordnung nicht finden, was natürlich ein Nachteil für mich war. Jedoch als er fort war...»
«...durchwühlten Sie seinen Safe.»
«Durchwühlen ist ein ziemlich starkes Wort. Es riecht nach Vorsatz. Ich bin rein zufällig auf das hier gestoßen.»

«Und? Was ist es? Ich hoffe, Ihr einfacher Diebstahl war der Mühe wert.»
«Das müssen Sie beurteilen.»
Lestrade blickte auf den gummierten Rand des Umschlages. «Der ist geöffnet worden. Und wieder verschlossen», sagte er.
«Wenn Sie fragen: ‹Kam er zufällig mit der Tülle eines Wasserkessels in Berührung?›, muß die untadlige Antwort lauten: ‹Schon möglich.›»
Lestrade war weniger pingelig. Schließlich hatte er schon früher Umschlagaufschriften der Polizei gefälscht. Er drehte den Umschlag erst in die eine, dann in die andere Richtung. «Das ist Griechisch», sagte er.
«Nicht direkt», sagte Sphagnum, «aber auch das wäre möglich. In Wirklichkeit ist es Gälisch. Mann, das ist aber 'ne klare Mondnacht heute nacht.» Er streckte seine blauen Hände vor Lestrades Kaminfeuer aus.
«Ist das üblich?» fragte Lestrade.
«Ja, zu unterschiedlichen Zeiten im Jahr. Hängt natürlich von der Wolkendecke ab.»
«Nein, ich meine, daß Polizeiberichte in Gälisch abgefaßt werden. Ist das üblich?»
Sphagnum schüttelte den Kopf. «Ganz bestimmt nicht. Was immer die Historische Gesellschaft von Schottland vielleicht denken mag, Lestrade, die Sprache stirbt aus. Man braucht heutzutage einen bestimmten Intelligenzquotienten, um Gälisch zu beherrschen, und der liegt turmhoch über dem jedes Polizisten, den die Welt kennt – oh, wenn ich das in Ihrer werten Gegenwart sagen darf natürlich.»
«Und natürlich können Sie, wie der Zufall es will, Gälisch lesen», nickte Lestrade verständnisvoll.
«Nun ja, ein Wort hier, ein Halbsatz da. Ich komme zurecht.»
Lestrade mühte sich abermals mit dem Umschlag ab. Er war nicht mal sicher, wo unten und wo oben war. «In Ordnung», sagte er. «Was wollen Sie?»
«Aha!» krähte Sphagnum und rieb sich die Hände. «Einen kleinen Blick in Ihr Sassenach-Meisterhirn. Ihre Theorien über die Gäste. Auf wen setzen Sie Ihr Geld?»

«Dies ist kein Glücksspiel, Mr. Sphagnum», knurrte Lestrade.
«Oh, ist es das nicht? Wissen Sie, Meister, jeder Kriminalfall, von dem ich je gelesen habe, enthält eine ungeheure Menge dieses besonderen Handelsartikels. Ich will Sie nicht mit meinem ausgedehnten und überragenden Wissen langweilen.»
«Also ist es bloß… akademisches Interesse?» fragte Lestrade und blickte den großen, krausköpfigen Schotten aus zusammengekniffenen Augen an.
Sphagnum breitete, ganz die reine Unschuld, seine Arme aus. «Kriminalistische Neugier», sagte er treuherzig. «Nicht mehr.»
Lestrade sah ihn an. Der Schotte war unergründlich wie der alte Mr. Foo, der die Hemden von Chief Inspector Dew wusch. Bei diesem Licht war er fast genauso gelb. Unter Umständen konnte er das Dokument per Post an Marshall und Snellgrove schicken, die startbereit an der Grenze warteten. Sie konnten es heimlich weiterschikken an… wen? Der Erbsenzähler vom Yard konnte es, wenn man ihm Zeit ließ, vermutlich übersetzen. Aber andererseits war's dann aus mit dem Geheimnis. Er kannte Unterinspektor Hill seit langem. Hatte ein Maulwerk wie ein Themsenebelhorn. Da konnte er es ebensogut an George Robey schicken. Und die zwei Wochen, die Sir Edward Henry ihm zugestanden hatte, waren fast vorbei. Und doch. Und doch.
«Nein», sagte er, «ich kann nicht.»
«Na schön», erwiderte Sphagnum. «Dann schaffe ich diesen detaillierten Bericht über Amy Macphersons Tod eben wieder nach Abergeldie zurück.»
«In Ordnung», unterbrach ihn Lestrade. «Aber das ist *sehr* unorthodox, Sphagnum. Ich will Ihr Wort – wohlgemerkt, Ihr Ehrenwort – daß alles, was in diesem Zimmer vor sich geht, unter uns bleibt.»
«Auf Ehre und Gewissen und in der Hoffnung, in England zu sterben», grinste Sphagnum.
«Sehr schön. Aber zuerst der Bericht.»
«Ha, ha», lächelte Sphagnum. «Zuerst Ihre Theorien.»
Lestrade zog seine Oberlippe hoch und mit ihr stieg sein Schnurrbart bis zur Nase empor. «Nein», sagte er. «Auf keinen Fall vor

dem Dinner. Wenn ich Ihnen meine innersten Gedanken mitteilte, würden Sie während des ganzen Essens die Leute anstarren.»
Ein Gong ertönte, um die Tapferen an die Tafel zu rufen.
«Ich muß rasch fort und in meinen Frack schlüpfen», sagte Sphagnum, den Umschlag einsteckend. «Dieses Ding läßt man besser nicht herumliegen.» Er blickte sich um. «Einigen von Ihren Fischen hier würde ich nicht weiter trauen, als ich sie werfen kann. Treffen wir uns wieder hier... wann? Mitternacht?»

Das Dinner war undefinierbar. Eine schmierige graue Masse, die in Flüssigkeit schwamm, wurde unter einer silbernen Terrine hereingetragen, eingerahmt von zwei Dudelsackpfeifern. Der erste war Angus Laidlaw, großgewachsen, breitschultrig, in makellosem Kilt und Wams, die Schneehuhnfeder stolz an der Mütze wippend. Der zweite war insgesamt kleiner, trug Seidenpantoffeln, einen Turban auf dem Kopf, und aus einer goldenen Kettenschärpe ragte rechtwinklig ein verziertes Schwert hervor – die unmögliche Gestalt von Sir Harry Maclean, Komtur des Ritterordens, der in das Haggis blies.
Die Herzogin lächelte ihnen wohlwollend zu, und nach dem Höllenlärm zu urteilen, mußten sich die Pfeifer dem schlechten Ohr der Herzogin genähert haben. Allen anderen schien die Musik jedoch zu gefallen, und der Whisky floß in Strömen und die Dudelsäcke spielten weiter. Und weiter. Und weiter. Als sie «Hundert Pfeifer und ich und ich» anstimmten, war Lestrade ewig dankbar, daß sie nur zu zweit waren. Entsprechend den Ritualen der Alten Königin, sprach man während des ganzen Essens kein Wort. Die einzige willkommene Unterbrechung trat ein, als Angus Laidlaw innehielt, um sein Mundstück anzufeuchten (was schließlich auch eine alte Polizeisitte war) und Sir Harry auf einem Gebetsteppich in der Ecke niederkniete und die Arme ausbreitete. Offensichtlich hat auch ihm das Haggis nicht zugesagt, dachte Lestrade.

Lestrade hatte in seinem Leben noch nie eine Partie Whist verloren, vor allem deshalb, weil er das Spiel noch nie gespielt hatte. Das heißt bis zu diesem Abend, als er mit Alistair Sphagnum spielte. Er hätte natürlich auf Misère spielen können, aber das erschien ihm nicht ganz fair. Das schottische Whist blieb ihm ein Rätsel, und so kam es, daß er, nachdem ihm kein einziger Stich gelungen war, als erster seine Theorien kundgab. Er warf Alistair Sphagnum seine Ideengänge an den Kopf, wie er es bei Walter Dew zu tun pflegte. Er bemerkte auf der Stelle, daß der Widerhall spärlich war.
«Da haben wir zuerst», sagte Lestrade, lehnte sich zurück und entzündete eine Zigarre, mit denen die aufmerksame Gastgeberin ihre Gästezimmer hatte bestücken lassen, «Hamish McCrum.»
«Ach ja, dieses kleine Wiesel mit den widerlichen Eßgewohnheiten. Was halten Sie von ihm?»
«Sie meinen, daß sein Schmatzen lauter war als der Lärm der Dudelsäcke? Nun, wie alle anderen hatte er die Gelegenheit.»
«Ja, ja», antwortete Sphagnum, «das trifft auf jeden zu, der hier im Haus ist. Ist etwas *Besonderes* an ihm?»
«Er ist Musiker.»
«Wirklich?»
«Spielt Englischhorn im Philharmonischen Orchester von Glasgow.»
«Eine lustige Kapelle», murmelte Sphagnum. «Aber sollte es nicht Schottischhorn heißen?»
«Schon möglich», sagte Lestrade, aber da er sich mit Stradivaris nicht auskannte, ließ er es auf sich beruhen. «In der fraglichen Nacht spielte er für die versammelten Gäste und begab sich früh zur Ruhe.»
«Aha!»
«Sein Zimmer ist im Westflügel, also hätte er die ganze Länge des Schlosses durchmessen müssen, um in den Keller zu gelangen, wo das Mädchen gefunden wurde. Das heißt, wenn sie dort starb, wo man sie fand.»
Sphagnum lächelte. In diesem Zimmer, voll von glasäugigen Lachsen, warf Lestrade die Angel aus. «Sie starb dort», ließ er sich entlocken.

«Natürlich», fischte Lestrade weiter, «wenn ich bloß wüßte, um welche Zeit sie starb...»
«Alles zu seiner Zeit», sagte Sphagnum. «Fahren Sie fort.»
«Dann ist da noch», sagte Lestrade, «die *Ursache* des Todes. Hätte ich nur eine Ahnung...»
«Sie *haben* eine Ahnung», versicherte ihm Sphagnum.
«Na schön», sagte Lestrade, «hätte ich *mehr* als eine Ahnung von der Zahl der Schläge, ihrer Verteilung auf dem Schädel, der erforderlichen Kraft...»
«Worauf wollen Sie hinaus?» Nachdem Sphagnum beim Kartenspiel gemogelt hatte, war er entschlossen, jetzt nicht nachzugeben.
«Mr. McCrum ist ein zierlicher Mann. Von der Seite sieht er wie eine Gespenstheuschrecke aus. Man spielt das Englischhorn nicht mit dem Arm, oder?»
«Nein, mit der Lunge, denke ich.»
«Dann würde ich, es sei denn Mr. McCrum hat das Mädchen mit seinen Lungen totgeprügelt, sagen, daß ihm vermutlich die Kraft dafür fehlte. Sagen Sie, war sie... in Unordnung?»
«Sagte Allan Ramsay nicht, sie sei einfältig gewesen?»
«Nein», erklärte Lestrade, «ich meine belästigt, hat man sich an ihr vergriffen?»
«Es gab keine Anzeichen dafür», räumte Sphagnum bereitwillig ein. «Obgleich es da ein Wort im gälischen Text gab, das ich nicht verstehen konnte.»
«Ja?»
«Oh, nein, ich kenne alle gälischen Worte, die mit diesen Sachen zu tun haben. Als ich zur Schule ging, pflegten wir sie bei Monsieur Bête, dem Französischlehrer, an die Tafel zu schreiben. Natürlich war er nicht klüger als zuvor, nachdem er sie gesehen hatte.»
«Nun, ich denke, es gibt noch einen anderen Grund, Mr. McCrum auszuscheiden.»
«Ja, warum?»
«Weil er während des größten Teils des Dinners seine Hand auf meinem Knie hatte.»
«Ehrlich?» Sphagnums Gesicht sprach Bände, als er sich einen wei-

teren Malz eingoß. «Gott sei Dank. Ich dachte, es wäre bloß mein Knie, das er streichelte.»
«Aha», sagte Lestrade, «mit beiden Händen beschäftigt, das könnte seine Eßgewohnheiten erklären, oder?»
«Wenn wir Mr. McCrum also ausscheiden, wer ist der nächste auf Ihrer kleinen schwarzen Liste?»
«Mr. McAlpine muß ich noch aufsuchen. Aufgrund eines glücklichen Zufalls, wenn es denn einer ist, weilen er und Miss Pringle, die die Leiche fand, in Glamis. Wo liegt das übrigens?»
«Südwestlich, wie der Fischadler fliegt. Hübsche kleine Hütte. Spukt dort.»
«Oh, gut. Bleiben von den Gästen, die noch übrig sind, Sir Harry Maclean, die Schwestern McIndoe und Kanonikus McColl.»
«Ach ja, der langweilige alte Armleuchter.» Sphagnum kramte nach seiner Pfeife. «Wirklich seltsam. Maclean ist mehr als eine Legende, McColl relativ farblos. Auf welchen von beiden setzen Sie?»
«Nun.» Lestrade kam jetzt in Fahrt. Der bernsteinfarbene Nektar hatte etwas damit zu tun. «Wolln mal sehen, was wir haben. Kanonikus McColl, erzählte mir, er hätte Schulen in Glenalmond und Neapel besucht.»
«So?» Sphagnum hob eine intellektuelle Augenbraue. «Sie wissen doch, daß es heißt ‹Neapel sehen und sterben›.»
«Ich weiß», nickte Lestrade, dem das völlig neu war. «Er hat von Ripon einen langen Weg hinter sich. Ich möchte wissen, ob auf seinem Acker junge Mädchen totgeschlagen worden sind.»
«Äh… Sie meinen, in seinem Kirchspiel, glaube ich», warf Sphagnum ein. «Sie denken, er könnte sich das zur Gewohnheit machen?»
«Es ging mir durch den Kopf. Immerhin war er ein vertrauter Freund von Gladstone.»
«Jetzt komme ich nicht mehr mit, Superintendent. Vergessen Sie nicht, ich gehe nicht so weit zurück wie Sie.»
«Mr. Gladstone, unser verstorbener Premierminister, hatte eine Neigung, sich spät in der Nacht aus Downing Street wegzustehlen und gefallene Frauen zu retten.»

«Dann nannten ihn die Leute also nicht umsonst ‹Unser William›?»
«Bestimmt nicht. Was ist, wenn seine Gründe etwas finsterer und seine Motive verborgen waren? Was ist, wenn der gute Kanonikus bei seinen kleinen Sünden mit von der Partie war?»
Sphagnum hob eine Augenbraue. «Er hatte also kleine Sünden auf dem Kerbholz, oder? Aber ich habe McColl beim Essen beobachtet, wie es ein guter Jurastudent tun sollte. Mir ist nicht aufgefallen, daß unter seinem Priesterrock rasende Leidenschaft wütete.»
«Das fällt einem nie auf», klärte Lestrade ihn auf. «Nehmen Sie Felix Waddington, den Beilmörder von Penge; Humphrey McCumfey, den verrückten Sensenmann aus Biggleswade; Padraig Kellogg.»
«Wer war das?»
«Irlands einziger Serienmörder.»
«Ich kann Ihrer Fährte nicht ganz folgen, Lestrade.»
«Stille, unscheinbare Männer. Männer mir randlosen Brillen, kleinen Füßen und krummen Rücken. Sie spenden freiwillig für wohltätige Zwecke, fürchten Gott und verehren den König. Aber wenn man Frauenkleider anhat und ihnen bei Vollmond begegnet, dann geht's rund! Du landest im Leichenschauhaus, mein Mädchen.»
«Und Kanonikus McColl?»
«Alles, was ich sage, ist, daß stille Wasser tief sind. Er hatte die Gelegenheit, wie alle anderen.»
«Motiv?» fragte Sphagnum.
Lestrade zögerte. «Wenn er verrückt ist, reicht das als Motiv.»
«Sie glauben, er sei verrückt?»
«Er ist schließlich Kanonikus der Kirche von England.»
Sphagnum lächelte. «Ich durchschaue Sie allmählich, Lestrade. Sie sind ein hinterhältiger alter Schmutzfink, daran ist kein Zweifel. Sie glauben doch nicht wirklich, daß er es ist, oder? Was ist mit den Schwestern McIndoe?»
«Alte Jungfern.» Lestrade fuhr mit einem Finger über den Rand seines Glases. «In dem komischen Alter, in dem manche Frauen zweifellos wackelig werden.»
«O ja, wie meine Tante. Fiel mit sechsundvierzig die Treppe der Bibliothek runter und war nie wieder dieselbe.»

«In welcher Hinsicht?»
«Sie war tot.»
«Oh, tut mir leid.»
«Sollte es nicht. Es ist der alte Reekie, der mir leid tut.»
«Ihr Gatte?»
«Ihr Hund. Sie fiel auf ihn, verstehen Sie.»
«Aha, sie hat das Tier also zerquetscht?»
«Aber nein. Aber er war ein bißchen eingeschnappt, gelinde gesagt. Ging in unbegreiflicher Weise auf sie los. Aber das verschaffte Tantchen einen einzigartigen Platz in der schottischen Geschichte.»
«Ja?»
«Das einzige führende Mitglied der Kirk of Scotland, das von einem Pitcairn-Terrier totgebisen wurde. Der arme alte Reekie starb an einem Schock. Entweder daran oder an Übelkeit. Könnten es also die Schwestern McIndoe sein?»
Lestrade schüttelte den Kopf. «Unwahrscheinlich», sagte er. «Frauen töten mit Gift, mit einer Pistole oder hin und wieder mit einer Garrotte. Mir ist keine bekannt, geschweige denn zwei, die einen stumpfen Gegenstand benutzten.»
«Was ist mit Lizzie Borden?» Sphagnum hatte seine Hausaufgaben in der Universitätsbibliothek gemacht.
«Ach, die war Amerikanerin.»
«Was ist mit Maclean?»
«Ja. Er ist nicht uninteressant, nicht wahr?»
«In der Tat. Der einzige presbyterianische Moslem, dem ich je begegnet bin. Was meinen Sie, könnte sein Schwert den Schädel des Mädchens zertrümmert haben?»
«Sagen Sie's mir», sagte Lestrade schelmisch.
«Wenn die Zeit gekommen ist», versprach Sphagnum.
«Nun gut. Nein, könnte es nicht. Ich habe in meinem Leben ein paar von diesen Dingern gesehen. Ihr Berberschwert ist scharf wie ein Rasiermesser. Wenn Sie damit jemanden umbringen wollten, würden Sie ihn aufschlitzen, nicht schlagen.»
«Nun ja, wenn ich ein Maschinengewehr hätte, würde ich damit wahrscheinlich auf mein Opfer feuern», sagte Sphagnum. «Wäre

es aber nicht geladen, würde ich's dem Halunken auf den Schädel schlagen. Das ist nicht stichhaltig, was Sie sagen, Lestrade. Wissen Sie übrigens, daß die Berber auf ihre Frauen kaum Rücksicht nehmen?»

«Tun sie das?»

«Aber ja. Lassen die armen Weiber Wasser holen und schleppen, die Ziegen melken. Es ist barbarisch.»

«Erinnert das nicht ein bißchen an die Hochländer?» fragte Lestrade.

«Pah, ‹Knüppel und Steine mögen meine Knochen brechen, aber Schimpf wird mich nie verletzen›. Wollen Sie damit sagen, daß ein Highlander es getan hat?»

«Highlander, Lowlander, Kesselschmied, Schneider, ich weiß es nicht, Mr. Sphagnum. Und ich werde mich nicht eher festlegen, bis ich mit jedem gesprochen habe.»

«Es gibt natürlich noch *eine* Person, die wir übersehen haben», meinte Sphagnum.

«Wirklich?»

«Ihre Königliche Hoheit, Prinzessin Louise, die Hausherrin.»

«Hm... ich wiederhole: Es ist nicht das Verbrechen einer Frau.»

«So, so. Sie sind sich ziemlich sicher.»

«Von Jugend an, seit nunmehr dreißig Jahren, jage ich Mörder. Behaupten Sie ernstlich, die Tochter Königin Victorias sei eine Verrückte?»

«Nun, Sie haben sie gesprochen, Lestrade. Zu welcher Schlußfolgerung kommen Sie?»

«Das ist der Punkt», stimmte Lestrade zu. «Jetzt», er füllte ihre Gläser nach, «zum Polizeibericht. Ihr Teil der Abmachung.»

«In Ordnung.» Sphagnum zog das Bündel von Blättern hervor. «Nun, es handelt sich nicht gerade um Mary Macleod oder die Lieder vom Cuchulainn... Nebenbei bemerkt, ich nehme an, daß Sie es vorziehen, den Text gesprochen, nicht gesungen zu hören?»

«Lediglich die Fakten», seufzte Lestrade, der, seit er Haggis gegessen hatte, über Hochlandsagen weniger entzückt war.

«Mann, Mann.» Jetzt war es Sphagnum, der seufzte. «Sie haben kein Herz im Leibe. Also, Amy Macpherson wurde am Fuß der Kel-

lertreppe gefunden. Was mich übrigens, Lestrade, an Amy Robsart erinnert…»
«Heute abend wollen wir Ihr Liebesleben übergehen, Mr. Sphagnum. Mir läuft die Zeit davon.»
Sphagnum lachte und fuhr fort. «Sie wurde gefunden von Miss Dorothea Anne Pringle, Gouvernante, morgens um halb neun am dreißigsten November.»
«St.-Andrew's-Tag», fiel Lestrade ein.
«Wir machen doch noch einen Schotten aus Ihnen», strahlte Sphagnum. «Zu dieser Zeit war sie seit etwa drei Stunden tot. Bis die Polizei und ein Arzt gerufen wurden, dürfte sie etwa sieben Stunden tot gewesen sein.»
«Anzeichen von Leichenstarre?»
«Äh… ich glaube nicht, daß es im Gälischen ein Wort für Leichenstarre gibt.» Sphagnum blätterte die Papiere durch.
«Gibt es ein Wort für steif?»
«Ja, gibt es, aber es steht hier nirgendwo.»
«Weiter.»
«Der Arzt glaubt, daß sie von vorn mit einem stumpfen Gegenstand geschlagen wurde, vielleicht mit einer Eisenstange oder einem Holzknüppel.»
«Hat er die Wunde auf Splitter untersucht?»
«Splitter?»
«Wenn es ein Holzknüppel gewesen ist, würden Splitter am Blut kleben.»
«Davon steht hier nichts.»
«In Ordnung. Sonst noch was?»
«Kleider nicht in Unordnung. Kein Anzeichen für ein Sexualverbrechen.»
«Das war also nicht das Motiv.» Lestrade sprach mit sich selbst. «Es sei denn…»
«Es sei denn, unser Freund wurde von Miss Pringle gestört. Aber hier steht, daß sie die Leiche um halb neun fand, und Macpherson starb um halb sechs. Das ist eine höllisch lange Zeit, die Treppe runterzusteigen, Lestrade.»
«Nach dem, was ich bis jetzt von den forensischen Erkenntnissen

gehört habe, Mr. Sphagnum, können wir uns auf keine der angegebenen Zeiten exakt verlassen. Es scheint, die Polizei nördlich der Grenze müßte in einem Schnellkurs ihren Beruf erst mal richtig lernen.»
«Ja, aber das Beste haben Sie noch nicht gehört», lächelte Sphagnum. «Unter dem Bericht steht auf englisch ‹Fall abgeschlossen. Vermutlich Selbstmord›.»
«Selbstmord?» wiederholte Lestrade. «Also hatte Connaught recht.»
«Wie?»
«Hat nichts zu sagen. Ist der Bericht unterschrieben?»
«McNab.»
«Ich dachte, Sie hätten mir erzählt, Gälisch sei für einen einfachen Polizisten zu schwierig, war's nicht so?»
«Richtig», bejahte Sphagnum. «Das riecht nach Vertuschung, Lestrade.»
«Mr. Sphagnum, zwei Köpfe mit nur einer Nase. Wie komme ich von hier nach Schloß Glamis?»
«Mit Hilfe eines zweimotorigen Quadranten und aufgrund der Gefälligkeit Ihres getreuen...»
«Also, Sphagnum...» Lestrade hob abwehrend die Hand.
«Nein, Lestrade», unterbrach Sphagnum, «‹ich bin einmal so tief in Blut gestiegen, daß, wollt' ich nun im Waten stille stehn, Rückkehr so schwierig wär, als durchzugehn›.»
«Sie und Ihre schottischen Poeten», ächzte Lestrade. «Die Hälfte der Worte fehlt.»

5

Der Morgen des zweiundzwanzigsten Dezember war unwirtlich, und der Nebel gefror. Er wirbelte um Lestrades Beine, als er sie in die Bügel des Quadranten hievte, und kroch unaufhaltsam in seine Ärmel, als er versuchte, seine Hände unter den Plaids zu verstecken, die Allan Ramsay ihm geliehen hatte. Lestrade war durchaus an Nebel gewöhnt, an den grünen, bewegten Teppich, der sich längs der Themse spannte, der getreue Begleiter der ziehenden Leichter und der Polizisten auf ihren nächtlichen Streifengängen. Auf die Kälte jedoch war er überhaupt nicht vorbereitet, und noch bevor Sphagnums Gefährt keuchend das Gelände von Balmoral verlassen hatte, war der Schnurrbart des Superintendent ein Eisblock.

Sie hielten im Dorf Braemar, dessen Schieferdächer wie Gespenster aus dem Grau stiegen, und Lestrade stolperte aufs Postamt, um zwei Telegramme aufzugeben. Das erste teilte Marshall und Snellgrove mit, wohin er fuhr. Im zweiten entschuldigte er sich bei Mr. Edward Henry, Assistant Commissioner der Metropolitan Police, daß er den vierzehntägigen Urlaub aus familiären Gründen verlängerte. Nicht nur, daß es Lestrades bejahrter Tante nicht besserging, sie war überdies zum zweitenmal von der Bibliothekstreppe gestürzt und Lestrade selbst von einer Lungenentzündung niedergestreckt worden. Er stimmte das Ganze zeitlich genau ab und zupfte den Telegrafisten am Arm, als dieser den Namen Braemar schrieb. Lestrade feixte. Das Telegramm war derart unleserlich, daß es von überall her hätte kommen können.

Sphagnum wischte das Eis von seiner Schutzbrille, und nachdem sie ihre Eingeweide nochmals durch einen Schluck aus der Taschenflasche aufgetaut hatten, schlugen er und Lestrade die Hochstraße in südöstlicher Richtung nach Schloß Glamis ein.

Es war irgendwo auf der steinigen Straße, wo über dem Nebel die schroffen Felsen von Cat Law drohend und stumm über Prosen Water aufragen. Hier geschah es, daß Sphagnums Quadrant einen letzten Seufzer tat, ein Todesröcheln ausstieß und stehenblieb.
«Mist!» Er boxte das Fahrzeug mit seiner behandschuhten Hand. «Dieses Mistding. Es wird diese verdammte obengesteuerte Kolbenanordnung sein. Hat mir bisher nichts als Ärger gemacht.»
Er nahm seine Schutzbrille ab und blinzelte, um wieder normal zu sehen. «Lestrade, wenn ich Sie wäre, würde ich mir ein bißchen die Beine vertreten. Es wird ein paar Minuten dauern, und wenn Sie in diesem Nebel stillsitzen, Mann, werden Sie wahrscheinlich erfrieren.»
Er half dem Superintendent beim Aussteigen. Lestrade stampfte eine Weile mit seinem gesunden Bein auf und blies auf seine Hände – das lag nahe, in Anbetracht der Farbe, die sie angenommen hatten. Dann entfernte er sich ein wenig von der Straße, überschritt die weißen Steine, die den Rand markierten, um einen Frostschaden zu riskieren und dem Ruf der Natur zu folgen. Vom Felsen, an dem er stand, stieg Dampf auf. Es war, als würde man voll bekleidet – nun ja, fast voll bekleidet – in einem Dampfbad stehen. In der Ferne konnte er das fröhliche Geschepper von Metall auf Metall hören, als Alistair Sphagnum dem Quadranten mit einem Brecheisen zu Leibe ging. Der Rhythmus von Mann und Maschine wurde hin und wieder unterbrochen, wenn das Metall Fleisch traf und Sphagnum, laut auf gälisch fluchend, herumlief.
Als er seine Kleider ordnete und sich umdrehte, um zur Straße zurückzutrotten, wurde ihm plötzlich bewußt, daß er nicht allein war. Aus dem Nebel vor ihm ragte drohend der große schwarze Schädel eines Aberdeen-Angus-Bullen hervor, dem die Schultern und der massige, hohe Rücken folgten. Das Tier glotzte ihn an, schnaubte und warf die gefrorenen Heidebrocken hoch. Ihm folgte ein zweites, dann ein drittes Tier.
«Sch!» sagte Lestrade leise, denn er war ein paarmal auf dem Markt von Smithfield gewesen. Die Untiere rührten sich nicht. Natürlich bestand Lestrades Problem darin, daß das Vieh, das er auf dem Markt von Smithfield gesehen hatte, in der Regel mit dem Kopf

nach unten hing, enthäutet, in Hälften geteilt, und ziemlich tot war. Das hier war ein völlig neues Naturgefühl.
«Sch!» rief er und stapfte entschlossen auf sie los.
Ein wildes Auge rollte, und ein Brüllen dröhnte aus den Eingeweiden des vordersten Tieres. Soweit das Auge reichte, umgaben ihn im Osten und im Westen ungezählte Pfunde von Rindfleisch – die Rache für alle Steaks und gerösteten Nieren im «Collar». Er begann humpelnd zurückzuweichen, ohne seine Augen von dem Vieh zu lassen. Eines oder zwei der Tiere begannen das steifgefrorene Gras abzuweiden oder im Heidekraut zu schnüffeln, ein Versuch, Lestrade in trügerischer Sicherheit zu wiegen. Der Bulle, der zuerst aufgetaucht war, offensichtlich der Rädelsführer, denn seine Nüstern zierte ein Metallring, warf seinen Kopf hoch und ging schnaubend und knurrend auf Lestrade los.
Der Superintendent vergaß ganz und gar, daß er humpelte. Er schleuderte dem Biest seinen Bowler entgegen und rannte wie ein Verrückter durch das Heidekraut, das unter seinen fliegenden Füßen wie ein Feuerwerk krachte. Den ganzen Weg hörte er das Gebrüll des Bullen und spürte seinen heißen, süßen Atem im Genick. Er war erleichtert, als er die Straße unter seinen Füßen fühlte. Warum gab es hier nicht einen einzigen verdammten Baum, wenn man einen brauchte? Das war ja fast so wie mit den Polizisten.
«Sphagnum! Sphagnum! Wo zum Teufel stecken Sie?» hörte er sich schreien. Die Stimme war nicht die seine. Er hörte Hufgeklapper, das ihm sagte, daß der Minotaurus die Straße erreicht hatte. Hier würde das Tier ihn überholen. Auf der Heide, hügelabwärts zum Cat Law, hatte er eine echte Chance gehabt, aber diese bösartige Teufelskreatur hatte vier Beine und zweihundert Pfund Muskeln, um sie zu beschleunigen, und er hatte nur anderthalb Beine. Er fragte sich gerade, wie er sich gegen einen Eisenschädel in seinem Kreuz wappnen könne, als er kopfüber mit dem Quadranten zusammenstieß, der nach Sphagnums sanfter Nachhilfe wieder blubberte. Dem Superintendent knickten die Knie ein, und er ging zu Boden.
Sphagnum schwang sich wieder vom Gefährt und umschritt es, um einen Blick auf den schlafenden Polizisten zu werfen. Plötzlich ge-

wahrte er einen riesigen schwarzen Bullen, der ihn, durch das zweimotorige Fahrzeug beunruhigt, blöde anstarrte. Der Schotte ging auf ihn zu, beugte sich nieder und küßte das Tier auf die kräuselhaarige Stirn. «Weg mit dir», flüsterte er dem Bullen ins Ohr, «oder ich klemm dich in mein Sandwich.»
Das Tier brauchte keine zweite Aufforderung. Es schnaubte, zeigte, wie wenig es beeindruckt war, und trollte sich, innerlich grollend, um seine Weibchen herbeizurufen.
Sphagnum bückte sich, hievte Lestrade hoch und stützte ihn, als er ein Augenlid hob. «Sie sind harmlos, Mann», beteuerte er dem besinnungslosen Superintendent. «Sie sind an eine Douglas-Herde geraten. Ihr Bulle wollte bloß am Ohr gekratzt werden. Wären es dagegen Hochlandrinder gewesen...» Und er sog scharf den Atem ein, während er Lestrade in den Beiwagen stopfte und sorglich in Ramsays Decken packte. «Wissen Sie, unsere Hochlandrinder sehen ja vielleicht wie Heuballen und zuweilen wie Bettvorleger aus, aber diese Hörner... Mann, allein der Geruch kann Sie umbringen.»

Sie ratterten durch Kirriemuir und hielten nur an, um einen eisgefüllten Lederbeutel für Lestrades Kopf zu besorgen. Als sie am Herrenhaus in Logie vorbeikamen, begann seine Sehkraft zurückzukehren, und als sich der Quadrant zischend und rumpelnd den Weg durch das Eis von Dean Water bahnte, fing er an, sich aufzurichten und Nahrung zu sich zu nehmen.
Gleichwohl war es wackliger Superintendent, der unter der grauen prunkvollen Brustwehr von Schloß Glamis abermals aus dem Beiwagen gehoben wurde. Er schien geradezu eine Gewohnheit daraus zu machen.
Und der Superintendent war noch wackliger, der über dem Steinlöwen auf der vorderen Treppenstufe graziös einen Purzelbaum schlug, als er eintreten wollte. Er war vielleicht ziemlich weit nach Nordwesten vorgedrungen, aber der Rest war Finsternis.
Als er erwachte, lag er in einem Bett und ein strahlendes Gesicht blickte auf ihn nieder. Als seine Augen im Feuerschein deutlich sa-

hen, fand er die Nase ein wenig scharf, doch die Augen waren klar, und das Haar türmte sich über einer hohen, klugen Stirn.
«Mein lieber Sergeant, wie fühlen Sie sich? Wie geht es Ihrem armen Kopf? Von hier aus sieht er ziemlich puterrot und böse aus.»
«Ungefähr so wie der Rest meiner Person», stöhnte Lestrade, «Mrs... äh?»
«Bowes-Lyon. Willkommen auf Schloß Glamis, Sergeant.»
«Danke, Madame.» Lestrade bemühte sich, in aufrechter Haltung eine Verbeugung zu machen. «Superintendent», verbesserte er sie.
«Oh, dem geht es gut. Er hat uns beim Dinner mit Geschichten ergötzt, wie Sie sich der schottischen Polizei angeschlossen haben, um Ihre Kenntnisse zu erweitern.»
«Verzeihung...»
«Oh, bitte nicht. Entschuldigen Sie sich nicht. Es gibt eine Menge Dinge, die die Schotten besser machen als die Engländer.»
«Das tun sie wirklich», pflichtete Lestrade ihr bei. «Wie lange bin ich schon hier?»
«Im Ostflügel? Etwa eine Stunde. Vorher lagen Sie ziemlich stumm auf dem Boden der Halle.»
«Ist er tot, Mama, der Mann?» rief eine schrille kleine Stimme plötzlich unter der Tagesdecke hervor. Vor Überraschung verrenkte sich Lestrade Kopf und Bein. Ein hübsches kleines Mädchen, nicht älter als drei Jahre, saß auf dem Bett und lächelte ihn an. Es hatte große, strahlende Augen, und ihr langes dunkles Haar fiel über ihr flauschiges Nachthemd. Vor gar nicht langer Zeit hatte seine Emma ähnlich ausgesehen.
«Nein, natürlich nicht, Liebes», erklärte ihre Mutter. «Du kannst selber sehen, daß er aufrecht sitzt. Was mich daran erinnert, daß du immer noch nicht im Bett bist. Wo steckt dein Bruder?»
Ein zweiter kleiner Kopf mit goldenen Locken tauchte neben dem ersten auf.
«Ah, meine beiden Benjamins», strahlte die Mutter.
«Guck», sagte das Mädchen zu dem Jungen, «ich hab dir doch gesagt, daß er nicht tot ist. Guck. Er sitzt.»
Der Junge betrachtete Lestrade eingehend. Er hatte während der zwei Jahre seines Erdendaseins vermutlich niemals etwas so Merk-

würdiges gesehen. Einen bläßlichen Mann mit einem herabhängenden Schnurrbart und mit einem ziemlich schmutzigen, zerknitterten Hemd bekleidet. Oberhalb der dunklen, traurigen Augen war ein sauberer weißer Verband um den Kopf gewickelt.
«Elizabeth und David», sagte ihre Mutter, «ich möchte, daß ihr Sergeant Lestrade begrüßt, der Polizei von Leith zugeordnet.»
Das kleine Mädchen hüpfte von Lestrades Bett und versuchte sich an einem wackligen Knicks. Die Damen blickten David an, in der Hoffnung, er werde sich zu irgendeiner Höflichkeit durchringen. Es sollte nicht sein. Er starrte Lestrade unentwegt an.
«Ich glaube, ich muß etwas klarstellen, Lady Bowes-Lyon», sagte Lestrade. «Ich bin kein Sergeant, sondern ein Superintendent. Und das einzige, dem ich zugeordnet bin, abgesehen von den Resten meiner Reputation, ist Scotland Yard.»
«O...» Lady Bowes-Lyon blickte erst ungläubig, dann stirnrunzelnd auf Lestrade. «Aber das bedeutet, daß Superintendent Sphagnum...»
«Er ist ein Lügenbold», beendete Lestrade den Satz.
Lady Bowes-Lyon legte rasch ihre Hände über die Ohren ihrer Tochter, doch es war zu spät.
«Was ist ein Lügenbold, Mama?» fragte das kleine Mädchen.
«Das ist... äh... so etwas wie ein Hampelmann, Liebling. Nun lauft zu Nanny Moncrieff, ihr beiden. Zeit, daß ihr nach Bedfordshire kommt.»
Die Kleinen hüpften fort. An der Tür blieb die kleine Elizabeth stehen und knickste noch einmal. «Nett, Sie zu treffen, Mann», lächelte das Kind und flitzte ihrem Bruder nach.
«Sie haben reizende Kinder, Madame», sagte Lestrade.
«Danke, Mr. Lestrade.» Lady Bowes-Lyon erhob sich vom Bett. «Doch nach Ihrer unbedachten Bemerkung gerade eben kann ich nur annehmen, daß Sie keine Kinder haben.»
Lestrade lächelte. Er dachte an die goldhaarige Emma mit dem Schein des Kaminfeuers auf ihren Flechten. «Nein», sagte er, «keine.»
«Ich hoffe, Sie werden sich wohl fühlen.» Sie machte Anstalten zu gehen.

«Lady Bowes-Lyon.» Er rief sie zurück, ein wenig barscher, als es seine Absicht war. «Es tut mir leid, aber ich ermittle in einem Mordfall.»
«Gütiger Himmel!»
«Ich nehme an, daß Mr. Sphagnum das nicht erwähnt hat?»
«Aber nein.» Sie nahm erregt wieder Platz. «Er sagte lediglich, daß sein Fahrzeug eine Panne hätte, und bat für die Nacht um Unterkunft. Angesichts des Nebels und Ihres Zusammenstoßes mit dem alten Leo…»
«Leo?»
«Der Steinlöwe an der Tür, Mr. Lestrade.» Sie beugte sich vor. «Ich glaube, es ist besser, wenn Sie mir alles erzählen.»

Es lag nicht in Lestrades Natur, *jedermann* alles zu erzählen. Aber die elegante Herrin von Glamis zog er so weit ins Vertrauen, wie er für angemessen hielt. Er würde «Sergeant» Sphagnum den Kopf waschen, weil er ihre Rollen vertauscht hatte. Der Mann war im Grunde harmlos. Er hatte bloß ein wenig die Großmannssucht und Freude daran, jemandem einen Streich zu spielen, das war alles.
In der Zwischenzeit wollte er, da es noch nicht zu spät war, mit Mr. McAlpine reden, dem Bauunternehmer, wenn das nicht zuviel Mühe machte. Und dann mit Miss Pringle, der Gouvernante von Lady Elizabeth.
Robert McAlpine stand breit und gediegen da, wie eines der vielen Gebäude, die er in ganz Motherwell errichtet hatte. Grauhaarig und mit strahlenden Augen, ertrug er andere Menschen nur schwer, und Narren schon gar nicht.
«Hm.» Er tastete sich durch den dämmrigen Korridor, vorbei an stummen Ritterrüstungen, die Wache standen. «Ich bin ein beschäftigter Mann, Mr. Lestrade, und Zeit ist Geld, wissen Sie. Herrje, wollen Sie sich das bitte mal anschaun?»
Lestrade gehorchte. Er lüftete seinen Verband ein wenig und spähte in das Dunkel einer Nische.
«Furchtbar, nicht wahr? Verdammter schottischer Prunkstil. Ich würde keinen Groschen dafür geben. Nichts als Türmchen und Er-

kerchen. Sie würden nicht glauben, daß dies im zwanzigsten Jahrhundert passierte, oder? Ich sage Ihnen, Lestrade, die Zeit wird kommen, da wir in allen Zimmern fließend heißes und kaltes Wasser haben werden. Im Augenblick haben wir bloß kaltes, und es läuft an den verdammten Wänden runter. Also los, Mann, Sie sind doch nicht hier raufgehumpelt, um meine Ansichten über Architektur zu hören. Raus damit.»

«Es ist wegen Balmoral...»

«Aha, da haben wir's. Der verdammte Kasten ist noch schlimmer als dieser. Wenigstens ist er im wesentlichen mittelalterlich. Ich frage Sie, was versteht schon diese verflixte Königliche Familie von Architektur? Mann, ich habe praktisch die Glasgower Kanalisation gebaut. Es gibt dort kein Rohr, kein Kniestück, das ich nicht persönlich kenne. Erzählen Sie mir nichts über Balmoral. In den Augen eines Installateurs ist das Ding ein einziger Witz.»

«Eigentlich wollte ich über das Mädchen, Amy Macpherson, mit Ihnen sprechen.

«Ach ja?» McAlpine hörte auf, die Steine zu beschnüffeln, und steckte sein Bandmaß weg. «Totgeschlagen, soviel ich weiß.»

«Kannten Sie Amy?»

«Nun, gekannt ist vielleicht ein zu starkes Wort, besonders im biblischen Sinn. Ich glaube, sie brachte mir einmal oder zweimal meinen Morgentoast.»

«Was hielten Sie von ihr?»

«Hielt sie für ziemlich beschränkt. Nicht zu schwachsinnig für die Vorsintflutliche Gesellschaft Schottischer Architekten, sicherlich.»

«Was sagte sie?»

«Äh... ich glaube, es war ‹Guten Morgen, Sir›. Sagen Opfer so was? Wissen Sie, ich bin noch nie einem Mordopfer begegnet. Das ist nicht mein Terrain, wie Toulouse-Lautrec zu sagen pflegte.»

«Wo waren Sie am fraglichen Morgen?» Lestrade versuchte sich im Terrain zu orientieren.

«In meinem allerliebsten Rollbettchen und wünschte mir, statt in Balmoral an irgendeinem anderen Ort zu sein. Sie müssen wissen, daß ich der erste Mann am Tatort war.»

«Wirklich? Wo war Ihr Zimmer?»
«Auf der Rückseite, mit Blick auf die Ställe. Der klassische Ausblick, nebenbei. Ich hörte Miss Pringle schreien.»
«Sie wußten, daß es Miss Pringle war?»
«Nicht zu dieser Zeit. Aber es war laut und weiblich, also sprang ich in meine Hosen und rannte hin.»
«Was dann?»
«Als ich zum Keller kam, sah ich Miss Pringle am Fuß der Treppe stehen, eine Kerze in der Hand. Sie schrie immer noch, also knallte ich ihr eine.»
«Was passierte?»
«Sie schrie weiter.»
«Was machten Sie dann?»
«Ich knallte ihr noch eine. Diesmal ging sie zu Boden. Ich trug sie rauf ins Erdgeschoß.»
«Und Amy Macpherson?»
«Ach ja, ihretwegen hatte ich fast einen bösen Sturz. Ich muß sie auf dem Weg nach oben übersehen haben, kein Wunder bei dem schlechten Licht und der schreienden Miss Pringle. Auf dem Weg nach oben stolperte ich über das arme Ding und schlug beinahe der Länge nach hin.»
«Und?»
«Ich ließ Miss Pringle bei Allan Ramsay und ging zurück. Mann, war das Mädchen zugerichtet. Erinnert mich an einen Vorarbeiter, den ich mal hatte, der war'n bißchen schwerhörig. Sein Kumpel rief: ‹Es kommt was› – worauf die Standardantwort natürlich ‹Laß kommen› lautet –, und er bekam keine Antwort.»
«Und?»
«Also kippte der Kumpel anderthalb Zentner Ziegelsteine auf ihn runter. Nicht die geringste Chance, können Sie sich denken. Der Vorarbeiter hätte drei Fuß weiter links stehen sollen.»
«Ist das von Bedeutung, Mr. McAlpine?»
«Wahrscheinlich nicht, aber das Ergebnis war dasselbe.»
«Sie glauben, daß Miss Macpherson von fallenden Ziegeln getroffen wurde?»
«Sie sind der Polizist», erwiderte McAlpine. «Sagen Sie's mir.»

«Wenn ich's weiß, werde ich's tun. Wissen Sie, wo Miss Pringles Zimmer ist?»
«Natürlich nicht.» McAlpine richtete sich auf. «Ich bin ein verheirateter Mann.»
«Aha.»
«Na schön. Die Treppe rauf, dritte Tür links, an diesem besonders häßlichen steinernen Türsturz vorbei.»

Lestrade fand den häßlichen steinernen Türsturz, wenngleich mit seinem Kopf, doch aus Miss Pringles Zimmer bekam er keine Antwort. Er humpelte zur Bibliothek zurück und traf unterwegs Alistair Sphagnum. Zwei Gäste standen vor dem krachenden Kaminfeuer und wärmten sich die Hände. Sie drehten sich um, als die beiden eintraten.
«Sholto!» riefen sie mit einer Stimme.
«Harry! Letitia!» Lestrade war mit einem Satz bei ihnen. «Ich glaube es nicht.»
«Was tun Sie hier?»
«Dasselbe wollte ich Sie gerade fragen.»
Die strahlende Letitia zog ihn an sich, küßte ihn auf die Wange und flüsterte ihm ins Ohr: «Es tut gut, Sie wiederzusehen.» Sie wich zurück. «Sholto, Sie sind verletzt.»
«Eigentlich ist es mein Kopf», sagte er. «Nichts Ernstes.»
«Ein paar Fuß am Gehirn vorbei», grinste Sphagnum.
Lestrade verzog das Gesicht. «Oh, darf ich bekannt machen? Letitia und Harry Bandicoot, dies ist Alistair Sphagnum.»
«Bandicoot.» Sphagnum streckte eine Hand aus. «Ich kenne diesen Namen. Woher kommen Sie, Mr. Bandicoot?»
«Huish Episcopi in Somerset», erwiderte Bandicoot.
«O ja», nickte Sphagnum. «Das hört sich verdammt schottisch an. Aber ich bin nie dort gewesen. Es ist Ihr Gesicht, das mir bekannt vorkommt. Und das Ihre, Madame...» Er nahm Letitias Hand und küßte sie, «das Ihre werde ich kennenlernen.»
«Wie geht's den Jungen?» fragte Lestrade. «Und Emma?»
Letitia machte sich los, ein wenig zu zögerlich für Harrys Ge-

schmack. «Sie liegen mit Mumps auf der Nase, Sholto», sagte sie und hielt Lestrades Hände. «Sie sind kerngesund. Ich habe sie ungern unter Quarantäne gelassen, aber ich wollte Harry keinem Risiko aussetzen. Mumps kann sich bei Männern komisch auswirken, habe ich gehört. Die Bowes-Lyons luden uns plötzlich ein – aus heiterem Himmel. Wir trafen sie in der Stadt und beschlossen, ohne weiter zu überlegen, Weihnachten hier oben zu verbringen... Wir hatten sie seit Jahren nicht gesehen. Ein Jammer, daß wir die Kinder zurücklassen mußten. Die kleine Elizabeth ist solch ein Schatz. Und David. Zusammen hätten sie eine wundervolle Zeit gehabt. Emma spricht ständig von Ihnen, Sholto. Nach Weihnachten, *müssen* Sie ein paar Tage bei uns verbringen.»
«Wir wären früher hier gewesen», sagte Bandicoot, «aber die Drehbrücke über den Tay war eingefroren. Es war eine Katastrophe!»
«Waren Sie in Cambridge, Mr. Bandicoot?» fragte Sphagnum.
«Nein», antwortete Harry.
«Kommen Sie und setzen Sie sich, Sholto.» Letitia klopfte neben sich auf das Sofa. «Sagen Sie, wie lange kennen Sie den Hausherrn von Glamis?»
«Nun, eigentlich muß ich ihn erst noch kennenlernen...»
«Eton!» donnerte Sphagnum plötzlich.
«Stimmt», sagte Bandicoot.
«Und ich boxte für Fettes. Warten Sie, war es '86 oder '87?»
«'87. Ich hatte '86 die Ruhr.»
«Schulhackfleisch?»
Bandicoot nickte.
«In Fettes war's dasselbe. Sie knockten mich in der achten Runde aus.»
Es dämmertte allmählich im beschränkten Hirn von Harry Bandicoot. «Schlächter Sphagnum!» Er klickte mit den Fingern. «Sie waren verdammt gut.»
«Ja, Bürschchen, aber Sie waren besser. Hätte nichts gegen einen Rückkampf irgendwann, Schlagetot.»
Harry warf einen Blick auf Letitia. «Irgendwann», sagte er und sah, wie der Schotte neben seiner Fau auf der anderen Seite Lestrades Platz nahm.

«Ihr Gatte hat einen gewaltigen rechten Haken, Mrs. Bandicoot», sagte er.
«Ich weiß.» Letitia lächelte Harry zu. «Also, Sholto...»
Plötzlich ertönte ein durchdringender Schrei. Ein Diener an der Wand ließ ein Silbertablett fallen, das scheppernd über den glatten Boden rollte. Alle sprangen auf. «Was war das?» fand Bandicoot als erster seine Stimme wieder.
«Es ist die *Bean-Nighe*», flüsterte Sphagnum. «Die Klagende Frau. Heute nacht wird's in diesem Haus einen Toten geben.»
Und die drei Männer eilten zur Tür.

«Es kam von da drüben», rief Sphagnum.
«Nein, von oben.» Bandicoot spähte die Treppe hinauf.
«Ich möchte nicht rückschrittlich erscheinen, Gentlemen», sagte Lestrade, «aber in Wirklichkeit kam es aus dem Keller.» Er versuchte die Tür zu öffen. Sie war verschlossen.
«Gibt's einen Schlüssel?» wandte er sich an den Diener.
«Ich sage halt», rief eine Stimme von der Treppe, und sich nach seiner Gattin umdrehend: «Einer der Gäste, Liebes, geht mit der Schulter auf das Mobiliar los. Ist das völlig in Ordnung?»
«Genaugenommen nicht, Lieber, aber ich habe keinen Schlüssel, und er ist ein Superintendent von der Polizei. Mr. Lestrade, dies ist mein Mann, der Hausherr von Glamis.»
Lestrade verbeugte sich vor Bowes-Lyon, dessen militärischer Schnurrbart zur Begrüßung eindrucksvoll wehte.
«Wir hörten einen Schrei. Waren Sie das, Mr. Lestrade?»
«Nein, Lady Bowes-Lyon, ich war's nicht», versicherte der Superintendent.
«Letitia! Harry!» Die schöne Lady schwebte anmutig die Treppe hinab. «Ich hatte keine Ahung, daß Sie angekommen sind.»
«Wir sind gerade gekommen.» Letitia küßte ihr alte Freundin. «Wir wollten uns erst ein bißchen auftauen.»
«Harry.» Sie drückte den großen Mann an sich. «Es ist so lange her.» Sie lächelte. «Claudie, du erinnerst dich an Harry und Letitia.»

«Ja? O ja, natürlich. Fröhliche Weihnachten, alle miteinander.»
«Ein bißchen zu früh, Lieber», erinnerte ihn Lady Bowes-Lyon. «Das ist morgen.»
«Ahem!» hustete Lestrade. «Hier irgendwo ist vielleicht eine Dame in Schwierigkeiten, Gentlemen. Vielleicht könnten sich die Jünglinge an der Kellertür versuchen? Mit Ihrer Erlaubnis, natürlich, Lord Glamis?»
«Oh, nichts dagegen.»
«Ich glaube, wir sind die Jünglinge, von denen er gesprochen hat, Bandicoot», sagte Sphagnum. «*Floreat Etona*, wie?»
«Aber sicher», sagte Bandicoot, «oder gar *Floreat Fettesia*», und Schulter an Schulter warfen sie sich gegen die Tür. Krachend gab sie unter ihrem gemeinsamen Gewicht nach, und ein zweiter Schrei ertönte.
«Sphagnum?» fragte Bandicoot. «Waren Sie das?»
«Tut mir leid», sagte Sphagnum mit einem pochenden Finger wedelnd. «Splitter.»
«Mylord», sagte Lestrade, «können wir eine Laterne haben?» Er deutete in die völlige Dunkelheit, in der die Kellertreppe verschwand.
«Hier, Sir.» Der Diener, der zurückgekehrt war, ehe jemand bemerkt hatte, daß er gegangen war, kam mit einer Kerze.
«Gut gemacht», sagte Lestrade, nahm den Kerzenhalter und stieg vorsichtig die Treppe hinunter. Unter seinen Füßen fühlten sich die Stufen ausgetreten und uneben an. Sein Kopf schmerzte immer noch, und sein Fuß tat weh, aber eine Aufgabe war eine Aufgabe, und er war hier ohne Zweifel am meisten darin erfahren, Schreien nachzugehen. Gewiß, Harry Bandicoot hatte einmal als Constable bei der Metropolitan Police gedient, aber nicht länger als ein Jahr, und überdies war das alles ein Fall von falscher Selbsteinschätzung gewesen – ein unüberlegter Schritt in seinem Werdegang, den man am besten vergaß.
Im flackernden Licht erkannte er zwei Körper, einer ausgestreckt am Fuß der Treppe, der andere gegen die entfernte Wand gelehnt. Lestrade bückte sich, so gut er es mit seinem kranken Bein in dem engen Raum vermochte, und faßte die beiden Körper ins Auge. Der

erste war zwischen dreißig und fünfunddreißig Jahre alt und totenblaß. Nach dem Schnitt der Kleidung zu urteilen, gehörte er einer Frau. Der andere gehörte einem Mann, der aber keiner mehr war. Was von seinem Kopf übrig war, klebte an den weißgetünchten Ziegeln, und große Blutspritzer waren über die Mauer verschmiert und verspritzt. Sein linkes Auge war nur noch eine zermalmte Masse von Blut. Sein rechtes, noch ein wenig geöffnet, glotzte Lestrade spöttisch an. Es verhöhnte ihn auf eine gleichgültige, blicklose Art und schien zu sagen: «Also, da bin ich, was willst du mit mir anfangen?»
«Die da drüben lebt noch», sagte er, und Sphagnum und Bandicoot traten zu ihm auf die Treppe, luden sich den Körper der Frau auf die Schultern und trugen ihn nach oben.
«Guter Gott, es ist Miss Pringle», hörte Lestrade Lord Glamis sagen. «Hat man sie… vergewaltigt?»
Lestrade hörte das Schweigen, in dem sich alle Augen, die von Miss Pringle ausgenommen, auf den Schloßherrn richteten. Aber es war eine angemessene Frage, auf die auch Lestrade gern eine Antwort gehabt hätte.
«Ihr fehlt nichts», hörte er Lady Glamis sagen. «Letitia, helfen Sie mir, sie auf ihr Zimmer zu bringen, ja?»
«Da ist noch jemand.» Sphagnum war zur Treppe zurückgekehrt und spähte durch die Dunkelheit.
«Leider ja», bestätigte Lestrade. «Harry, beschaffen Sie mir mehr Licht, seien Sie so gut.»
Um an dem Diener auf der Treppe vorbeizukommen, vollführte Bandicoot einen kleinen *pas de deux*, wie er einem Vater von Zwillingen zukam, und kehrte mit einer zweiten Kerze zurück.
«Kennt ihn jemand?» fragte Lestrade. Da sowohl Bandicoot wie Sphagnum mit Glamis relativ unvertraut waren, eine ziemlich optimistische Frage.
«Ich kenne ihn.» Lord Glamis hockte über Bandicoot auf halber Treppe. «Es ist Alexander Hastie, einer meiner Diener.»
Er drängte sich an den gebückten Gestalten vorbei und kniete, Lestrade gegenüber, neben dem toten Mann. «Mein Gott, was ist mit ihm passiert?» flüsterte er, als fürchte er, seine übliche Stimme werde ihn im Stich lassen.

«Sein Schädel ist eingeschlagen worden», sagte Lestrade zu ihm und prüfte wie ein Arzt im flackernden Licht die entsetzliche Wunde. «Mit einem schweren, stumpfen Gegenstand. Ich würde sagen, er ist seit etwa einer Stunde tot.»
«Das wäre also gegen...» mutmaßte Sphagnum.
«Fünf Uhr gewesen», sagte Lestrade.
«Der Mörder kann noch nicht weit sein, Lestrade.» Sphagnum stand auf. «Ich werde die Gäste zusammenrufen.»
«Nein, das werden Sie nicht, junger Mann.» Lord Glamis war ebenfalls aufgestanden. «In ein paar Stunden ist Weihnachten. Ich will nicht, daß das Fest verdorben wird, ob Mord oder nicht Mord. Außerdem ist, von uns selbst und den Bandicoots abgesehen, niemand anderer hier. Mr. Lauder ist noch nicht eingetroffen.»
Sphagnum stöhnte.
«Wer?» fragte Lestrade.
«Harry Lauder», teilte Glamis ihm mit. «Er ist unser Vortragskünstler.»
«Genau das jagt mir einen Schrecken ein», murmelte Sphagnum.
«Sie haben Mr. McAlpine vergessen, Mylord», erinnerte ihn Lestrade.
«Nein, habe ich nicht. Der Mann ist Geschäftsmann. Kann ihn nicht zu meinen Gästen zählen.»
«Natürlich», sagte Sphagnum. «Typisch für die vornehmen Leute in England – ich bitte um Verzeihung, Mylord – diese Überzeugung, daß nur sie eines so bestialischen Verbrechens schuldig sein können. Warum kann es nicht einer Ihrer Diener gewesen sein?»
«Keiner von meinen Dienern, Sphagnum», versicherte ihm Lord Glamis. «Lady Bowes-Lyon hat sie selber sorgsam ausgewählt. Wir nehmen es überaus genau mit Zeugnissen. In keinem stand irgend etwas von Mord.»
«Oh, das ist gut», feixte Lestrade ungemein erleichtert. «Mylord, würden Sie so freundlich sein, die Dienstboten zusammenzurufen? Ich möchte mit ihnen reden, bevor ich mit der Arbeit anfange.»
«In Ordnung», erwiderte Glamis. «Aber ich warne Sie, Superintendent, ich will nicht, daß Weihnachten verdorben wird. Nichts kommt zwischen mich und meinen Rosinenkuchen zum Weih-

nachtsfest. Ich will nicht, daß die Kinder durcheinandergebracht werden.»
«Ganz recht, Mylord», und Lestrade verbeugte sich, als der Hausherr sich auf die Suche nach seiner Dienerschaft machte. «Also, Sphagnum…» Er kniete sich mit einigen Schwierigkeiten wieder hin. «Da es so scheint, als hätten Sie sich selber zum Polizisten ehrenhalber ernannt, lassen Sie mich Ihre Meinung hören.»
«Äh…» Der Schotte nickte in Bandicoots Richtung.
«Harry Bandicoot ist das Salz der Erde», setzte ihn Lestrade in Kenntnis. «Mit diesem Mann würde ich durch das Feuer gehen. Im Grunde hab ich das vermutlich schon getan. Ihre Theorie.»
«Och, Sholto.» Bandicoot kniete, ziemlich verlegen grinsend, ebenfalls nieder.
«Der Angriff wurde auf dieselbe Weise ausgeführt», sagte Sphagnum, «wie bei der armen Amy Macpherson. Der Kopf ist fast völlig zerschmettert.»
«Das denke ich auch», nickte Lestrade.
«Wirklich?» Bandicoot kam mit den beiden nicht ganz mit. Warum, fragte er sich, und das nicht zum erstenmal, tauchten immer Leichen auf, wenn Lestrade in der Nähe war?
«Alles, was wir jetzt tun müssen», Sphagnum war in seinem Element, «ist, eine Verbindung zwischen beiden Morden zu finden, und, Hokuspokus, wir haben unseren Mann.»
«Oder Frau!» sagte Bandicoot quietschvergnügt.
«Nein, nein, Harry», erklärte Lestrade, «das haben wir alles schon durch. Eine Frau kommt nicht in Frage.»
«Obwohl», murmelte Sphagnum im unheimlichen Halbdunkel, «es doch merkwürdig ist, daß Ihre Miss Pringle *beide* Leichen fand, nicht wahr?»
«‹Wenn zwei sich finden›, wie?» grinste Bandicoot.
Sphagnum drehte sich zu seinem alten Sparringspartner um. «Sie haben nicht bloß einen ordentlichen rechten Haken, Mr. Bandicoot», sagte er. «Ich glaube, Sie und Mr. Lauder werden prima miteinander auskommen.»
«Was haben Sie damit gemeint?» fragte ihn Lestrade. «Als wir Miss Pringle schreien hörten?»

«Wie?» Sphagnum war einen Augenblick verdutzt.
«Sie sagten, es wäre die Bienen-Fei oder so ähnlich.»
«Ach so, die *Bean-Nighe*», gluckste Sphagnum. «Ja, die Klagende Frau. Ich habe Ihnen doch erzählt, Lestrade, daß es hier spukt. Nun, der alte Alexander Hastie ist gerade als neues Gespenst dazugekommen. Es geht die Sage, daß sie klein und grün ist und rote Schwimmfüße hat.»
«Dann scheidet Miss Pringle aus.» Bandicoot war stolz auf seine Beobachtungsgabe. «Miss Pringles Füße sind völlig normal. Ich weiß das, weil ich sie an einem Punkt auf der Treppe direkt unter meiner Nase hatte.»
«Danke, Harry», lächelte Lestrade.
«Fragen wir bei den Ghillies nach», schlug Sphagnum vor. «Einer von ihnen wird sie gesehen haben, wie sie am hiesigen Bach die Unterwäsche von Hastie wusch. In Irland nennt man sie die Todesfee.»
«Ach ja», sagte Lestrade, der das schon mal gehört hatte, «sie quält's.»
Bandicoot blickte ihn an. In seinem fünfzigsten Jahr schien sein alter Kumpan ein wenig schwerhörig geworden zu sein. Sphagnum hatte eindeutig von Irland gesprochen, nicht von Wales.
«Das ist komisch», sagte Lestrade. «Ich habe im ‹British Hotel› nichts gehört.»
«Im ‹British Hotel›?» wiederholte Sphagnum.
«Das ist in Edinburgh», klärte Lestrade ihn auf.
«Toll!» sagte Bandicoot.
«Ich weiß sehr wohl, daß es in Edinburgh ist», sagte Sphagnum. «Es war dort, wo dieser Mann... Mr. ...»
«...Acheson starb», beschloß Lestrade nickend den Satz.
«Oh, war ich blöd.» Sphagnum schlug sich an die Stirn. «Er ist ein anderes Opfer in der Serie. Auch ihm hatte man den Schädel eingeschlagen.»
Lestrade nickte.
«Aber das ist ja ein höllischer Zufall, Lestrade», sagte Sphagnum nachdenklich. «Warten Sie mal. Sie haben das Zimmer mit ihm getauscht, nicht wahr?»

«Also mit anderen Worten», Sphagnums Hirn arbeitete rasend, «wer immer Mr. Acheson tötete, er dachte, er hätte … Sie … getötet.»
Sie blickten in das verwitterte Gesicht im Kerzenschein.
«Wo die Schotten recht haben, haben sie recht», flüsterte Lestrade.
Und Bandicoot flüsterte zurück: «Dessen bin ich sicher.»

«Nun?» fragte Snellgrove. «Wollen wir oder wollen wir nicht?»
Marshall sah auf seine Uhr. «Es ist noch nicht Mitternacht», sagte er stirnrunzelnd.
«Oh, komm schon, Tass. Sei nicht so pingelig.»
«Gut, in Ordnung. Frohe Weihnachten, Wim», und er überreichte ihm ein kunstvoll verpacktes Päckchen.
«Dir auch, Tass», grinste Snellgrove und übergab ihm ebenfalls ein Geschenk. «Oh, das hättest du nicht tun sollen! Datteln. Meine Lieblingssorte.»
«Ah, guck dir erst mal die Gabel an», zwinkerte Marshall.
«Gold!» keuchte Snellgrove. «Reines Gold.»
«Oh, Wim.» Marshall war mit dem Auspacken fertig. «*Der Lüsterne Türke*. Und in Kalbsleder gebunden mit silbernen Schnallen. Nun, ich denke, das ruft nach einem Toast», und er griff nach der großen Weinflasche im Eiskübel. «Trinken war auf den Herzog von Connaught.» Er hob sein Glas.
«Und auf Mr. Lestrade?»
«O ja», grinste Marshall, «und auf Mr. Lestrade.»

6

Dorothea Pringle lag, so graziös wie ihr hysterischer Anfall es zuließ, ausgestreckt auf der Chaiselongue. Ihre Augen öffneten sich flackernd und sahen den Umriß eines schnurrbärtigen Mannes in einem ziemlich schmuddeligen karierten Anzug. Sie stieß einen Schrei aus.

Draußen im Vorzimmer griff Letitia Bandiccot nach dem Arm von Lady Bowes-Lyon. «Ist schon in Ordnung, Nina», sagte sie. «Sholto sagte, daß sie schreien würde. Er hat Hunderte von Frauen befragt, darunter nicht wenige Gouvernanten. Er wird sie sanft behandeln.»

«Werden Sie mich sanft behandeln?» keuchte Miss Pringle, das Medaillon an ihrem Hals umklammernd. Ihre verstörten Augen blickten suchend nach links. «Warten Sie. Ich muß das Porträt meiner Mutter zur Wand drehen.»

«Das wird nicht nötig sein», versicherte Lestrade. «Ich will Ihnen bloß ein paar Fragen stellen.»

«Ich weiß», sagte Miss Pringle, ein wenig darüber entsetzt, Lestrade hätte vielleicht gedacht, sie habe etwas anderes gemeint.

«Mir ist bewußt, daß Sie einen ziemlichen Schock erlitten haben, Miss Pringle.» Der Superintendent umfaßte mit den Händen seine Knie. Die Gouvernante sank ein wenig schwächlich zurück. Er löste augenblicklich seine Hände von den Knien, denn ihm wurde klar, daß er ein bißchen zuviel Socke entblößte. «Können Sie mir sagen, wie lange Sie hier im Dienst stehen?»

«Beinahe drei Jahre», erwiderte sie. «Ich war die Gouvernante der Jungen und werde nach Neujahr die Erziehung von Miss Elizabeth übernehmen.»

«Und Sie waren kürzlich in Balmoral, soviel ich weiß?»

«Ja», sagte sie. «Ein kurzer Urlaub vor Beginn des Unterrichts.»
«Würden Sie mir erzählen, was sich dort ereignet hat?»
Sie sog mit einem heftigen Atemzug Riechsalz ein. «Ich suchte nach einer Kerze. Balmoral ist ein dunkles altes Haus, Mr. Lestrade, und ich konnte in den oberen Räumen nicht deutlich sehen. Mr. Ramsay sagte mir, die Kerzen seien im Keller.»
«Er schickte keinen Diener hinunter?»
«Er bot es an, aber ich wollte niemanden bemühen. Ich konnte das selber erledigen.»
«Das war am frühen Morgen?»
«Als ich die verflixten Dinger suchen ging, ja. Ich hatte Mr. Ramsay am Vorabend gefragt. Ich konnte nicht schlafen und stellte fest, daß die einzige Kerze, die ich hatte, nicht mehr lange brennen würde.»
«Und als Sie in den Keller kamen, was fanden Sie?»
Sie erschauerte, so daß ihre falschen Perlen klapperten. «Ich konnte die unterste Treppenstufe nicht sehen», flüsterte sie. «Ich sah etwas, das ich für ein Bündel von Lumpen hielt. Ich dachte, es sei ein Flikkenteppich. Der verstorbene Herzog von Edinburgh machte sie dauernd.»
«Wirklich?» Lestrade zog überrascht eine Augenbraue hoch. Der Herzog von Edinburgh war ein komischer alter Kauz.
«Ich trat... darüber hinweg, fand die Kerzen im Regal... und dann drehte ich mich um. Oh!» Sie verschloß ihren Mund mit der Hand.
«Lassen Sie sich Zeit, Miss Pringle.» Lestrade versuchte sie zu beruhigen, ohne sich zu bewegen. Eine falsche Bewegung konnte verhängnisvoll sein.
«Ich konnte sehen, daß es ein Mädchen war... und daß es tot war.» Sie schloß die Augen. «An mehr erinnere ich mich nicht.»
«Kannten Sie das tote Mädchen?»
«Nur vom Sehen. Sie machte jeden Tag meinen Kamin zurecht. Offen gestanden, sie war nicht sehr tüchtig, Kohlespuren auf dem Teppich, wissen Sie, und so weiter. So untüchtig war sie natürlich wieder nicht, um ihr deshalb den Schädel einzuschlagen.»
«Natürlich nicht», stimmte ihr Lestrade zu, obwohl er beim Yard ein paar Leute kannte, auf die das ohne weiteres zutraf.

«Sagen Sie mir...» Er wagte ein leichtes Vorbeugen des Kopfes, eine Neigung des Rumpfes. Auf der Stelle schossen Miss Pringles untere Gliedmaßen in die Höhe, und sie rollte sich auf der Liegestatt zusammen wie eine aufgeschreckte Spinne. «Sagen Sie, ist anschließend darüber gesprochen worden, was Miss Macpherson zugestoßen sein könnte?»
«Die Polizei redete mit mir», gab sie zur Antwort. «Eine ungezogene, minderwertige Person namens McNab. Er und ein ekelhafter Sergeant, dessen Namen ich aus meiner Erinnerung getilgt habe.»
«Recht so», nickte Lestrade. Er kannte Sergeants, bei deren Anblick Milch sauer wurde.
«Ich erzählte ihnen im wesentlichen das, was ich Ihnen gerade gesagt habe. Sie sagten mir, das höre sich nach Selbstmord an.»
«Und klingt das für Sie einleuchtend?»
«Ich weiß es wirklich nicht. Alles, was ich weiß, ist, daß Mr. McAlpine bald darauf aufgebracht fortging. Also, ich neige nicht zum Klatschen, Mr. Lestrade, aber dieser andere Bursche – Sir Harry Thingamajig, der sich wie ein Kaffer anzieht.»
«Ja?»
«Hören Sie, das kann nicht normal sein, oder? Der Mann ist ein Moslem. Stellen Sie sich das vor, ein Moslem in Balmoral. Das ist unglaublich.»
«Soviel ich weiß, hatte die verstorbene Königin zahlreiche indische Dienstboten», ermahnte sie Lestrade. «Gewiß waren einige davon alles andere als Anglikaner.»
«Ich denke, Sie haben recht, Mr. Lestrade», sagte sie. «Ich bin bloß eine Gouvernante. Was weiß ich schon?»
Endlich hatte Lestrade eine gefunden, die das zugab. «Also», sagte er. «Heute morgen. Hier auf Glamis.»
«Es war töricht von mir.» Sie schniefte in ein besticktes Taschentuch. «Aber ich mußte noch einmal in den Keller gehen. Um mir zu beweisen, daß ich's konnte. Daß alles in Ordnung sein würde...»
«Und?»
«Und es war nicht in Ordnung.» Sie jammerte wie Sphagnums *Bean-Nighe*, bis Lestrade eine Hand hob, eine drohende Gebärde, die sie auf der Stelle besänftigte. «Ich dachte, ich hätte einen

Traum», schluchzte sie, «irgendeinen gräßlichen Alptraum – ich sah ein zweites Bündel von Lumpen am Fuß der Treppe.»
«Noch ein Flickenteppich?»
«Nein, nein. Ich sah einen Kilt und... untere Gliedmaßen, die darunter hervorragten. Als ich begriff, was es war, wurde mir einfach...» Und die Stimme versagte ihr, und sie hielt sich wieder das Riechsalz unter die Nase.
«Kannten Sie Alexander Hastie?»
«Natürlich. Er sattelte oft die Ponies der Kinder, wenn sie ausritten.»
«Ein freundlicher Mann?»
«Nicht mir gegenüber», versicherte Miss Pringle rasch.
«Ich meine, ein Mann, der sich leicht Feinde macht?»
«Ich weiß es wirklich nicht», sagte sie. «Er wohnte nicht hier auf dem Anwesen, sondern drüben in Kirk Douglas. Seine Eltern waren Kleinbauern, hörte ich.»
Lestrade nickte. «Und Sie sahen keine andere Person im Keller?»
Sie schüttelte den Kopf. Er riskierte eine Anklage wegen Vergewaltigung, als er ihre Hand ergriff und sie tätschelte. «Sie sind eine sehr tapfere Dame, Miss Pringle», sagte er, «aber bitte, wollen Sie uns beiden einen Gefallen tun? Halten Sie sich von jetzt an vom Keller fern, ja?»
Sie nickte wortlos und wurde knallrot, als die Hand eines Mannes die ihre berührte. Und obwohl Lestrade es nie erfahren sollte, für den Rest ihres ziemlich einsamen Lebens wusch sie diese Hand nie wieder.

Während sich Lestrade früh am nächsten Morgen mit den Problemen einer weiteren Leiche im Keller herumschlug, verdrängte die Familie Bowes-Lyon die Wirklichkeit und feierte Weihnachten. Der Lord von Glamis höchstpersönlich trug eine Perücke und einen Bart von leuchtendem Weiß, raste durch das Schloß und brüllte: «Ho, ho, ho», während Kinder verschiedener Größen ihm nachhüpften und vor Lachen kreischten. Die Köchinnen waren geschäftig in der Küche, und das fröhliche Nüsseknacken wechselte sich mit dem

festlichen Knallen von Champagnerkorken ab. Bänder und Einwikkelpapier flogen in alle Richtungen, und überall waren Lachen und Spiele und Weihnachtsfreude. Genau so, darauf bestand Lord Glamis, sollte es sein. Für die Bowes-Lyons hatte *jedes* Weihnachtsfest so zu sein. Lestrade fühlte sich als ungebetener Gast, und obwohl Sphagnum die Stirn besaß, mit der Familie und den Bandicoots zu frühstücken, verließ der Superintendent früh das Haus und wanderte, den in fast unverständlichem Englisch vorgebrachten Hinweisen der Diener folgend, durch den naßkalten Nebel nach Kirk Douglas, «bloß über den Hügel».
Tatsächlich schien Lestrade mehrere Hügel überquert zu haben, bevor er auf der Heide der Lowlands einen Kreis beschrieben hatte und an die Tür einer reetgedeckten Kate mit weißgetünchten Steinmauern klopfte. Ein kleines altes Weibchen öffnete sie und stand da, beherzt eine Pfeife paffend. «Ja?» trillerte die Alte.
«Fröhliche Weihnachten, Mrs. Hastie.» Lestrade tippte an seine Kopfbedeckung.
«Schon recht, Jüngelchen.» Sie glotzte ihn durch einen Kneifer an, der mehr Sprünge als Henry Lauder Macken zu haben schien. «Aber wir hier oben machen uns da wenig draus. Wenn Hogmanay kommt, dann tanzen wir den Ringelreihn auf Zehenspitzen.»
«Oh, gut», sagte Lestrade, den es erstaunte, daß die Frau überhaupt noch stand.
«Ich kauf Weihnachten nichts von Hausierern», teilte sie ihm mit und begann die Tür zu schließen.
«Ich verkaufe nichts, Madame», sagte Lestrade. «Ich fürchte, ich habe schlechte Nachrichten für Sie.»
«Ach, isses wegen meinem faulen Sohn, dann weiß ich's schon. Kamen letzte Nacht vom Schloß, um es mir zu sagen.»
«Ich verstehe. Nun, dann mein Beileid», sagte Lestrade.
«Daß er tot ist oder daß er überhaupt mein Sohn war?»
«Nun...»
«Am besten kommen Sie rein.» Sie machte die Tür wieder auf. «Ist so kalt, da könnten dem Bruce die Eier abfrieren.»
«Das ist es wahrlich», stimmte Lestrade zu.
Sie nötigte ihn auf eine abscheulich unbequeme Mönchsbank, wel-

che die Mönche vor langer Zeit entrümpelt hatten, und er stieß sich den Kopf nur zweimal an den Balken der Decke, bevor er sich setzte. Das Torffeuer, das im Kamin schwelte, war immerhin ein Ausgleich, obwohl sich sein linker Arm in einem großen Gestell in der Zimmerecke verklemmte.

«Hatte Ihr Sohn Feinde, Mrs. Hastie?» fragte Lestrade.

«Hunderte.» Das alte Weiblein zündete seine erlöschende Pfeife wieder an. «Schon am Tag seiner Geburt zwickte er mich in die Nase. Manche sagen, die Gören schlagen den Eltern nach, aber ich hab nie dran geglaubt.»

«Recht so.» Lestrade kam sich merkwürdig ratlos vor.

«Sie müssen schon entschuldigen», sagte sie. «Ich hab diesen Kummer mit dem Zahnfleisch. Mein Ältester, Angus, hat mir vor 'ner kleinen Weile falsche Zähne machen lassen, aber ich kann die Dinger nicht ertragen. Hab sie seit 1883 nich im Mund gehabt. Also muß ich regelmäßig spülen.»

Sie griff in einen kleinen Schrank neben dem Kamin und brachte eine Flasche zum Vorschein. «Auch'n Schluck?» fragte sie.

«Äh... nein, danke», sagte Lestrade. «Ich habe meine Zähne noch.»

«Machense wasse wollen», und sie nahm einen tiefen Schluck aus der Flasche, verzog das braune, runzlige Gesicht und schüttelte sich von Kopf bis Fuß.

«Mann, das is 'n scharfes Gebräu.»

«Ja, wirklich. Nun zu Ihrem erschlagenen Sohn.»

«Ja, verschlagen war er. Ungehobelt. Blöde. Stinkend.»

«Aber war er wenigstens ein guter Pferdeknecht?» Lestrade meinte, irgend jemand müsse doch für den toten Mann sprechen.

«Isser vielleicht gewesen.» Die Alte nahm einen zweiten Schluck. «Aber sein Platz war hier. Bei all den anderen Hasties. Von Kindesbeinen an sinn meine Familie und die von meinem Alten Kleinbauern gewesen. Im Sommer sinn wir auf'm Acker, im Winter weben wir. Was halten Sie von unserem Webstuhl?»

Da der Webstuhl fast den gesamten Raum ausfüllte, erkannte Lestrade, daß er sich als Gesprächsstoff eignete.

«Sehr hübsch», sagte er.

«Ist seit Generationen inner Familie von meinem Mann.» Sie paffte erneut am vergilbten Pfeifenstiel. «Als der verblichne Prinz Bonnie durchs Hochland zog mit der Ruhr am Hals und seine Kilts so oft wechseln mußte, war's Wollstoff von diesem Webstuhl, den er trug, um anständig rumzulaufen.»
«Aufregend», nickte Lestrade. «Können Sie sich jemanden vorstellen, der ihn genug haßte, um ihn umzubringen?»
«Charlie? Na, erstmal dieser alte deutsche Bastard, König George...»
«Nein, nein, ich meinte Ihren Sohn.»
«Er hatte 'n kleines Problem mit'm Trinken.» Die alte Hastie wand sich, als der Schnaps durch ihre Gurgel rann. «Hab keine Ahnung, wo er's herhat.»
«Und das Trinken brachte ihn in Schwierigkeiten?»
«Ach ja. Wenn ihn jemand komisch anguckte, ging er auf ihn los. Er is ja vielleicht die Frucht von meinem Schoß gewesen, aber er war ein elender Hundesohn. Das können Sie mir glauben. Bleiben Sie noch auf'n Teller Hafergrütze?»
«Äh... danke, nein», sagte Lestrade. Wenn die Alte für die Grütze keine Zähne brauchte, war er doch nicht sicher, ob er sie beißen konnte. «Ich überlasse Sie Ihrem Weihnachten.»
«O ja, da wird hier jede Menge gelacht», sagte sie. «Kommen Sie zu Hogmanay wieder, Junge, und ich zieh für Sie mein Korsett an.»
«Wunderbar.» Lestrade stand mühsam grinsend auf und rannte mit seinem Kopf gegen den Deckenbalken. Er spähte durch die winzigen, von Spinnweben überzogenen Scheiben in das graue Nichts vor den Fenstern. «Hübscher Blick», sagte er. «Eine Art Webstuhl mit Aussicht.»

An diesem Abend saßen sie im kleinen Salon, der auf den Rasen an der Vorderfront blickte. Die Lichter und das Geglitzer von Weihnachten spiegelten sich in den bleigefaßten Fenstern.
«Ich muß gestehen...» seufzte Lady Glamis. Lestrade schob sich auf seinem Sitz nach vorn. «Um der Kinder willen wäre mir wohler, wenn Allah bei uns wäre.»

Lestrade hob eine Augenbraue. Zuerst Sir Harry Maclean. Jetzt die Bowes-Lyons. Der Islam schien sich auszubreiten. «Ich bin sicher, daß er das ist, Madame», tröstete sie der Superintendent.
Alle Augen richteten sich befremdet auf Lestrade. Es war nicht das erste Mal, daß das passierte.
«Nein, nein», lachte Lady Glamis. «Ich sollte erklären, daß Allah das Kindermädchen der Kinder ist – Clara Knight. Als die Kinder klein waren, fiel es ihnen leichter ‹Allah› zu sagen als ‹Clara›. Sie ist eine hundertprozentige Anglikanerin, kann ich Ihnen versichern. Es ist bloß, daß sie in Hertfordshire ist. Sie hat Weihnachtsurlaub.»
«Mylord», wandte sich Lestrade an den Herrn von Glamis, der seinen Rücken am Feuer wärmte, «ich habe versucht, Ihr Weihnachtsfest nicht zu stören, aber leider ist ein Mann tot. Ich muß ein paar Fragen stellen.»
«Ja, natürlich, Superintendent. War für Sie wohl eher ein geschäftliches Weihnachtsfest, wie? Also, schießen Sie los. Oder sollen die Damen uns allein lassen?»
«Quatsch, Claudie», sagte seine Gattin, «wenn du denkst, daß Letitia und ich verduften und zu einer Zeit wie dieser über Nadelarbeit sprechen werden...»
«Nina hat ganz recht, Claudie.» Letitia Bandicoot kam ihrer Gastgeberin zu Hilfe. «Außerdem sind wir bereits vom Superintendent ins Kreuzverhör genommen worden.»
Der Superintendent lächelte.
«Ist das wahr?» Alistair Sphagnum überquerte mit einem Satz den Perserteppich und hockte sich neben Letitia auf die Lehne des Sofas. «Das muß eine heitere Erfahrung für Sie gewesen sein.»
Harry saß in der entfernten Ecke, neben der häßlichen Anrichte aus der Zeit Jakobs, und schlürfte seinen Brandy.
«Mylord.» Lestrade wandte sich an Glamis. «Mr. Hastie war einer Ihrer Pferdeknechte, wie ich hörte.»
«Das ist richtig.»
«Ein guter Diener?»
«Konnte recht gut mit Pferden umgehen.» Lord Glamis griff nach seiner Pfeife. «Natürlich gab es welche, die sagten, er tränke.»
«Wirklich?»

«O ja. Offenbar hat er drüben in Kirk Douglas schwarz gebrannt. Nun, ich hatte nichts dagegen. Schwarzbrennerei und Schottland gehen Hand in Hand, Mr. Lestrade. Ich liebe dieses Land. Ich würde nicht dagegen einschreiten, solange der Mann im Dienst nüchtern ist. Ich glaube, das war er.»
«Ich glaube, die Brennereibesitzer würden das ein wenig anders sehen, Mylord», sagte Sphagnum.
«Wer?» fragte Lestrade.
Sphagnum schob sich ein wenig vor. «Diese unbedeutenden Herrschaften in Edinburgh, die den Scotch produzieren, den wir gerade trinken.»
«Aber nein, nicht direkt», sagte Lord Glamis. «Dieser besondere Scotch ist ein kleiner einfacher Verschnitt, den sie noch nicht in ihre üblen Klauen gekriegt haben. Es ist ein Rezept, das nur wenige kennen!»
«Wirklich?» lächelte Sphagnum. «Ich halte mich an meinen Brandy – und der ist sehr gut, nicht wahr, Letitia?»
Sie lächelte ihn entwaffnend an.
«Wie lange hat Hastie für Sie gearbeitet, Sir?» fragte Lestrade.
«Von Kindesbeinen an, glaube ich. Wenn man nur die Hälfte eines Jahres hier ist, lernt man das Personal nicht so gut kennen, wie man möchte. Stimmt's, George?» wandte er sich an Bandicoot.
«Äh ... ja», sagte Bandicoot, der niemals widersprach.
«Seine Mutter schien über seinen Tod nicht besonders betrübt zu sein», bemerkte Lestrade.
«Oh, wie schrecklich», sagte Lady Glamis. «Trotzdem, Kummer wirkt sich bei manchen Leuten zuweilen sonderbar aus.»
«Sholto», Letitia beugte sich vor, «wie sind Ihre Theorien?»
Wiederum richteten sich alle Augen auf den Superintendent.
«Ja.» Lady Glamis beugte sich ebenfalls vor. «Wie verfährt die Polizei von Leith bei so entsetzlichen Fällen wie diesem?»
«Ich wußte nicht, daß Sie für die Polizei von Leith arbeiten, Sholto», flötete Bandicoot. «Oder für irgendeine andere Polizei in Australien.»
«Wir sind begierig, Ihre Theorien über den Mord an Hastie zu hören», warf Sphagnum ein.

Lestrade sah sich auf schwankendem Grund. «In Ordnung», sagte er plötzlich. «Die ganze Sache dreht sich um folgendes: Wie leicht ist es, einen Diener in den Keller eines Schlosses zu locken, ihn totzuschlagen und unbehelligt davonzukommen. Und mit Spuren sparsam zu sein.»

«Sie nehmen also an, daß es ein Schotte ist?» zog Sphagnum rasch den Schluß.

«Eine Redensart... äh... Sergeant. Hoffentlich machen Sie Notizen.»

Sphagnums höhnisches Grinsen verwandelte sich in ein Lächeln. «Oh, ich habe meinen Notizblock vergessen, Superintendent.»

Lestrade drehte die Augen gen Himmel.

«Warum konnte der Mörder nicht einfach weggehen, Sholto?» fragte Letitia.

Lestrade hielt inne. «Er dürfte mit Blut beschmiert gewesen sein.»

«Nun.» Lady Glamis lehnte sich nach einer Pause zurück. «Es könnte natürlich eines unserer Gespenster sein.»

«Nina!» Der gewöhnlich gedämpft sprechende Lord von Glamis brüllte so laut, daß das hübsche blau-weiße Delfter Porzellan in der häßlichen jakobitischen Anrichte hüpfte und schepperte. Seine Lordschaft leerte seine Pfeife in den Kamin und bot seiner Gattin den Arm. «Wir haben morgen einen langen Tag, Gentlemen. Die Jagd am zweiten Weihnachtstag. Wir haben dank Angus Laidlaw noch ein paar Hirschkühe in den Dickungen.»

«Laidlaw?» wiederholte Lestrade.

«Der oberste Ghillie des Königlichen Anwesens», erklärte ihm Lord Glamis. «Es gibt keinen Mann in Schottland, der mehr über Rotwild weiß. Er ist ein bißchen verschroben, aber trotzdem ein echter Schotte. Werden Sie sich uns anschließen, Mr. Lestrade? Mr. Sphagnum?»

«Mit Vergnügen.» Sphagnum sagte für sich und Lestrade zu.

«Gute Nacht und Gottes Segen.» Lady Glamis küßte die Bandicoots, nickte dem Polizisten und Sphagnum anmutig zu und schwebte mit ihrem Gatten aus dem Raum.

«Hätten Sie den Ghillie verschroben genannt?» fragte Sphagnum Lestrade.

«Ich hätte ihn Mr. Laidlaw genannt», sagte Lestrade. «So machen wir's bei der Polizei von Leith, wissen Sie.»
«Was soll das alles mit der Polizei von Leith, Sholto?» Bandicoot war verwirrt. «Ich bin verwirrt», sagte er.
«Nun, Sergeant?» Lestrade räkelte sich mit gekreuzten Armen in seinem Sessel.
«Ach», grinste Sphagnum. «Eine kleine List. Eine leichter Rauchschleier. Wenn man wie ich ein Student der Politik ist, muß man ein wenig verschlagen sein.»
«Das ist merkwürdig», bemerkte Lestrade. «Ich dachte, Sie studierten Jura.»
«Und Politik», sagte Sphagnum. «Es ist eine neue Richtung an der Universität. Kombinierter Abschluß.»
«Merkwürdig, wie Claudie reagierte, als Nina Gespenster erwähnte», sagte Letitia nachdenklich.
«Letitia», lächelte Lestrade,«ich hätte zwar nie gedacht, daß ich das sagen würde, aber Sie hätten einen verdammt guten Detektiv abgegeben. Ich schätze, daß Mr. Sphagnum einige Informationen über diese Gespenster auf Glamis hat.»
«Informationen, ja.» Sphagnum schenkte sich von Bowes-Lyons Brandy nach. «Eigentlich weiß ich eine ganze Menge darüber. Alle diese alten Schlösser haben Gespenster, Lestrade, aber ich nehme nicht an, daß Sie glauben, eines davon habe dem alten Alexander Hastie den Schädel eingeschlagen.»
«Nun», hielt sich Lestrade alle Möglichkeiten offen, «das Fleisch ist schwach, nach meiner Erfahrung.»
«Also könnten die Geister willig sein?» setzte Letitia hinzu.
«Was sind denn das für Gespenster, Sphagnum?» fragte Bandicoot. «Schließlich ist Weihnachten.»
Sphagnum lächelte. «Nun, ich will Ihre charmante Gattin nicht aufregen...»
«Oh, das werden Sie nicht», versicherte sie ihm. «Wir haben in Bandicoot Hall einen Graue Dame.»
«Ah, aber die Wesen, die hier durch die Gänge wandeln, würden Ihre Graue Dame in den Schatten stellen, Letitia», sagte der Schotte. «Da haben wir erst einmal Shakespeare...»

«Erzählen Sie mir nicht, daß er hier gestorben ist.» Bandicoot war skeptisch.
«Nein, nein», sagte Sphagnum. «Ich meine das Stück. ‹Thane von Cawdor und Glamis...› Natürlich Sassenach-Propaganda. Macbeth war eine netter alter Junge. Liebte Hunde und Kinder, in der Art. Aber trotzdem heißt es, jemand habe hier Malcolm II. umgebracht. Ich bin sicher, wenn Sie Lady Glamis nett bitten, zeigt sie Ihnen das blutbefleckte Gemach.»
«‹Wer hätte gedacht, daß der alte Mann noch soviel Blut in sich hätte?›», zitierte Letitia.
«Richtig», pflichtete Sphagnum bei. «Dann ist da natürlich die Frau ohne Zunge...»
«Das ist ungewöhnlich», feixte Bandicoot, doch ein finsterer Blick Letitias fegte das Lächeln von seinem Gesicht.
«Ganz zu schweigen von dem kleinen Schwarzen Jungen, der, wenn man dem Geschwätz der Dienstboten Glauben schenkt, auf dem kleinen Stein direkt vor diesem Raum sitzt.»
Alle Augen richteten sich auf die Tür.
«Natürlich ist etwas in diesen tragischen Hallen lebendig. Etwas, das in den Nächten wandelt. Darum hat Lord Glamis so reagiert. Der Schloßherr allein kennt das Geheimnis, und er gibt es an seinen ältesten Sohn weiter, wenn dieser Sohn erwachsen wird.»
«Das ist Pat. Er wird bald einundzwanzig, glaube ich», sagte Letitia.
Die Luft war sonderbar frostig geworden. Die Scheite im Kamin waren zusammengesackt und streuten graue Asche auf die Kaminböcke. Bandicoot saß gleichmütig da, hatte aber sein Glas nicht angerührt.
«Was für ein Etwas?» Lestrade fand als erster seine Stimme.
«Sie haben die Wahl», sagte Sphagnum. «Ist es der Vampir-Knecht, den man vor Jahren beim Blutsaugen erwischte und der lebendig eingemauert wurde? Ein verfolgter Flüchtling des Ogilvy-Clans, der nach einer besonders brutalen Hochlandfehde vor den Lindsays floh? Ist es Earl Beardie, der zu ewigem Würfelspiel mit dem Teufel verdammt ist? Es heißt», er beugte sich zu Letitia, deren Augen im Feuerschein größer waren, «daß es hier auf Glamis einen Raum

gibt, der ein Fenster hat und keine Tür. Dort ist etwas für alle Zeiten eingemauert. Eine lebendige Grabkammer.»

Die Uhr schlug elf, als Sphagnum schloß und das ganze Zimmer erzitterte.

«Zeit, sich zur Ruhe zu begeben, denke ich, meine Liebe», sagte Bandicoot. Lestrade nickte zustimmend. Er hätte sich schon vor Jahren zur Ruhe setzen sollen. Einer nach dem anderen nahmen sie ihre Kerzen und stiegen dicht gedrängt die Treppe hinauf.

Von einem Tag auf den anderen schlug das Wetter um. Die treibenden grauen Nebel waren verschwunden. Der Tag des Heiligen Stephan begann mit einer wäßrigen Sonne, die eine funkelnde Fläche von Rauhreif vergoldete. Nach einem üppigen Frühstück von Kedgeree, Schinken, Eiern und Preßkopf, währenddessen die kleine Elizabeth unter dem Tischtuch herumkroch und emsig Schuhbänder zusammenband, brach die Jagdgesellschaft auf.

Lestrade mußte zugeben, daß er zu Gewehren ein gespanntes Verhältnis hatte. Vor ein paar Jahren, während einer ebensolchen Jagd, war kein geringerer als sein eigener Vorgesetzter beim Yard in ein Loch gestolpert und hatte Lestrades Schulter mit Schrot durchsiebt. Dieses Mal trottete er ein wenig hinter den anderen her. Bloß für den Fall. Und dieses Mal hatte er wenigstens Harry Bandicoot bei sich. Ob er Champagner bestellte, über die Rennbahn galoppierte oder unschuldige Tiere ermordete, Harry Bandicoot benahm sich immer tadellos, wie es einem alten Etonianer zukam, dessen Stammbaum so lang war wie ein schottisches Dolchmesser.

Lord Glamis hatte Lestrade einen riesigen, pelzgefütterten Donegal geliehen, den er anstelle seines völlig ungeeigneten Donegals trug. Sein Bowler, den er bereits früher eingebüßt hatte, als er ihn dem Aberdeen-Stier entgegenschleuderte, war durch einen jener Tweed-Deerstalker ersetzt worden, wie sie der verblichene Sherlock Holmes angeblich zu tragen pflegte: das karierte Mützenschild verdeckte seinen Verband aufs schönste. Die Schwellung um seine Stirn türmte sich immer noch halbdunkel und purpurn auf, ungefähr so wie die schneebedeckten Grampians im Nordwesten.

Ihre Füße krachten auf den gefrorenen Büscheln harten Grases, und vor der langsam vorrückenden Schützenlinie hüpften und brüllten die Treiber des Glamis-Anwesens wie ein verlorener Haufen des Schottenheeres, mit Geschrei Culloden Trotz bietend oder durch die Heide brechend, als wollten sie zum Gemetzel bei Glencoe nicht zu spät kommen. Sie schlugen mit stumpfen Schwertern gegen Kessel und Lederschilde. Alles, was ihnen fehlte, war ein stattlicher Mann auf einem weißen Pferd, der an Durchfall litt.

In dieser verwirrenden Welt fiel entlang der Schützenlinie kein Wort. Lestrade überblickte sie von seinem Beobachtungsposten an der rechten Flanke. In der Mitte Lord Glamis und seine Söhne, die Flinten schußbereit und mit entschlossenen Gesichtern. Dahinter die Gestalt von Robert McAlpine, breit und zerklüftet wie eines seiner Bauwerke, hinter ihm wiederum zahlreiche Nachbarn, der Landadel von Angus und Stolz der Clans, piekfein und wetterfest in Tweed verpackt. Neben Lestrade, mit beschwingten kräftigen Schritten, die beiden ehemaligen Schüler Bandicoot und Sphagnum, ihre Flinten mit abgeklappten Läufen in den Armbeugen.

Plötzlich blieb die Linie wie angewurzelt stehen, mit Ausnahme Lestrades, der auf den bewegungslosen Bandicoot prallte. Die Bowes-Lyons in der Mitte feuerten, McAlpine spannte seine Büchse. Lestrade hörte den Knall, sah den Pulverdampf in der frostigen Luft verfliegen. Worauf sie schossen, konnte er beim besten Willen nicht erkennen.

«Hier entlang», rief Sphagnum, und er und Bandicoot sprangen vorwärts und eilten den vor ihnen liegenden Hügel hinab über die frostkrachenden Bodenwellen. Lahm, wie es seine Art war, folgte Lestrade ihrem Beispiel. Sogar die Hochlandtreiber schienen verschwunden zu sein, und Lestrade merkte, daß er in ein Tal von Tannen hinabstieg, wo ihm die in der Winterluft erstarrten Farnwedel bis zur Taille reichten. Bandicoot stampfte voraus, den Kopf wie ein Spaniel nach vorn gereckt. Es sah aus, als würde er im nächsten Augenblick sein Bein heben. Sphagnum war nach rechts ausgebrochen und sprang über die glänzenden Ausbisse eisiger Felsen, auf denen das Flußwasser gefroren war. Eine sonderbare Stille senkte sich herab. Lestrade stand still. Er blickte nach rechts. Nichts. Er blickte nach links. Nur die stummen Tannen, von der Sonne gefleckt. Hinter ihm die Spuren der drei Jäger im Silber. Vor ihm jetzt nichts mehr. Nicht einmal Bandicoot. Er fühlte sich ein wenig wie der kleine verkrüppelte Junge in diesem komischen Gedicht – der Junge, der dem Flötenspieler nicht folgen konnte. Aber welcher Flötenspieler hatte Bandicoot und Sphagnum angezogen und weggelockt? Und wo war die Höhle in der Bergflanke, durch die sie verschwunden waren? In dieser Situation tat Lestrade das, was zu tun er gelernt hatte. Das, was man von einem Profi erwarten konnte, der sich plötzlich allein in eine unheimliche, stumme, feindselige Umgebung versetzt sieht. Er geriet in Panik.

Er rannte vorwärts, stolperte und versuchte verzweifelt, das Gleichgewicht zu halten. Er sah das Schild nicht, das besagte «Kein Durchgang. Betreten verboten». Er sah den Stacheldraht nicht, straff über die zerfallene Mauer gespannt, und auch nicht die daran hängenden, erdrosselten, steifgefrorenen Wiesel. Für solche Vorzeichen hatte er einfach keinen Blick.

Schließlich wurde er ein Opfer der Schwerkraft, und er schlug der Länge nach hin, seine ungeladene Flinte Kaliber zwölf, flog irgendwo nach rechts in die Farne, und er rollte wie ein gewaltiger Igel, bis er gegen die rauhe Rinde einer Douglastanne krachte.

Es war freilich nicht die rauhe Borke, die ihn zur Besinnung brachte, sondern ein scharfes Winseln. Und es richtete sich genau auf seinen Kopf. Er schoß kerzengerade in die Höhe, den Deerstalker lächerlich schief auf dem Kopf. Er blinzelte mehrmals, rührte aber ansonsten kein Glied. Er starrte in die kleinen gelben Augen eines ausgewachsenen Wolfs, dessen rosa Zunge blöde aus dem Maul hing und dessen Atem in der kalten Luft verflog. Das Tier hob einmal, zweimal den Kopf, als sei es ebenso verblüfft, wie Lestrade es war.

«Sch!» flüsterte er, um noch einmal zu beweisen, daß der Mensch Herr der Tiere dieser Erde war.

Das Tier erwiderte seinen Blick, beschnüffelte Lestrades linken Stiefel, drehte sich um, hob sein Bein und bepinkelte Lestrades Hose ausgiebig, bevor es sich trollte. Der Superintendent wußte es nicht, aber er war ein Teil des wölfischen Territoriums geworden. Sobald er die sehnigen grauen Hinterläufe des Tieres durch das Unterholz

entschwinden sah, rollte sich Lestrade scharf nach rechts, schnappte die Flinte, brachte sie in Anschlag, in seiner Panik ganz vergessend, daß sie nicht geladen war. Als er am Lauf entlangspähte und zielte, gewahrte er zwei Finger, die sich in die Mündungen schoben.
«Wenn Sie jetzt abdrücken, befördern Sie uns beide ins Jenseits», sagte eine ruhige Stimme.
Lestrade spähte hinter seiner Waffe hervor. «In Ordnung», sagte er. «Wenn Sie Ihre Finger rausziehen, werde ich meinen Daumen wegnehmen. Auf diese Weise wird keinem von uns was passieren.»
«Wer sind Sie?» fragte der Mann höflich und kniete neben dem hingestreckten Superintendent nieder.
«Sholto Lestrade», sagte er. «Ich gehöre zur Jagdgesellschaft des Herrn von Glamis.»
«Pah, elendes Vergnügen.» Der Mann schüttelte den Kopf. «Ich bin Ned Chapman.»
«Ich habe Sie nicht beim Frühstück gesehen.» Lestrade ergriff die Hand des Mannes und ließ sich hochziehen.
«Nein, nein, mein lieber Freund. Ich teile mir diese Seite des Tay mit den Bowes-Lyons. Unsere Güter grenzen aneinander. Ich hatte den Eindruck, meine Zäune müßten repariert werden, und da sah ich, wie Sie ein bißchen ins Stolpern kamen. Sie scheinen einen Schlag an den Kopf bekommen zu haben.»
«Das ist nichts», entgegnete Lestrade, «es sei denn natürlich, es ist schlimmer, als ich dachte, und ich habe Erscheinungen. Ich hätte schwören können, daß ich gerade einen Wolf gesehen habe. Da!» Er warf sich zurück an den Baum, und sein Finger deutete vorsichtig über Chapmans Schulter. «Es stimmt. Ich sah wirklich einen Wolf.»
«Mein lieber Mr. Lestrade, seien Sie unbesorgt. Das ist bloß der alte Romulus.»
«Bloß der alte Romulus? Oh, gut», keuchte Lestrade. «Ich dachte einen Augenblick, es sei ein heimtückisches Raubtier mit einem Tötungsinstinkt.»
«Aber wirklich! Romulus! Komm her, Junge!»
Das Tier stand im Farnkraut und blickte sie an.

«Ein Wort von mir, und er macht genau das, was er will. Hierher, Romulus!» Chapman schlug sich auf den reitbehosten Schenkel, und der Wolf kam herangetrottet, leckte ihm die Finger und rieb seinen Kopf an Chapmans Knie. «In Wirklichkeit hat er nicht einen einzigen Zahn im Maul. Ich muß sein Fleisch stundenlag in Rotwein einlegen, ehe er es anrührt. Natürlich läßt es sich nicht vermeiden, daß er ein Dipsomane ist.»
Lestrade dämmerte allmählich, daß der Wolf in diesen Wäldern nicht das einzige manische Wesen war. «Aber sind sie nicht gefährlich?» fragte er und machte sich vom Baumstamm los.
«Nur, wenn man sie in die Ecke treibt», sagte Chapman. «Sie sind gesittet, anspruchsvoll, mit einem ausgeprägten Sinn für den Stamm, genau wie die Schotten. Ich habe irgendwo noch drei weitere. Ich denke daran, sie wieder in der Wildnis auszusetzen.»
«In der Wildnis?» Lestrade war entsetzt.
«Oh, das würde natürlich 'ne Weile dauern. Sie sind zur Zeit alle ziemlich scharf auf Hundekuchen und Dundee-Cake, aber sie werden bald alle dazu zurückkehren, Schafe zu reißen.»
«Würde das die Farmer in der Gegend nicht ziemlich aufregen?» Lestrade achtete darauf, daß Chapman zwischen ihm und dem großen grauen Untier war.
«Ja, gut, das ist ein Problem. Das andere ist das Ausweiden. Im Gegensatz zur allgemeinen Meinung liegt das nicht in ihrer Natur. Ich bin dafür besonders ungeeignet. Wie kann ich also erwarten, daß meine Viecher es kapieren?»
«Ist das wirklich wahr?» Lestrades Gesicht zeigte einen starren Ausdruck von Entsetzen.
«Wirklich, vielleicht können Sie mir helfen?»
«Nein, nein», versicherte ihm Lestrade hastig. «Ich muß wirklich zurück. Es ist Jahre her, seit ich ausgeweidet habe.»
«Nun, sind Sie auf Ihrer Wanderung einem großen Mann mit blondem Haar und einem Buckel begegnet?»
«Einem Buckel?»
«Ja. Ohne ihn ist er unglaublich groß. Obwohl er auch so nicht gerade ein Zwerg ist. Ungefähr sechs Fuß eins.»
«Ich habe niemanden gesehen», erwiderte Lestrade, «abgesehen

von den Männern der Jagdgesellschaft. Er war nicht dabei, glaube ich.»
«Nein, das stimmt. Sein Name ist Dick MacKinnon. Er ist mein Gast, kommt von den Inseln. Er machte seinen üblichen Spaziergang vor dem Frühstück. Seitdem habe ich ihn nicht gesehen.»
«Sie glauben doch nicht...» Lestrade nickte zum Wolf hinüber, aber so, daß der Wolf das nicht merkte.
«Du liebe Güte, nein», sagte Chapman. «Ist ja nicht nur reine Phantasie, dieses Buch von Mr. Kipling. Es gibt viele Beispiele für wildlebende Kinder in Indien – menschliche Wesen, die in der Wildnis von Wölfen aufgezogen wurden. Sie hätten Dick aufgenommen wie Ammen.»
«Sie hätten nicht das Ausweiden ausprobiert?» Lestrade wollte sichergehen.
Plötzlich erscholl eine langgezogenes, leises Heulen, das die Tannen zu erfüllen und die Fichten zum Schweigen zu bringen schien. Lestrade hatte etwas Ähnliches noch nie gehört. Seine Nackenhaare sträubten sich. Die von Romulus ebenfalls.
«Das ist Remus», sagte Chapman. «Ich glaube, er hat Dick erspäht. Kommen Sie!»
Lestrade stolperte ins Kielwasser des rennenden Chapman, hielt sich aber ein wenig zurück, damit der laufende Wolf sie beide überholen konnte. Dieser Mann war offensichtlich verrückt. Selbst wenn Romulus keine nennenswerten Zähne hatte, traf das auch auf seinen Artgenossen zu? Außerdem hatte Lestrade das Buch seines alten Freundes Kipling gelesen. Er wußte Bescheid über diese verschlagenen grauen Biester, die in Rudeln jagten. Sie trugen doch gewiß nicht alle Gebisse, oder?
«Hier rüber!»
Alles, was Lestrade als erstes sah, war der Umriß eines Wolfs gegen die dunkleren Tannen, schlanker, muskulöser als der erste. Das Tier schnüffelte und hieb mit der Tatze gegen etwas, das im Farn lag. Dann erblickte er einen Arm an einem Baum, steif aufgrund der Todesstarre oder des Frostes. Und eine verkrümmte Gestalt, gegen die Kälte zusammengekauert, das blonde Haar blutverkrustet. Es war der Anblick von der Taille abwärts, der Lestrade den Atem

nahm. Der Kilt war zurückgeschlagen und enthüllte nicht das, was ein Schotte darunter trägt, sondern das, was unter seiner Haut war. Die Farne waren karmesinrot gesprenkelt. Der Mann war ausgeweidet worden. Lestrade riß sich gewaltsam von dem Anblick los. Er sah das nicht zum erstenmal. Aber seit jenen dunklen Nächten in Whitechapel war ihm etwas Derartiges nicht zu Gesicht gekommen. Die Lange Lizzie hätte hier liegen können oder Annie Chapman... Er blickte zu Chapman hinüber, dessen Gesicht grau war wie der Rauhreif.
«Dick MacKinnon?» fragte er leise. Der andere Engländer nickte, die Augen vor Entsetzen und Unglauben weit aufgerissen. Dann drehte er sich um und erbrach sich ins Farnkraut.
«Ihre Wölfe?» fragte Lestrade, der sich den zerfleischten Körper nicht anders erklären konnte.
«Nein», beteuerte Chapman, soweit es ihm der Zustand seiner Eingeweide erlaubte. «Ich sagte Ihnen doch. Sie sind zahm. Sie könnten genausogut sagen, Ihr Hamster hätte es getan. Mein Gott, Lestrade, was geht hier vor?»
Der Superintendent drängte die aufsteigende Übelkeit zurück und beugte sich über das, was von Richard MacKinnon übrig war. Er drehte das verzerrte, bleiche Gesicht herum und sah jetzt erst, daß etwa ein Dutzend Schläge den Schädel zertrümmert hatten. Er atmete tief aus, so daß sein Atem in der Morgenluft rauchte. Er nickte wissend. «Nein, Mr. Chapman, Sie haben recht. Ihre Wölfe haben das nicht getan. Ein Mensch war's. Ihr Freund MacKinnon wurde zuerst totgeschlagen. Ausgeweidet wurde er nachträglich.»
«Nachträglich?» Chapman versuchte eine vernünftige Erklärung zu finden, und er konnte es nicht. «In Gottes Namen, Lestrade, warum?»
«Damit man denken soll, Ihre Tiere hätten es getan», sagte Lestrade. «Und das bedeutet...» Er stand auf und blickte zum höheren Gelände. wo sich Bandicoot und Sphagnum ihren Weg durch die Farne bahnten und, je nachdem, nach Wild oder Superintendents Ausschau hielten.
«...es bedeutet, daß unser Mann in Panik gerät. Ich bin ihm auf den Fersen.»

7

Nachdem Lestrade den Fundort mit einem Stück Hanf, das der immer hilfsbereite Alistair Sphagnum bei sich führte, markiert hatte, fertigten sie eine provisorische Trage an und trugen die sterblichen Überreste von Richard MacKinnon ins Tal, wo Chapman, der Gutsherr, in einem festungsähnlichen Herrenhaus aus grauem Granit wohnte, einer unschönen Bastei, die Sir Walter Scott als Vorbild für sein Schloß Abbotsford hätte dienen können.

Die drei Neuankömmlinge hatten in ihrem Leben niemals so viele verschiedene Tiere unter einem Dach gesehen. Als sie an Reihen von Käfigen vorbeistolperten, drehte sich ein halb ausgewachsener Panther, schwarz wie Lestrades Donegal, mit peitschendem Schweif hinter seinen Stäben um und spie den Superintendent an.

«Beachten Sie die Katze nicht», sagte Chapman zu ihm. «Sie faucht wie verrückt. Sobald ich kann, werde ich das arme Geschöpf freilassen… Sie haben ihre Reviere, wissen Sie. Müssen ihre Grenzen abstecken, indem sie das Bein heben und so weiter.»

Lestrade hatte einen solchen Mastiff gekannt. Unglücklicherweise schien Lestrades linkes Hosenbein die einzige Grenze zu sein, die er kannte, und durchnäßter Anzugstoff war unweigerlich das Ergebnis. Romulus, der Wolf, hatte sich genauso benommen. Sie stellten die Trage und ihre zerfleischte Fracht in einem Nebengebäude ab, während Chapman fortging, um seinen Diener zum örtlichen Polizeirevier zu schicken, und die Wölfe wieder in ihre Zwinger schlichen.

«Nun, Lestrade?» Alistair Sphagnum betrachtete die Überreste unter der karierten Decke so eingehend, wie er es über sich brachte.

Der Superintendent blickte die anderen an. «Opfer Nummer vier, Gentlemen», sagte er. «Harry, ich glaube nicht, daß im Augenblick

Grund zur Besorgnis besteht, aber wann wollten Letitia und Sie abreisen?»
«Das steht noch nicht fest, Sholto», erwiderte Bandicoot. «Soll ich sie wegbringen?»
«Ist wahrscheinlich das beste», sagte Lestrade. «In der Verrücktheit unseres Mannes muß *irgendeine* Methode liegen, aber verrückt ist er trotzdem.»
«Was wissen wir über diesen Mann hier, Lestrade?» fragte Sphagnum.
«Im Augenblick sehr wenig. Sein Name ist Richard MacKinnon, und er ist nicht von hier. Abgesehen von Mr. Acheson, der, wie ich schätze, ein ganz anderer Fall ist, paßt MacKinnon nicht ins Bild.»
«Können Sie einen Sinn darin erkennen, Sholto?» fragte Bandicoot und sah entsetzt und fasziniert zu, wie Lestrade das Blut von dem zermalmten Kopf wischte.
«Er hat etwa zwei Stunden tot dagelegen. Chapman sagte, er sei kurz nach Tagesanbruch zu seinem Spaziergang aufgebrochen.»
«Das allein schon war ein Risiko», murmelte Sphagnum.
«Warum? Wegen Chapmans Menagerie, meinen Sie?» fragte Lestrade.
«Nicht bloß deswegen. Wegen der Kälte. Wir haben Weihnachten, Mann. Letzte Nacht ist die Temperatur unter den Nullpunkt gefallen. Dieser Mann hat nicht mal einen Überzieher an – bloß ein Jakkett und einen Kilt.»
«Und was sagt uns das?» fragte Lestrade.
«Och, bloiben Sie mir vom Loib.» Sphagnum verfiel in ein breiteres Schottisch, als ausgeprochen nötig war. «Sie wolln moine höbschen kloinen Theorien ja doch nich hörn.»
Lestrade begann mit der Spitze seines Schnappmessers in den klaffenden Kopfwunden des Toten herumzustochern. Bandicoot und Sphagnum wandten sich ab. «Im Augenblick, Mr. Sphagnum, wäre ich mit jeder hübschen Theorie zufrieden.»
«Der Mann kommt von den Inseln», sagte Sphagnum. «Ein echter Hochländer. Nur ein echter Hochländer ist genügend abgehärtet, sich bei diesem Wetter so anzuziehen.»

«Verrät uns das, warum er ermordet wurde?» fragte Bandicoot.
Lestrade war es nicht gewohnt, daß sein alter Freund eine so scharfsichtige Frage stellte, aber er dachte nicht daran, das zu sagen.
«Vielleicht», nickte Sphagnum geheimnisvoll.
Der Engländer blickte den Schotten an und wartete auf eine Erklärung. Es folgte keine. Die Tür des Nebengebäudes wurde aufgeklinkt, und Ned Chapman kehrte zurück. «Im Haus gibt's einen heißen Toddy», sagte er. «Ich glaube, wir können alle einen Schluck vertragen. Ich habe nach der Polizei geschickt.»
«McNab?» Sphagnum hob eine Augenbraue. «Er hat ein verdammt großes Revier. Erst Balmoral, dann Glamis.»
«Ich glaube, der Inspector ist der Mann, den sie bei Fällen von gewaltsamem Tod hinzuziehen, ja.»
«Ich mache mich besser dünn», sagte Sphagnum. «Er könnte diesen komischen Constable bei sich haben, der mich von meinem Besuch auf dem Revier von Abergeldie wiedererkennen könnte.»
«Dieser McNab», fragte Lestrade, «ist er in Ordnung?»
«Absolute Bestie», teilte ihm Chapman mit. «Drohte, meine Wölfe abzuknallen, wenn sie ihre Nasen durch den Zaun steckten. Er ist einer von denen, die Schafe belästigen würden, um es meinen Schönheiten anhängen zu können.»
Solchen Polizisten war Lestrade schon früher begegnet. «Woher kam MacKinnon?» fragte er.
«Von der Insel Skye», erwiderte Chapman. Lestrade sah, daß Sphagnum selbstgefällig grinste. «Darum habe ich ihn ja eingeladen. Besser gesagt, ich dachte daran, ob ich meine Babies auf einer Insel wie Skye freilassen könnte. Wenn sie sich dort erst einmal behauptet hätten, könnte ich sie vielleicht später auf dem Festland aussetzen.»
«Und was hielt MacKinnon davon?»
«War ganz dafür. Als einer der größten Landbesitzer der Insel gab er seinen Segen dazu. Natürlich hätte er das noch mit den anderen besprechen müssen.»
«Sagen Sie», fragte Lestrade, «wirkte Mr. MacKinnon irgendwie besorgt? Geistesabwesend?»

«Komisch, daß Sie das sagen.» Chapman stand stirnrunzelnd bei der Leiche. «Erst gestern nacht sagte er etwas zu mir.»
«Ja?» riefen Lestrade und Sphagnum zugleich.
«Ja, er sagte: ‹Ich hasse alle diese Geheimnisse, Ned.› Ich fragte ihn, welche Geheimnisse er meine, und er sagte: ‹Das ist es ja gerade. Nicht mal dir kann ich's erzählen.› Merkwürdig, oder?»
«Ging Mr. MacKinnon irgendeiner Tätigkeit nach», fragte Lestrade, «abgesehen davon, daß er Land besaß, meine ich?»
Chapman und Bandicoot schmunzelten. Lestrade blickte sie verblüfft an.
«Es ist ein ganz hübscher Ganztagsjob, wissen Sie, Sholto», grinste Bandicoot, «Land zu beseitzen.»
Lestrade zuckte die Achseln. Er entstammte der falschen Klasse, um diese Behauptung einschätzen zu können. Diesen Gentlemen mußte er es einfach glauben.
«Kann ich sein Zimmer sehen?» fragte er.
«Natürlich», sagte Chapman und ging voran.
«Was brachte ihn um?» fragte Sphagnum.
Lestrade wandte sich einen Augenblick der Leiche zu. «Ich halte es für das Wahrscheinlichste, daß es eine Axt war», sagte er. «Was das Motiv angeht, muß ich annehmen, daß es irgendwie mit Mr. MacKinnons Geheimnissen zu tun hat. Die wirkliche Frage ist, wie viele Geheimnisse hier verborgen sind.»
Während Sphagnum und Bandicoot in die große Halle zurückkehrten, um nach dem gräßlichen Schock des Morgens ihre Nerven zu stärken, führte Chapman Lestrade zum Nordturm, wo Mr. MacKinnon in der vorigen Nacht geschlafen hatte. Als er die Bolzen zurückschob und den schweren jakobitischen Riegel hob, blieb Chapman wie angewurzelt stehen.
Lestrade hob seine Nase über die Hand seines Gastgebers und spähte ins Zimmer. Dort herrschte ein Chaos. Kissen waren aufgeschlitzt, lederne Taschen und Koffer an den Scharnieren entzweigerissen.
«Ein bißchen unordentlich, Ihr Mr. MacKinnon?» fragte Lestrade.
«Man hat bei mir eingebrochen.» Chapman stieß die Tür auf.

«Nicht bei Ihnen, Mr. Chapman.» Lestrade stieg über einen heruntergefallenen Hirschkopf. «Bei Mr. MacKinnon.»
«Warum?» Zum zweitenmal an diesem Morgen verschlug es Chapman beinahe die Sprache. «Wer würde so was machen?»
«Ich kann Ihnen ungefähr sagen, wann es geschah», sagte Lestrade. «Während Sie mit Ihren Wölfen spazierengingen. Und ich kann Ihnen sagen, warum – beinahe. Weil sich Mr. MacKinnons Geheimnisse, von denen er sprach, irgendwo in seinen Sachen befanden, nicht bloß in seinem Kopf. Jedenfalls nahm sein Besucher das an. Was ich Ihnen im Augenblick allerdings nicht geben kann, ist die Antwort auf Ihre Frage, wer der Besucher war. Wären Sie so freundlich, Ihr Personal zusammenzurufen?»

Zum Glück war die Dienerschaft von Ned Chapman, dem Gutsherren, viel kleiner als die von Glamis oder Balmoral. Es ging das Gerücht, daß sich der Exzentriker tatsächlich selber die Haare kämmte. Außer seinem Diener, Gloag, einem wenig anziehenden, einsilbigen Gesellen, der früher einfacher Kellner gewesen war, wohnte nur noch eine Mrs. Dalziel im Haus, die auf verschiedene Weise für beide sorgte. Alle anderen – vier Ghillies von mittelmäßigem Verstand, die niemals über Chapmans Schwelle traten – hatten einzig die Aufgabe, sich um Chapmans Menagerie zu kümmern. Sie sprachen mit Wärme von ihren Schützlingen, die ihnen so recht ans Herz gewachsen waren, doch keiner von ihnen konnte über das Kommen und Gehen des verblichenen MacKinnon Aufschluß geben. Mrs. Dalziel hatte am Morgen kurz vor dem Frühstück sein Bett gemacht und im Gästezimmer nichts Ungewöhnliches entdeckt. Selbst einer Lady mit einer kaum wahrnehmbaren Schnapsfahne, die Lestrade bemerkte, wären Zeichen von Unordnung gewiß aufgefallen.
Kurzum, seine Ermittlungen hatten nichts ergeben. Und sie hatten auch am Abend noch nichts ergeben, als Gloag meldete, Inspector McNab von der Forfar Constabulary und Sergeant Pond seien eingetroffen. Bandicoot und Sphagnum waren nach Glamis zurückgekehrt und hatten Lestrade schwören müssen, von der jüngsten

Greueltat kein Wort zu erzählen. Wie sie Lestrades Abwesenheit erklärten, blieb ihnen überlassen, doch sie sollten Sphagnum das Reden überlassen. Harry Bandicoot war grundehrlich. Er konnte sich keine Lüge ausdenken, geschweige denn, daran festhalten. Alistair Sphagnum dagegen, argwöhnte Lestrade, fielen solche Dinge erheblich leichter.
«Komische Geschichte, wie, Lestrade?» William McNab war ein verschrumpelter kleiner Mann mit einem formlosen Tweedhut und einem überaus langen Schal. Lestrade kam es so vor, als sei McNab etwa vierzig Jahre zu alt für jede Polizeitätigkeit, doch seine grauen Augen hatten ein ganz eigenes Glitzern, und seine Runzeln täuschten über seinen blitzschnellen Verstand hinweg. Neben ihm war Sergeant Pond ein grüner Junge.
«Sie wissen, wer ich bin?» fragte Lestrade und erhob sich aus dem ziemlich unbequemen Bibliotheksessel.
«Mr. Chapman hat mich ins Bild gesetzt, sozusagen. Ich kann mir nicht helfen, ich frage mich, was ein Superintendent vom Yard so hoch im Norden tut?»
«Mit Freunden Weihnachten feiern», antwortete Lestrade.
«Wirklich? Und die wären?»
«Die Bandicoots von Bandicoot Hall, Huish Episcopi. Sie halten sich in Glamis auf.»
«Ach ja? Sitz des Lord Lieutenants? Gräßlich. Sie haben doch nichts dagegen, daß ich Ihnen ein paar Fragen stelle, in Anbetracht dessen, daß Sie hier genaugenommen keine Amtsbefugnis haben und all das?»
Lestrade setzte sich wieder hin, und Sergeant Pond nahm am Kamin Aufstellung und hielt Bleistift und Notizblock bereit.
«Ich werde behiflich sein, wenn ich kann», sagte Lestrade.
«Wir sind sicher, daß Sie das können», knurte Pond mit einem Grinsen, das Lestrade nicht beachtete. «Sie fanden die Leiche, sagte man mir?»
«Nicht direkt», sagte Lestrade, der sich erst daran gewöhnen mußte, Zielscheibe eines Verhörs zu sein. «Es war ein Wolf.»
McNab zog eine langstielige Tonpfeife aus den Tiefen seines Harris-Jacketts und machte sich daran, sie in Brand zu setzen. «Sehr schön,

ich warte schon 'ne ganze Weile auf die Gelegenheit, diese verdammten Biester abzuknallen. Jetzt hab ich sie vielleicht. Todesursache, nach Ihrer Meinung?»
«Ein stumpfer Gegenstand», sagte Lestrade. «Mehrere Schläge, vermutlich mit einer Axt, gegen den Kopf.»
«Und die ausgeweidete Leiche?»
«Sie haben sie gesehen?»
McNab nickte.
«Nun, ich bin kein Fachmann», log Lestrade, «aber ich würde sagen, das geschah hinterher. Um den Verdacht auf den Wolf zu lenken.»
«Na, na», sagte McNab. «Kann denn jemand so verabscheuungswürdig sein?»
«Nun, Sir, nach meiner Erfahrung...»
«Danke, Sergeant», unterbrach McNab seinen Untergebenen, «es war das, was wir Intelligenzler einen rhetorische Frage nennen.»
«Ich würde die Meinung eines Arztes brauchen», sagte Lestrade.
«Ja, ja, da der alte Doktor Finlay für diese Gemeinde zuständig ist, werden Sie keine kriegen. Hat man nach ihm geschickt?»
Lestrade zuckte die Achseln.
«Er wird ein bißchen büffeln müssen, weil's um Mord geht», sagte McNab, «und das kann 'ne Weile dauern. Ich weiß zufällig, daß sich in Mr. Finlays Bücherschrank nicht ein einziges Buch über Gerichtsmedizin befindet. Sergeant, bitten Sie Chapman, jemanden zu Finlay zu schicken, ja? Soll ihm sagen, daß hier ein Mord vorliegt und ich gern seine Ansicht darüber hätte. Wär nett, wenn's noch diese Woche klappen würde.»
«Zu Befehl, Sir.» Pond steckte seinen Block und Bleistift weg. «Glauben Sie nicht, daß wir mit Ihnen fertig sind, Sassenach. Nicht die Spur», und er stampfte hinaus.
«Reizender Bursche, Ihr Sergeant», bemerkte Lestrade.
«Gorbals», sagte McNab,
«Bloß eine Festellung», versicherte Lestrade.
«Nein, ich meine, daß er in den Gorbals geboren und aufgewachsen ist, den schlimmsten Slums von Glasgow. Es ist erstaunlich, daß er Polizist wurde, geschweige denn ein menschliches Wesen. Aber er

hat das Herz auf dem richtigen Fleck. Bei seinem Hirn bin ich da nicht so sicher. Wie dem auch sei», McNabs Lächeln verschwand so rasch, wie es gekommen war, «er hat nicht ganz unrecht, Mr. Lestrade.»
«Wirklich?» Lestrade konnte ebenso verbindlich sein wie McNab, und als der Superintendent sich seine Zigarre anzündete, blickten sich beide Männer hinter ihren Rauchwolken unergründlich an.
«Sehen Sie, ich habe ein kleines Problem», murmelte McNab. «Zuerst werde ich nach Balmoral gerufen, um den verdachterregenden Tod eines Dienstmädchens aufzuklären.»
«Tatsächlich?» Lestrade spielte den Dummen – etwas, worin er ein wahrer Meister war.
«Nun, das war schlichter, altmodischer Selbstmord. Unglückliche Kindheit, ein Fall von Geistesstörung, merkwürdiges Verhalten, abhängig von den Gezeiten – Sie kennen solche Geschichten.»
Lestrade nickte.
«Darauf, siehe da, gibt es eine weitere Leiche, gleich um die Ecke, in Glamis, jenem Ort, wo Sie sich, Mr. Lestrade, wenn meine Erinnerung mich nicht täuscht, aufhalten. Und dann, man höre und staune – noch eine Leiche in Mr. Chapmans kleinem Zoo. Und was ist der gemeinsame Nenner, Freundchen? Erinnern Sie sich an Ihren Mathematikunterricht?»
Lestrade schnalzte mit der Zunge. «Das glaube ich kaum.»
«Ich glaube doch», sagte McNab kühl. «Der gemeinsame Nenner, Freundchen, sind Sie.»
Die Tür der Bibliothek flog krachend auf, und Sergeant Pond stand da, breitschultrig, drohend, riesig, mit den Fingern ein Telegramm umklammernd.
«Bitte um Entschuldigung, Mr. McNab, Sir», sagte er. «Constable John ist gerade mit diesem Telegramm gekommen. Ist eingetroffen, kurz nachdem wir das Revier verließen.»
McNab ging zu ihm und nahm es entgegen. Er überflog kurz den Inhalt und blickte dann Lestrade an. Auch Pond starrte ihn an. «Es kommt von meinem alten Freund und Waffengefährten, Thaddeus McFarlane von der Polizei in Leith», sagte er. «Er fahndet nach einem Mann, der sich als Yard-Detektiv ausgibt. Ein Mann, der,

wie er glaubt, etwas mit dem mysteriösen Tod eines Mr. Acheson in Edinburgh zu tun hat. Ein Mann mit Namen Lestrade. Also, das sind drei Morde, in die Sie verwickelt sind. Das ist wohl mehr als bloßer Zufall, oder?»

«Eigentlich sind es vier Morde», sagte Lestrade. «Wissen Sie, ich wurde ebenfalls gerufen, um den Tod von Amy Macpherson zu untersuchen – und wenn das Selbstmord war, esse ich meinen Hut.»

«Wie schmecken denn Bowler in dieser Saison?» lächelte McNab. «Ich nehme doch an, daß Sie einen Bowler tragen.»

«Nur, wenn ich nicht gerade Mörder verfolge», sagte Lestrade.

«Darf ich ihm den Kiefer brechen, Sir?» fragte Pond.

«Nein, nein.» McNab tätschelte den Bizeps des Sergeant. «Denken Sie an Mr. Chapmans Axminsterteppich. Ich denke nicht, daß Mr. Lestrade uns irgendwelche Schwierigkeiten machen wird, nicht wahr, Mr. Lestrade?»

Der Superintendent stand auf. «Bin ich festgenommen?» fragte er.

«Och ja», sagte McNab, «und ich empfehle, keinen Widerstand zu leisten. Der junge ‹Goldfisch› hier hat eine ausgeprägte Persönlichkeitsstörung und eine kräftige Faust.»

Lestrade blickte Pond an und zweifelte nicht daran. «Wie lautet die Anklage?»

«Mord, Mr. Lestrade», lächelte McNabe. «Sie müssen nichts sagen, das wissen Sie ja, aber alles, was Sie sagen, kann zu Protokoll genommen und als Beweis gegen Sie verwendet werden.»

«Ich glaube, es ist mir gestattet, ein Telegramm zu schicken», sagte Lestrade.

«Südlich der Grenze vielleicht, ja.» McNab umklammerte seinen Pfeifenstiel. «Aber hier oben wird's wahrscheinlich Hogmanay werden , bevor Sie was zum Frühstück kriegen. Wollen wir gehen?»

Pond legte die eine Handschelle um Lestrades rechtes Handgelenk, die andere um sein eigenes. McNab befingerte energisch Lestrades Person, was diesen veranlaßte, seinen Anzug zurechtzuzupfen.

«Och, tut mir leid», sagte er. «Ich erinnere mich nicht, schon mal einen Superintendent zur Strecke gebracht zu haben.»

«Ist auch für mich lange her», erwiderte Lestrade. «Ob die Lachnummer hier wohl meinen Donegal mitnimmt?»
«Warum nicht? Von jetzt an werden Sie da hingehen, wo er hingeht. Und ich hoffe, keiner von euch muß mal pinkeln, bevor ihr euch trennt. Sergeant Pond ist Linkshänder.»

Henry Lauder war mitten in der vierunddreißigsten Strophe von «Ich liebte ein Mädchen», nachdem er eine Weile im Halbdunkel umhergewandert war, als Harry Bandicoot sich zu Alistair Sphagnum beugte. «Ich möchte wissen, was Sholto aufhält?»
Nur Letitia bemerkte es. Die versammelte Familie Bowes-Lyon, die kleinen Benjamins eingeschlossen, denen man ausnahmsweise erlaubt hatte, aufzubleiben, zerflossen in kaledonischer Bewunderung, als der schottische Liebling von Königen, angetan mit falschem Bart und riesiger Schottenmütze, vor ihnen herumhüpfte.
Sphagnum sah auf seine Uhr. «Das habe ich mich auch schon gefragt», sagte er. «Wie wär's, wenn wir die folgenden zweihundert Stanzen überspringen und zu Mr. Chapmans Anwesen rübergingen? Andernfalls könnte mich das Verlangen überkommen, die Träger der Taybrücke rosten zu sehen.»
So unauffällig wie möglich küßte der Sechs-Fuß-Exetonianer seine Gattin auf die Wange und schob sich aus der Tür. Nach einer schicklichen Pause, in deren Verlauf Lauder allen einen aufreizenden Anlick seiner Geschmeidigkeit gab, gähnte Sphagnum demonstrativ und folgte Bandicoot. Sie traten hinaus in die frostklirrende Nacht, der Alte Etonianer und der Alte Fettesianer, gegen die Kälte in Pelze gehüllt, und schritten über die krachenden, gefrorenen Grasbüschel, unter einem unruhigen Mond.
Als sie an die Tür von Chapmans Behausung klopften, hatte sich dieser bereits zu Ruhe begeben, aber sein Diener Gloag spähte unter einer grotesken Nachtmütze hervor und teilte den späten Besuchern mit, daß Mr. Lestrade das Anwesen vor geraumer Zeit in Begleitung der Polizeibeamten verlassen habe. Für Sphagnum bedeutete das nichts Gutes.
«Er hat hier oben keine Amtsbefugnis», sagte er zu Bandicoot auf

ihrem Rückweg über die Heide nach Glamis. «Er ist schutzlos wie ein kleiner Wicht.»
Bandicoot hatte zwar keine Vorstellung, wie schutzlos Wichte waren, ob klein oder nicht, jedoch er teilte Sphagnums Besorgnis. Es sah Lestrade nicht ähnlich, sich mit fremden Polizisten zu unterhalten, und schon gar nicht, mit ihnen loszumarschieren. «Was sollen wir machen?»
«Also, als ich an der Universität klassische Sprachen studierte», sagte Sphagnum, «las ich ein paar Kapitel von Cäsars *Gallischem Krieg*. Sie werden das aus Eton kennen.»
Bandicoot blickte verständnislos. Er wußte, daß das Land in drei Teile geteilt war, aber er hätte sich nicht träumen lassen, daß Cäsar sich auf Schottland bezogen hatte.
«Nun», Sphagnums messerscharfer Verstand arbeitete schnell. «Das wiederum brachte mich auf die Taktik des Vercingetorix. Der verschlagene alte Barbar war ein ziemlicher Meister im Teilen und Unterwerfen – bevor die Römer ihn schnappten, natürlich.»
«Und was machten sie mit ihm?»
«Nicht viel. Legten ihn in Ketten, stellten ihn in Rom zur Schau und solche Sachen. Trotzdem, Sie haben nicht begriffen, worauf ich hinauswill, Bandicoot. Ich kenne diesen McNab, zumindest vom Hörensagen. Er läßt sich nicht gern hinters Licht führen, also muß Lestrade dafür büßen. Er hat ihn vermutlich wegen Behinderung der Justiz verhaftet.»
«Kann er das denn?»
«Kann Rabbie Burns 'ne Ballade schreiben?»
«Äh...»
«Vergessen Sie's. Ich will sagen, daß McNab oder wenigstens einer seiner Muskelmänner in Forfar mich wiedererkennen könnte, weil ich mir kürzlich ein paar geheime Informationen aus dem Safe des Reviers in Abergeldie besorgt habe. Also werden wir's machen wie Vercingetorix. Sie kennt man nicht – Sie gehen durch die Vordertür und finden raus, wo Lestrade ist. Wenn er dort sitzt und ein kleines Täßchen Tee trinkt, ist alles in Ordnung und wir gehen zusammen nach Hause. Wenn er nicht da ist, schlüpf ich durch die Hintertür. Abgemacht?»

«Finde ich gut», stimmte Bandicoot zu, dem vage dämmerte, daß es mit seinem Wohlbefinden vorbei war.

«In Ordnung. Wenn wir nach Glamis kommen, muß ich rasch in mein Zimmer springen und ein paar Sachen holen. Können Sie meinen Quadranten aus den Stallungen holen?»

«Funktioniert er wie ein deDion?» Bandicoot war ein Kind des technischen Zeitalters.

«Mann, er läuft traumhaft. Solange es trocken und nicht zu kalt ist. Oh, und vergessen Sie nicht, ihn mit dem Wind anzukurbeln. An der Südseite des Schlosses.»

Als das alles geschafft war und Harry Lauder endlich den gesamten Haushalt in den Schlaf gesungen hatte – Sphagnum nannte ihn nicht ohne Grund Harry Laudanum –, kam der Quadrant klappernd vor den schwarzen, finsteren Mauern des Polizeireviers von Forfar zum Stehen.

Es war ein schlaftrunkener diensthabender Sergeant, der so etwas wie Haltung annahm, als ein jüngerer Mann in tadellosem Pelz eintrat.

«Ich suche Superintendent Lestrade», sagte er.

«Äh, wen?» fragte der Sergeant.

«Superintendent Sholto Lestrade», wiederholte Bandicoot. «Ich hörte, er sei hier.»

«War hier, Sir», rief eine dünne Stimme aus einem Hinterzimmer. Inspector McNab trat ins Licht. «Habe ich Ihnen nicht gesagt, Sie sollen diese verdammte Lampe ausmachen, Sergeant», fauchte er. «Die zieht ja nachts alle Blicke auf sich. Wer sind Sie?» Er warf dem Engländer ein finsteres Lächeln zu.

«Mein Name ist Bandicoot», sagte Bandicoot. «Ich bin ein Freund von Mr. Lestrade, und ich hörte, er sei hier.»

«Ja, Mr. Bandicoot. Ja, in der Tat, der Superintendent war hier, aber er ist gegangen, oh, wann war das, Sergeant?»

«Halb zwölf, Sir. Ich erinnere mich genau daran, weil seine Uhr stehengeblieben war, und er stand genau dort, wo Sie stehen, Sir, und er sagte: ‹Haben Sie die Zeit?› Und ich sagte: ‹Was fällt Ihnen ein, ich bin ein verheirateter Mann. Keine Londoner Sitten hier.› Und er sagte...»

«Ja.» McNab hob die Hand. «Tut mir leid, Mr. Bandicoot. Ich schätze, Ihr Freund ist inzwischen wieder bei den Bowes-Lyons.»
«Aber ich…»
Ein in einen Umhang gehüllter Constable stürzte durch einen Seiteneingang.
«Aber, aber, Pascoe», knurrte der Diensthabende, «wer ist Ihnen auf den Fersen?»
«Harry Lauder ist draußen», sagte der Constable. «Sagte, er käme gerade vorbei und wollte die Nachtschicht ein bißchen aufheitern.»
«Wenn's Harry Lauder ist, dann ist das ein Widerspruch in sich», sagte McNab.
«Och, er ist's wirklich, Sir», versicherte der Constable. «Er gab mir seine Karte.» Er hielt sie dem Inspector hin.
«Hallo, hallo, hallo.» Eine Gestalt, in einen zu großen Kilt gehüllt und mit einem mächtigen Bart, rauschte durch denselben Seiteneingang.
«Kennen Sie schon das Lied vom Inspector und der Hochlandkuh?»
«Nein», sagte Pascoe.
«Verdammt», sagte Lauder und schnippte mit den Fingern. «Das würde ich gern in mein Repertoire aufnehmen. Nun, wer ist der Chef?»
Alle blickten sich um, und dann deuteten alle auf McNab.
«Harry Lauder, zu Ihren Diensten.» Der Vortragskünstler verbeugte sich so tief, daß sein Bart über den Boden schleifte. «Na so was», sagte er, «ziemlich schmutzig hier. Also, wo soll die Vorführung stattfinden?»
«Immer langsam», sagte McNab. «Wieviel verlangen Sie?»
«Och, es ist Weihnachten. Ich bin großzügig. Das ist eine Gratisvorstellung für den Wohltätigkeitsfonds der Polizei. Das heißt, falls man die Polizei wohltätig nennen kann.»
«Aber es ist zwei Uhr früh, Mann», sagte der Sergeant.
«Ja, und in einer halben Stunde wird's Zeit für den Chinesen, zum Zahnarzt zu gehen.» Lauder stampfte mit dem Fuß auf und streckte beifallheischend die Hand aus. Niemand klatschte.

«Na schön», sagte McNab. «Ich geh nach Hause. Tut mir leid, Mr. Bandicoot, daß Sie den Weg umsonst gemacht haben, aber ich denke, Sie werden Lestrade in seinem kleinen Bettchen finden. Gute Nacht, Gentlemen», und er ging, dem Sergeant einen bedeutungsvollen Blick zuwerfend.
«Nun denn», sagte Lauder und zupfte den riesigen schwarzen Bart über seinen Ohren zurecht, «wo würden Sie mich gern sehen?»
«Auf der Straße», knurrte der Sergeant, aber da er gelesen hatte, daß dieser Mann das Idol aller Herrensitze nördlich von Carlisle war, bat er ihn bescheiden um ein Autogramm und führte ihn in den Aufenthaltsraum, einen besseren Besenschrank mit einem Klosett an einem Ende. Zwei oder drei Polizisten dösten in den Ecken.
«Hallo, hallo, hallo.» Lauder fuchtelte mit seinem Knotenstock vor ihnen herum. «Was sagte Adam am vierundzwanzigsten Dezember zu seiner Frau?»
Einer der Constables sah tieftraurig von einem abgebrochenen Dominospiel auf. «Morgen ist Weihnachten», sagte er. Lauders Grinsen gefror. «Jawohl, ganz recht.» Er nahm eine andere Haltung ein. «Wie lauteten Anna Boleyns letzte Worte?»
Ein zweiter Constable erwachte gähnend. «Ich denke, ich werde 'ne Runde um den Block machen.»
«In Ordnung.» Lauders Grinsen blieb gefroren. «Was ist der Unterschied zwischen einem verheirateten Mann und einem Junggesellen?»
«Ich weiß es nicht.» Harry Bandicoot, der am Türrahmen lehnte und sich in Krämpfen wand, lachte schallend. «Was ist der Unter...»
«Der eine küßt seine Missis; der andere vermißt seine Küsse», sagte der Sergeant mit steinernem Gesicht.
«Ja, sehr schön, das war bloß zum Aufwärmen», sagte Lauder. «Jetzt möchte ich auf allgemeinen Wunsch gern meine eigene, meine ureigene Version von ‹Ich liebe ein Mädchen› zu Gehör bringen.»
Bandicoot klatschte begeistert, bis ihm aufging, daß ihn alle anblickten; darauf ließ er es. Lauder räusperte sich. «Unglücklicherweise habe ich meine Ziehharmonika nicht dabei», sagte er, «ich werde also ohne Begleitung singen müssen.»

«Sie meinen, wir dürfen nicht mitsingen?» fragte ein Constables.
Lauder warf ihm einen finsteren Blick zu. «Wer schreibt Ihre Beurteilung?» knurrte er. «*Oh, ich lieb ein Mädchen, ein hübsches Hochlandmädchen, sie ist so heiß wie 'n Feuer in der Hölle; ich lieb ein Mädchen, ein hübsches Hochlandmädchen, ich wette, sie gefällt dir auch.*»
Dieses Lied war offenbar mehr im Stil von Rabelais gereimt, für ein rauhes männliches Publikum bestimmt. Harry Bandicoot erkannte die Worte nicht wieder, die er den ganzen Abend gehört hatte. Sogar die Melodie schien eine andere zu sein. Darauf, als Lauder an ihm vorbeistolzierte, den Kilt um die Knöchel schwingend, zog er den wolligen Bart herunter, und das ziemlich verzweifelte Gesicht von Alistair Sphagnum wurde sichtbar. Bandicoot schluckte, dann nahm er seine bequeme Stellung am Türrahmen wieder ein. Sphagnum fiel auf ein Knie und rutschte über den Boden, schlug gegen die Möbel, während er das Lied malträtierte, das Lauder berühmt gemacht hatte.
«*Ich liebe ein Mädchen*», fuhr er fort, «*ein hübsches Hochlandmädchen.*» Er wirbelte blitzschnell herum und schob stumm einen Schlüsselbund in Bandicoots Innentasche, nickte zum Korridor und sang im Flüsterton: «*Dritte Tür führt zur Zelle.*»
«Oh...» Er löste sich von Bandicoot, packte die Hände des Diensthabenden und begann mit dem verdutzten Mann in irgendeinem verrückten Hochlandtanz durch den Raum zu walzen. «*Ich lieb 'nen Sergeant, 'nen hübschen Forfar-Sergeant, er ist grad das, was ich brauch...*»
Bandicoot konnte nicht so lange bleiben, um den Schluß des Verses zu hören, und während die Aufmerksamkeit der Polizisten vom ungewöhnlichen Bekenntnis des Idols der Herrensitze in Anspruch genommen war, schlüpfte er durch den gaslichterhellten Korridor und fand die angegebene Tür. Weil es dunkel war, weil er in Eile war, weil er unter sechzehn Schlüsseln zu wählen hatte und weil er Harry Bandicoot war, brauchte er eine Weile, um reinzukommen. Als er endlich drin war, stieg er eine Steintreppe hinunter und betete, daß dort niemand Wache hielt. Er hatte Glück. Er schob das kleine Eisengitter zurück und spähte in die erste Zelle.

«Vater!» schrie der Insasse, und Bandicoot schloß rasch den Schieber.

Aus der zweiten Zelle drang lediglich ein Schnarchen. Die dritte veranlaßte Bandicoot, zweimal hinzugucken. «Mein Kindermädchen sagte mir immer, davon würde man blind», flüsterte er durch das Gitter.

Als er in die vierte Zelle blickte, fuhr er zurück. Er sah ein gelbes Gesicht mit einem früher einmal gewachsten Schnurrbart. «Ja?» zischte Lestrade. «Falls Sie vorhaben, Weihnachtslieder zu singen, kommen Sie einen oder zwei Tage zu spät.»

«Sholto», flüsterte Bandicoot. «Sphagnum meinte, wir würden Sie hier finden.»

«Ist es die Möglichkeit? Der Mann ist ja überschlau. Wo ist er?»

«Oben, spielt einen Vortragskünstler. Und, unter uns gesagt, er ist nicht sehr gut. Was machen Sie hier drin?»

«Ich berate die Polizei von Forfar bei ihrer zukünftigen Ausstattung von Gefängniszellen», sagte Lestrade. «Entweder das, oder ich werde von McNab des vierfachen Mordes beschuldigt. Oder sind es drei? Ich habe beim Kopfrechnen für Polizisten gefehlt.»

«Mord?» wiederholte Bandicoot.

«Es ist ein ziemlich drolliger, altmodischer schottischer Brauch», klärte Lestrade ihn auf. «Und so wie dieser Fall sich entwickelt, fange ich an zu glauben, McNab könnte recht haben. Vielleicht hab ich's getan.»

Bandicoot runzelte die Stirn. «Sholto. Sie haben einen Gefängniskoller. Man hat Sie doch wohl nicht geschlagen? Auf den Kopf, meine ich.»

«Holen Sie mich bloß raus, Harry», sagte Lestrade. «Die Ratten hier drin sind so groß wie Shetlandponies.»

«In Ordnung.» Der alte Etonianer begann an seinem Schlüsselbund zu fummeln.

«Nein, nein», sagte Lestrade. «Wenn ich hier ausbreche, werde ich vor *zwei* Polizeibehörden auf der Flucht sein. Da Sie mich nun gefunden haben, gehen Sie zu Lord Glamis. Als Lord Lieutenant der Grafschaft kann er mich rausholen. Es ist natürlich schon möglich, daß eine Kaution...»

«Machen Sie sich deshalb keine Sorgen, Sholto. Letitia und ich werden mit Freuden jeden Betrag zur Verfügung stellen.»
«Harry Bandicoot», sagte Lestrade, «wenn diese Gitterstäbe nicht wären, würde ich Sie küssen.»
«Oh, Sholto.» Bandicoot trat von einem Fuß auf den anderen, irgendwie froh, daß die Stäbe da waren. «Wir werden Sie morgen früh sogleich aufsuchen.» Und er schlich auf Zehenspitzen zurück durch den Gang, an der ersten Zelle abermals stehenbleibend, aus der ihn dieselbe besoffene Stimme jetzt als «Mutter!» begrüßte.

In jenen Tagen gab es kein Hindernis für die Royal Mail. Schon gar nicht für das Telegrafenamt. Da die Schotten so niederträchtig waren, sich an die Bank-Holidays zu halten, klopfte erst in der strahlenden Morgenfrühe des nächsten Tages ein Botenjunge an die Tür des Cottages, das die Detective Constables Marshall und Snellgrove im verfrorenen kleinen Dorf Coldstream gemietet hatten. Man hatte sich ohnehin schon darüber mokiert, daß zwei junge Männer zusammen in einem Cottage lebten. Die Ankunft eines Botenjungen mit einer flotten Mütze und federnden Hinterbacken bestätigte lediglich den Verdacht der Einheimischen.
«Es kommt von Lestrade», sagte Marshall. «Er sitzt wegen Mordes im Knast.»
«Mach keine Witze.» Snellgrove richtete sich in der Hausjacke auf, die gerade, dank der Großzügigkeit des Herzogs von Connaught, von den Army and Navy Stores eingetroffen war.
«Tatsache. Obgleich ich mir nicht vorstellen kann, was wir nach seiner Meinung dagegen tun können.»
«Es ist ein Hilferuf, Tass», versicherte Snellgrove.
«Glaubst du? Welchen Tag haben wir heute?»
«Donnerstag.»
«Der siebenundzwanzigste. Nun, ich schätze, in Schottland ist jetzt bis nach Neujahr alles geschlossen.»
«Woher kommt das Telegramm?»
«Äh...» Marshall überflog den Kopf des Telegramms. «Aus irgendeinem Nest namens Forfar.»

«Wo ist das?»
«Wie soll ich das wissen. Aber, was viel wichtiger ist, wo bleibt dieser Freßkorb von Fortnum's? Er sollte schon vor zwei Tagen hier sein. Oh, gibst du dem Jungen was, bitte?»
Snellgrove trottete zurück durch den Flur, wo der Junge zitternd in der bitteren Kälte stand. «Stell dich bei einem Gewitter niemals unter einen Baum», sagte er, tätschelte dem Jungen den Kopf und schloß die Tür.

In Forfar stieg die Morgendämmerung wie ein Gewitter auf, in der Gestalt des frisch verwandelten Alistair Sphagnum, des entschlossenen Harry Bandicoot und des völlig verwirrten Lord Glamis.
«Ich habe niemanden dieses Namens, Sir.» Der diensthabende Sergeant war jetzt ein anderer. Der Mann der Nachtschicht hatte nach Hause gehen müssen, um sich hinzulegen. Es gab nicht viele hartgesottene Sergeants der Polizei von Forfar, die behaupten konnten, die Nacht mit Harry Lauder durchgetanzt zu haben.
«Sehen Sie noch mal nach», beharrte Sphagnum.
«Habe ich Sie nicht schon mal gesehen?» Der Sergeant faßte den Studenten scharf ins Auge.
«Der Name!» Sphagnum tippte nervös auf das Wachbuch.
«Darf ich Sie daran erinnern», sagte Glamis, «daß ich Lord Lieutenant dieser Grafschaft bin?»
Das war dem Sergeant tatsächlich nicht klargeworden. Er nahm plötzlich Haltung an. «Zelle vier, Sir. Ich hole ihn sofort.»
Und bevor Sphagnum einen einzigen Kehrreim singen konnte, stand Sholto Lestrade vor ihnen. Grinsende Gesichter empfingen ihn.
«Kommen Sie, Sholto, ich schätze, Lady Glamis hat eine Portion köstliches Kedgeree für Sie.» Bandicoot ging voran.
«Äh... oh, ja, gewiß», sagte Glamis. «Ich bin sicher. Äh... was ist hier los, Lestrade?»
«Ich kann ihn nicht einfach laufenlassen», sagte der Diensthabende.
Sphagnum drehte sich zu ihm um. «Im Augenblick», sagte er, «beuge ich mich lediglich über Ihren Tresen. In der nächsten Sekunde werde ich mich über *Sie* beugen... Constable.»

«Sergeant», widersprach der der Sergeant und deutete auf seine Streifen.
«Ach ja», grinste Sphagnum. «Wie nachlässig von mir. Sie können den ganzen notwendigen Papierkram nach Schloß Glamis schikken.»

Die fünf Männer standen auf dem Felsvorsprung, wo die Douglastannen dunkel und unheimlich im grauen Morgenlicht aufragten. Der riesige Hochländer kniete im Farnkraut, schnüffelte die Luft, richtete sich auf, trat nach links, dann nach rechts.
«Sieht aus wie einer vom Hochländerregiment», flüsterte Sphagnum.
«Was treibt er da?» fragte Bandicoot.
«Sch!» beendete Lestrade die Unterhaltung. «Mit ein bißchen Glück macht er meine Arbeit für mich. Nun, Mr. Laidlaw?»
Mr. Laidlaw stand da wie eine Douglastanne im Kilt. «Tja, is bloß meine Meinung», knurrte er, «aber von Kindesbeinen an bin ich dreißig Jahre Fährten nachgegangen.»
«Und?»
«Ihr Mann wurde da oben umgebracht», sagte er, «an dem umgestürzten Baum. Dann hat man ihn, wer immer ihm das angetan hat, hier runtergeschleift, zwischen die Farne.»
«Und wer hat ihm das ‹angetan›, Mr. Laidlaw?»
«Tja nun, Sie müssen wissen, mit den Ausweidetechniken von Wölfen bin ich nicht vertraut...»
«Aber Mr. Chapman ist es», sagte Lestrade. «Er sagte, Wölfe hätten das nicht gemacht.»
«Tja, nun, das musser wohl sagen, wie?» knurrte Laidlaw. «Auf der anderen Seite, wenn's ein Mann getan hat, dann isses ein ziemlicher Blödsinn. Solche Sachen würd vielleicht ein Lowlander machen.» Er grinste Sphagnum an. «Oder ein Sassenach», und er grinste die anderen zwei Männer an. «Wenn Sie einem ungehobelten einfachen Ghillie die Frage verzeihen: Warum sollte jemand so was tun?»
Lestrade nickte. «Das ist dieselbe Frage, die sich auch ein einfacher

Polizist stellt, Mr. Laidlaw», sagte er. «Aber ich bin Ihnen dankbar. Sie und Ihr Junge haben sich einen Drink verdient.»

Lestrade und Bandicoot begannen die Toddies herumzureichen, für die Lady Glamis freundlicherweise gesorgt hatte.

«Auf den kleinen Gentleman in Samt.» Klein Fingal hob sein Glas.

«Willst du wohl!» knurrte der ältere Hochländer plötzlich und warf der vor zwanzig Sommern seinen Lenden entsprossenen Enttäuschung einen wütenden Blick zu. Eine große, behaarte Hand holte aus und versetzte dem Burschen eine kräftige Ohrfeige. Laidlaw senior grinste die anderen einfältig an. «Is ein alter Brauch im Hochland», erklärte er.

Kaum waren sie zur betürmten Pracht von Schloß Glamis zurückgekehrt, als ein Telegramm für Lestrade eintraf. Es kam nicht von seinen Constables an der Grenze, die ihre Hilfe anboten. Es kam nicht vom Commissioner der Metropolitan Police, der seine Abdankung verlangte. Es kam von Schloß Balmoral. Jemand hatte versucht, Allan Ramsay umzubringen.

8

Die Dämmerung senkte sich über diesen kurzen Wintertag und verhieß Schnee. Sie mußten Lestrade abermals aus Sphagnums Beiwagen ziehen und ihn, so wie er war, zum Hauptportal von Balmoral tragen. Kein mürrischer, wichtigtuerischer Allan Ramsay stand zu ihrem Empfang bereit. Dieser Herr lag still in seinem verdunkelten Zimmer, über der Stirn ein feuchtes Taschentuch. Seine Augen waren geschlossen, und ein kleiner Rosenkranz lief durch die nervösen Finger seiner rechten Hand.

«Mr. Ramsay.» Lestrade setzte mühsam seinen blaugefrorenen Kiefer in Bewegung.

Der Haushofmeister schoß mit einem entsetzten Ausdruck kerzengerade in die Höhe. «Wer ist das?» Der Aufschrei wurde erstickt.

«Lestrade», sagte Lestrade. «Sie sind unter Freunden», und er schlug Sphagnum nachdrücklich die Tür vor der Nase zu, so daß dieser sich damit zufriedengeben mußte, hinauszuschleichen und eine Lungenentzündung zu riskieren, als er sich an der Glyzinie an der Rückwand hochhangelte. So wie die Zugluft von Angus durch die bleigefaßten Fenster strich, so drangen wenigstens Fetzen der Unterhaltung nach draußen.

«Lestrade», Ramsay sank zurück. «Gott sei Dank, daß Sie hier sind. Irgendein Verrückter hat versucht, mich umzubringen.

«Das hat uns Ihre gütige Herrin in der Halle gesagt.» Lestrade begann sich aus seinen zahlreichen Umhüllungen zu schälen und litt Qualen, als die Hitze des Kaminfeuers sich in seinen Fingern bemerkbar machte. «Was ist passiert?»

«Och, es war schrecklich. Schrecklich.»

«Nur die Ruhe, Mr. Ramsay. Ich muß alle Einzelheiten wissen. Alles, woran Sie sich erinnern können. Langsam und mit Bedacht.»

«Es war gestern abend.»
«Am siebenundzwanzigsten?»
«Ja. Sir Harry Maclean war am Nachmittag abgereist. Ich wollte sein Zimmer aufräumen.»
«Ist das nicht gewöhnlich die Arbeit der Zimmermädchen?»
«Nicht hier, Lestrade. Feingefühl, verstehen Sie? Einige der mächtigsten und berühmtesten Persönlichkeiten der Welt sind durch diese Portale geschritten. Was wäre, wenn sie etwas vergäßen? Etwas, sagen wir, Delikates? Es ginge wohl nicht an, wenn ein Kammerkätzchen es entdecken würde, oder?»
«Äh... nein, ich schätze nicht. Fahren Sie fort.»
«Die Tür schien zu klemmen. Ich stemmte meine Schulter dagegen und fiel ins Zimmer...»
Die Stimme versagte ihm.
«Und?» Lestrade setzte sich auf den Stuhl neben dem Bett.
«Die Kraft, die ich aufwendete, warf mich nach vorn. Ich hörte ein gewaltiges Schwirren, und eine Stahlklinge schwebte einen Zoll von meiner Nase entfernt. Einen Zoll entfernt, sage ich Ihnen, Lestrade. Ich sage Ihnen, hätte ich nicht gebremst, wäre sie mir glatt durch den Schädel gegangen.»
«Der Kamelkastrator», brummte Lestrade.
«Was?»
«Sagen Sie mir, Mr. Ramsay, diese Klinge. War sie an einem Hanf- oder Lederriemen befestigt, wie bei einem Katapult, damit sie losschnellte, wenn jemand die Tür öffnete?»
«Genau so», ächzte Ramsay. «Wie konnten Sie das wissen?»
«Nun, ich könnte Ihnen sagen, daß die Dinger als Mordwaffen in London gerade große Mode sind», sagte Lestrade, «aber in Wirklichkeit bezweifle ich, daß Sie sie jemals außerhalb Marokkos in Tätigkeit sehen werden.»
«Das Ding wurde für *mich* benutzt», rief Ramsay, «hier in Angus. Erst gestern.»
«Stimmt», erwiderte Lestrade. «Wer weiß sonst noch davon?»
«Das ganze Haus, schätze ich. Es tut mir leid, Mr. Lestrade, aber Verschwiegenheit ist nicht mehr gefragt, wenn's ums eigene Leben geht.»

«Ganz verständlich, Mr. Ramsay», versicherte Lestrade.
«Sie glauben doch nicht... daß es Sir Harry war, oder?» Ramsay hatte sich kerzengerade aufgerichtet, verblüfft, daß der Gedanke ihm nicht schon längst gekommen war.
«Nun, einiges spricht gewiß gegen ihn», sagte Lestrade. «Wußte er, daß Sie die Gewohnheit hatten, die Zimmer der abgereisten Gäste zu inspizieren?»
«Ich weiß es nicht», erwiderte Ramsay, «aber eines sage ich Ihnen: Es gibt da ein Detail des Königlichen Protokolls, das sich hier ändern wird. Das nächste Mal werde ich ein Zimmermädchen schikken, ob mit Feingefühl oder nicht.»
«Gut für Sie», lächelte Lestrade.
«Wird er weit kommen, Lestrade?» Ramsay stützte sich auf einen Ellenbogen. «Können Sie ihn aufhalten?»
«Die Antwort auf die zweite Frage hängt ganz von der Antwort auf die erste ab», sagte Lestrade, in diesem Augenblick mit Konfuzius einer Meinung. «Hat er gesagt, wohin er wollte?»
«Ins Ausland, wenn man darauf etwas geben will, was ich gestern abend beim Dinner mitgehört habe. Maclean saß gegen den Wind zu Ihrer Königlichen Hoheit, so daß er das alte Hausgesetz absoluten Schweigens bei den Mahlzeiten brechen konnte.»
«Richtig», erinnerte sich Lestrade. «Ich glaube, er hatte irgend etwas in Marokko zu tun. Das bedeutet, daß er nach Southampton will.»
«Oder nach London», sagte Ramsay.
«Was bedeutet, daß er nach Süden reist und die Grenze bei Coldstream überquert.»
«Oder bei Gretna Green.»
«Egal», sagte Lestrade. «Ich werde meine Männer entlang der Mauer Hadrians ausschwärmen lassen.»
«Oder an der von Antonius», stöhnte Ramsay, dem die Hoffnungslosigkeit der Lage bewußt wurde.
«Kann ein Ghillie ein Telegramm für mich aufgeben?» fragte Lestrade.
«Betrachten Sie es als erledigt. Aber warum sollte Sir Harry Maclean mich umbringen wollen?»

«Ich bin nicht sicher, ob er das wollte», sagte Lestrade, «und das gilt auch für Amy Macpherson. Sie haben einen Schock erlitten, Mr. Ramsay, aber der Täter, auf den die Beweise hindeuten, ist verschwunden. Wie komme ich auf die Insel Skye?»
«Skye?» Ramsay runzelte die Stirn. «Mann, sind Sie toll? Sie sprechen davon, mitten im Winter so weit nach Nordwesten vorzudringen wie Hudson. Sie werden keinen Zug finden. Es wird Sie umbringen.»
Lestrade lächelte. «Vielleicht habe ich mehr Glück als Hudson», sagte er. «Ich werde eine Passage zurück finden.»

Der Wind peitschte und sauste durch die verlassenen Hügelfestungen, graue Steine mit dem Moos von Jahrhunderten, wo die Legionen unter der Heide schlummerten.
«Kein Wunder, daß die Römer diese verdammte Einöde im Stich gelassen haben.» Detective Constable Snellgrove sprang auf und ab und versuchte seine Hände in den Achselhöhlen zu wärmen.
«Gut, wir geben noch eine halbe Stunde zu», murmelte Marshall hinter seinem Schal. «Aber seien wir ehrlich, wir werden ihn wahrscheinlich nicht zu sehen kriegen. Was glaubst du, wie lang diese verdammte Mauer ist?»
Snellgrove zuckte die Achseln. «Fünfzig, sechzig Meilen», sagte er.
«Nun, da hast du's. Wir können ja schließlich keine Menschenkette bilden, nicht wahr? Andererseits müßte es ziemlich einfach sein, einen Kerl zu erkennen, die wie 'n Neger angezogen ist. Vor allem mit diesem neuen Zeiss-Fernglas.» Er suchte die öden purpurnen Lowlands vor ihnen ab.
«Und du meinst, daß der Herzog von Connaught gegen all diese Ausgaben keine Einwände haben wird?»
«Das sind laufende Unkosten, mein Sohn», grinste Marshall. «Ich meine, wir haben uns wirklich auf das Notwendigste beschränkt.»
Snellgrove wickelte sich sein Savile-Row-Halstuch fester um die Ohren. «Ich schätze, du hast recht. Ich werde einfach das Gefühl

nicht los, daß Sir Harry Maclean einen Zug nach Süden genommen hat. Sollten wir nicht besser einen Bahnhof oder so was überwachen.»

Marshall dachte einen Augenblick scharf nach. «Die Chancen stehen eins zu einer Million. Wenn er derart von marokkanischer Kultur erfüllt ist, wie Lestrade in seinem Telegramm sagt, wird er entweder auf einem reinrassigen Araberhengst aus dem Staub hervorpreschen oder er wird heimlich eindringen», sagte er.

«Tun sie das, die Marokkaner?» fragte Snellgrove. Es muß gesagt werden, daß er nicht über Marshalls Erfahrung verfügte.

«Das machen alle Moslems, mein Sohn», klärte Marshall ihn auf. «Darum beklagen sie sich ja auch immer über fremde Eindringlinge. So, das war's, die halbe Stunde ist um.»

«Wirklich?»

Marshall zog seine silberne, ziselierte Taschenuhr hervor, die neue, die gerade eingetroffen war. «Unzweifelhaft. Jedenfalls ist der Pub jetzt geöffnet. Ich denke, der Herzog von Connaught wird uns freihalten.»

Überall dasselbe Lied. In Ballater, in Braemar, in Blair Atholl. Weichenausfall in Fort William. Auf der Tunnel-Bridge stand auf einem Nebengleis die einzige fahrtüchtige Lokomotive, an der ein Schild mit der gälischen Aufschrift «Eingefroren» befestigt war. Außerdem waren es nur noch zwei Tage bis Hogmanay, und ganz Schottland bereitete sich auf das Neujahrsfest vor. Ungeheure Mengen Kohle, die eigentlich die Schottischen Eisenbahnen mit Brennstoff hätten versorgen sollen, wurden von mysteriösen Schnapsbrennern weggezaubert.

Lestrade begriff das zwar alles nicht, aber ob Schnee oder nicht, ob Hogmanay oder nicht, er mußte auf die Insel Skye gelangen. Er wußte, daß dort unbeantwortete Fragen auf ihn warteten. Die Zeit, die ihm der Yard zugestanden hatte, war längst verstrichen. Aber das zählte jetzt nicht. In Kaledonien waren böse Mächte am Werk, und er mußte schnell handeln, bevor sie ein weiteres Opfer forderten. Allan Ramsay hatte Glück gehabt. Lestrade lag richtig. Die

Stümperei mit dem Kamelkastrator, das Ausweiden der Leiche, um den Verdacht auf den Wolf zu lenken – das alles zeugte von Panik. Also war das Allerwichtigste, daß er schnell handelte. Sein Mann war jetzt nervös. Unberechenbar. Jetzt war es Zeit zuzuschlagen. Denn der Fall Richard MacKinnon lag anders. Unter den Opfern, denen man den Schädel eingeschlagen hatte, war er der einzige Fremde. Amy Macpherson, Aleander Hastie, Allan Ramsay, sie alle stammten aus der Gegend und jeder von ihnen hatte auf seine Weise zum Dienstpersonal gehört. Auf MacKinnon traf keines von beiden zu.

Und so sah sich Lestrade gezwungen, sich abermals dem entzückenden Transportmittel Sphagnums anzuvertrauen. Er sagte den Bandicoots und den Bowes-Lyons telegrafisch Lebewohl und drängte Harry und Letitia abermals, den Winter im Süden zu verbringen; und er erklärte Ihrer Königlichen Hoheit, er sei lediglich auf der Durchreise, daß eine Verhaftung jedoch unmittelbar bevorstehe. Dann beluden er und Sphagnum den Quadranten mit zusätzlichen Pelzen und dicken Plaids und Schaufeln und tuckerten nach Nordwesten.

In ihrem Kielwasser rieb sich Inspector McNab von der Forfar Constabulary die Hände, und das nicht nur wegen der Kälte. Die Hinterlegung einer Kaution durch den Lord Lieutenant hatte Lestrade zwar aus dem Knast in Forfar befreit, doch dadurch, daß er zuerst Glamis und jetzt Balmoral verlassen hatte, hatte er die Kaution nicht einmal, sondern zweimal verfallen lassen. McNab erlangte von seinen Vorgesetzten die notwendige Freistellung und brach mit Pony und Einspänner zur Fahrt durch die Grampians auf, zusammen mit Sergeant Pond, der in freudiger Erwartung seine Fingerknochen knacken ließ.

Hinter Dalwhinnie war die Straße von Schneewehen versperrt, die so hoch waren wie ein großgewachsener Mann oder wie zwei aufeinandergestellte Zwerge. Alistair Sphagnum, der die Hochlande wie seine Westentasche kannte, beschloß, statt dessen quer über Land zu fahren. Unglücklicherweise waren die Schneewehen hier noch höher, und sie kamen entsetzlich langsam vorwärts. Lestrade kämpfte mit seiner Schaufel gegen die riesige weiße Wildnis, während Sphagnum den Motor seines Quadranten hegte und umschmeichelte, der jetzt ernstlich in Gefahr war, ganz zu versagen. Sie mußten ihre erste Nacht im Hotel «Loch Laggan» verbringen, doch sie befanden sich jetzt, wie Sphagnum betonte, obgleich tief in Macpherson-Territorium, an einem Ort, der einem Mitglied des Macdonald-Clans gehörte. Und Sphagnum wollte lieber sterben, als bei Macdonald essen. Am Ende waren den beiden halberfrorenen Reisenden die Hafermehlkuchen von Mrs. Benbecula, deren Schaffelle sie überall mit Eiswasser tränkten, ebenso willkommen wie die irgendeiner anderen Person. Es muß gesagt werden, daß Sphagnum für Lestrade nicht der ideale Gefährte im Doppelbett war, aber er tröstete sich damit, daß er es hätte schlechter treffen können. Es hätte Mrs. Benbecula sein können.

In der Nacht frisch gefallener Schnee versperrte ihnen den Weg nach Fort William, so daß der Quadrant sich hustend und spuckend seinen Weg durch Lochaber nach Norden bahnte und dabei das leise Tappen von Pony und Einspänner übertönte, die nur etwa fünfzig Meilen hinter ihnen waren. Wiederum war der Weg mühsam, und im Laufe des Morgens mußte Sphagnum Lestrade mehrere Male vor dem Absturz bewahren. Es war Abend, als sie im sonderbar hellen Licht des Schnees Fort Augustus erreichten. Das gab ihnen Zeit, am Ufer des Loch Ness unter einem bedrohlichen Himmel entlangzuspazieren und darüber nachzudenken, wie die Dinge standen. Lestrade schirmte seine Zigarre beim Gehen mit seinem Donegal gegen den Wind ab.

«Werden wir morgen die Küste erreichen?» fragte er.

«Nun, wir haben zwei Möglichkeiten», erwiderte Sphagnum. «Wir können südlich nach Invergarry fahren und, selbst wenn die Straßen blockiert sind, ein Boot nach Loch Linnhe und dem Firth of Lorn nehmen. Das würde bedeuten, daß wir einen Tag auf dem Wasser wären und vorbei an Muck und Rum nach Skye gelangten.»

«Ich werde drüber nachdenken», antwortete Lestrade. «Und die andere Möglichkeit?»

«Die Straße – oder das Hochmoor – nach Kyle of Lochalsh. Aber das wird eine böse Fahrt.»

«War's das?»

«Nun, wir können uns auf halbem Weg einigen. Wenn alles gutgeht, sollten wir morgen um diese Zeit Mallaig erreicht haben. Wissen Sie, ich kann mich für mein Maschinchen nicht mehr verbürgen. Es wurde nicht für dieses Klima konstruiert. Höchste Zeit, daß sie ein schottisches Motorrad herstellen. Guter Gott, was ist das?»
Lestrade folgte Sphagnums ausgestrecktem Finger, eine Fertigkeit, die er sich in letzter Zeit angeeignet hatte, und sah einen dunklen Umriß, der die Wasseroberfläche durchstieß und hinter sich kleine Wellen aufwarf.
«Sieht aus wie ein Schaf», sagte Lestrade, «mit einem sehr langen Hals.»
«Aber ja.» Sphagnum schlug den Weg zum Hotel ein. «Das muß das Schottische Schwarzgesicht sein. Es heißt, daß im Loch eine ganze Herde sein soll.»
«Ist das nicht ziemlich merkwürdig?» fragte Lestrade. «Auf dem Wasser schwimmende Schafe? Ich hatte keine Ahnung, daß es Wassertiere sind.»
«Das ist eben Schottland, mein Freund», erinnerte ihn Sphagnum. Und das sagte eigentlich alles.

Den größten Teil der Nacht verbrachten sie damit, sich gegenseitig Theorien an den Kopf zu werfen. Sphagnum verschaffte sich rücksichtslos Platz im Bett, und Lestrade schnarchte, obwohl er schwor, er schnarche nicht, folglich war an Schlafen ohnehin nicht zu denken. Ein Massenmörder war am Werk. Soviel wußten sie. Jemand, der eine Vorliebe dafür hatte, Schädel wie Eierschalen zu zertrümmern. Er suchte sich hauptsächlich Dienstpersonal aus und erschlug seine Opfer in dunklen Kellern. Aber da war immer noch die Ausnahme Richard MacKinnon, der im Freien getötet worden war. Und er war niemandes Diener. Außerdem war da noch Acheson, der irrtümlich anstelle von Lestrade gestorben war. Wer immer der Mann war, er war über jeden Schritt des Superintendent gut informiert. Und jetzt war er nervös, erschreckt, machte Fehler: der durchsichtige Versuch, den Wolf ins Spiel zu bringen; der vollstän-

dige Wechsel der Methode beim Versuch, Macleans Kastrator dazu zu benutzen, Ramsay umzubringen.
Und je mehr sie darüber sprachen, desto alptraumhafter wurde es.
Am Morgen, nachdem sie keinen Schritt weitergekommen waren, nahmen sie ein leichtes Frühstück von pochiertem Lachs ein.
«Womit ist er denn pochiert worden?» hatte ein argwöhnischer Superintendent die Wirtin gefragt.
Sie hielt ihm den Teller unter die Nase. «Mit Weihwasser», antwortete sie.
Dann einigten sie sich auf halbem Weg. Näher an der Küste besserte sich das Wetter, und die Straße nach Mallaig war frei, wenngleich naß und mit braunem Schnee überzogen. Der nächste Tag war der erste des neuen Jahres, und Lestrade und Sphagnum mußten ziemlich lange feilschen, bis sie einen Bootsmann dazu bewegen konnten, sie nach Skye überzusetzen.
«Wer bezahlt den Fährmann?» fragte Sphagnum, den Grundsätzen seiner Rasse getreu.
«Alle beide», versicherte ihnen der geriebene alte Seebär an der Ruderpinne. Die Wellen schlugen hoch und peitschten, als das kleine, säuberlich rot und weiß gestrichene Boot die in Nebel gehüllte Insel ansteuerte.
«Spüren Sie's?» rief Sphagnum durch den Wind. «Diesen Weg hat Bonnie Prinz Charles vor hundertfünfzig Jahren genommen.»
«Ist nicht gerade der beste Weg», stimmte ihm Lestrade zu und versuchte nach Kräften, sein Frühstück im Magen zu behalten. Jetzt war er froh, daß er die Atholl-Stumpen, die Mrs. Benbecula ihm angeboten hatte, abgelehnt hatte. Einen davon auf den Weg, und er hätte sich jetzt über die Reling erbrechen müssen. Und außerdem waren seine Havannas ihren Arbroath-Sargnägeln unendlich überlegen.
Eile, liebes Boot, wie ein fliegender Vogel.» Sphagnum machte wieder seine Harry-Lauder-Nummer. «‹*Wieviel?*› *rufen die Matrosen. Trage den Burschen, der zum Superintendent geboren, übers Meer nach Skye.*»
Laut heulte der Wind, laut donnerten die Wellen. Wenigstens zerrissen keine Donnerschläge die Luft.

«Ja, ich liebe den tosenden Sleat», sagte Sphagnum.
Lestrade hatte darüber noch nie nachgedacht, aber unter dem Strich zog er guten alten englischen Regen vor.
Lestrade war in seinem Leben noch nie so froh gewesen, die Treppe eines Kais zu erblicken, und als er oben angelangt war, hatten sich seine Knie in Pudding verwandelt.
«Was nun?» fragte er Sphagnum.
«Das ist Ardvasser», gab der Schotte zur Antwort. «Macdonald-Land. Die MacKinnons werden wir im Norden finden. Aber es ist fast dunkel. Und ohne den Quadranten werden wir nicht weit kommen.»
Lestrade blickte auf das kleine Häufchen weißgetünchter Häuser und auf die schwarzen Hügel dahinter. «Gibt es hier denn keine Straßen?» fragte er.
«Ha, ha, Sie sind lustig», lachte Sphagnum. «Ich habe Ihnen doch gesagt, Mann: dies ist Schottland.»

Lestrade hatte schon früher in einigen harten Betten geschlafen, doch selbst er war auf die stählernen Eigenschaften des Himmelbettes nicht vorbereitet, in dem er in dieser Nacht schlief. Zumindest verhielt sich das Ding, anders als das Boot nach Skye, relativ still. Jedoch er mußte abermals einen Strauß mit Alistair Sphagnum ausfechten. Er sagte dem Wirt wiederholte Male, sie seien nicht mal gute Freunde, doch er stieß auf taube Ohren. Die Zeiten waren hart. Betten waren knapp. Niemand hatte sich gänzlich von den einige Jahre zurückliegenden Hochlandrodungen oder der großen Holzwurmplage von '83 erholt. Wurden nicht sogar die schottischen Könige auf einem Stein gekrönt, und war es nicht an der Zeit, es den verdammten Engländern heimzuzahlen?
Der Morgen des Jahres Unseres Herrn Neunzehnhundertundvier dämmerte mehr als friedlich herauf, wenn man bedenkt, daß man in Schottland war, wo Hogmanay gefeiert wurde. Lestrade und Sphagnum nützten das schwelende Torffeuer im Gasthaus nach Kräften aus, und Lestrade probierte zum ersten- und letztenmal Haferbrei.

«Es ist nicht die beste Zeit, mit den MacKinnons zu reden», hatte ihr Wirt sie gewarnt, aber er ließ sich nicht weiter darüber aus, und die Zeit drängte. Sie schnappten sich den Karren eines vorbeikommenden Kleinbauern und trotteten durch den frischen, knirschenden Schnee die kaum erkennbare Straße entlang nach Strathaird. Hier war die Welt eine einzige Masse aus Grau und Weiß, und die Cuillin-Berge ragten zerklüftet und drohend in den Winternebel. Selbst die schnellfließenden Bäche hatten Schwierigkeiten, sich glucksend und rauschend ihren Weg zum Meer zu bahnen, und das Eis zwang sie zu frostiger Stille.

Sie bezahlten den Bauern für seine Mühe und standen bis zu den Schienbeinen im Schnee.

«Sind Sie sicher, daß wir richtig sind, Mr. Sphagnum?» Lestrade warf einen Blick in die Runde. Er sah nichts als Öde.

«Nun, im Gasthaus haben sie gesagt...» und Sphagnums Stimme verlor sich. Ungläubig hob er den Finger.

Lestrade folgte der Richtung abermals und rechnete damit, ein weiteres langhalsiges Schwimmschaf zu sehen. Statt dessen sah er nichts. Zuerst. Dann hörte er durch den Nebel das abscheulichste Geräusch der Welt – das Pfeifen der Dudelsäcke.

«Was ist das?» flüsterte er.

«Das Pfeifen der Dudelsäcke», klärte ihn Sphagnum auf.

«Ja, ja, das kenne ich», erwiderte Lestrade, der Schwierigkeiten hatte, in der Kälte seine Lippen zu bewegen. «Aber was bedeutet es?»

«Es ist der Kriegsgesang der MacKinnons. Ihrem Lied ‹Soldaten der Königin› ziemlich ähnlich.»

«Kriegsgesang?» Lestrade runzelte die Stirn. «Wir sind doch mit niemandem im Krieg, oder? Es sei denn, wir wären hier in Tibet.»

Aus dem Nebel tauchte eine lückenhafte Reihe auf; Infanterie, hungrig, wild, festen Schritts über die zerklüfteten Felsen stapfend.

«Lamas?» fragte Lestrade.

Sphagnum schützte seine Augen vor dem gleißenden Licht des Schnees.

«Kleidung MacKinnon», sagte er. «Der Tartan. Ihre Kilts und Plaids. Imposanter Anblick, was?»

Lestrade bemerkte den Mangel an Überzeugung in Sphagnums Stimme. «Muß jetzt jede Minute kommen», sagte Sphagnum und hob die Hand. «Ja, da ist er.»
Über dem Lärm der Dudelsäcke hörte Lestrade einen kehligen, unverständlichen Ruf. «Was schreien sie?» fragte er.
«*Cuimhnich bàs Ailpein*», wiederholte Sphagnum.
Lestrade versuchte eine Rohübersetzung: «Zutritt verboten?»
«Denkt an den Tod von Alpin», verbesserte ihn Sphagnum.
«Etwas, das ich untersuchen sollte?» fragte Lestrade.
Sphagnum wirbelte herum. «Da!» sagte er.
«Was?» Lestrade drehte sich ebenfalls um, sah jedoch nichts als Hügel und Nebel.
«Die Macdonalds of Sleat.»
Durch den Nebel vor ihm schob sich eine weitere Reihe von Clan-Mitgliedern, wilder, haariger als die erste, der Tartan röter, ihr Tritt einschüchternder. Immerhin spielten sie besser Dudelsack, und Lestrade summte unwillkürlich mit.
«Pst, Mann», sagte Sphagnum. «Wissen Sie, was das hier ist?»
Lestrade hatte den Schotten bislang noch nie fassungslos gesehen.
«Kelten gegen die Königin des Südens?» schlug Lestrade vor.
Sphagnum drehte sich abermals um, dieses Mal nach rechts, und nickte langsam. «Ich hab's mir gedacht», sagte er.
Eine dritte Reihe von Hochländern marschierte hügelabwärts über die zugefrorenen Flußläufe, ihre Banner im Wind flattern lassend, ihr Tartan ein dunkles, tödliches Grün.
«Was ist los?» erkundigte sich Lestrade.
«Da drüben», Sphagnum deutete auf die zuletzt angekommenen Männer, «ist der Clan der Macleod of Macleod, die Söhne von Rory Mor. Sie sind von Dunvegan runtergekommen.»
«Weshalb?»
«Ihretwegen.» Sphagnum deutete mit dem Kopf nach links auf den Haufen der Macdonalds, die anhielten und sich in Reih und Glied aufstellten.
«Und was ist mit denen?» Lestrade deutete nach rechts den Hügel hinauf, wo ein uralter Mann mit einem ungebärdigen weißen Bart in einen uralten Sessel gesetzt wurde.

«Och, sie werden 'ne Weile zugucken, sehen, welchen Verlauf die Schlacht nimmt, und sich dann der stärkeren Seite anschließen.»
«Schlacht?» wiederholte Lestrade.
«Die Schlacht vom Blutigen Tal», sagte Sphagnum. «Sie wiederholen sie alle fünf Jahre.»
«Äh … echt?» Lestrade hörte, daß er krächzte.
«Ach was», erwiderte Sphagnum, «heutzutage ist alles ein Spiel. Wirkliche Verstümmelungen kommen selten vor. Und die Witwen werden alle von der Schottischen Witwenpensionskasse versorgt.»
«Oh, gut.» Lestrade versuchte zu lächeln. «Glauben Sie, daß wir ihnen ins Gehege kommen werden?»
«Todsicher», beteuerte Sphagnum. «Wenn ich aus meiner Zeit als Student der Geschichte an der Universität die schottischen Truppenformationen noch richtig im Kopf habe, werden sie mit der Mitte vorstoßen und dann auf den Flügeln herumschwenken, um ihre Flanke anzugreifen.»
«Sie werden doch wohl … äh …» Lestrade warf einen schiefen Blick auf die drei Heere «… doch keine Feuerwaffen benutzen, oder?»
«Seien Sie nicht albern», antwortete Sphagnum, «diese Männer sind Hochländer. Sie verlassen sich auf ihre Breitschwerter und Zweihänder.»
«Gut.» Lestrade war erleichtert, dann fiel ihm etwas ein: «Wie groß ist die Reichweite von so einem Zweihänder?»
«Das werden Sie merken, wenn Sie einen zu spüren bekommen», versicherte Sphagnum.
Ein fremdartiger Schrei kam aus den Reihen der Macleods. Die Dudelsäcke schwiegen, und die Reihen standen still.
«Was bedeutet der Schrei?» fragte Lestrade. «Ist es ein Schlachtruf?»
«Nein», gab Sphagnum zur Antwort. «Er bedeutet ‹Wenn Sie bei der Schlacht zugucken wollen, kostet das drei und sechs›.»
«Drei und sechs?» knurrte Lestrade. «Das ist unverschämt. Sind die MacKinnons da drüben?» Er zeigte nach links.
«Nein, die MacKinnons sind dort.» Sphagnum deutete nach rechts.
«In Ordnung.» Lestrade marschierte so munter vorwärts, als es

ihm mit durchnäßtem Donegal und in zwei Fuß hohen Schneewehen watend möglich war, und er war völlig außer Atem, als er die Reihe der MacKinnons erreichte.
Einer der Schotten sagte etwas Unverständliches zu ihm.
«Tut mir leid», sagte Lestrade. «Spricht hier jemand Englisch?»
«Alle», sagte der Mann hinter dem Thron. «Wir sind nur so niederträchtig, es nicht zu tun. Wer zum Teufel sind Sie?»
«Superintendent Lestrade, Scotland Yard», klärte er sie auf.
«Wo?» fragte der alte Mann im Sessel.
«London, Vater», sagte der jüngere Mann. «Ist die Hauptstadt der Sassenachs.»
«Ich weiß sehr wohl, was das ist.» Der alte Mann warf seinem Sohn einen finsteren Blick zu.
«Machen Sie hier Ferien, Mister?» wollte der jüngere MacKinnon wissen.
«Nein, Sir», erwiderte Lestrade. «Sagen Sie mir, ist jemand von Ihnen mit Richard MacKinnon verwandt?»
«Ja», rief der ganze Clan im Chor, «sind wir alle.»
«Was is mit ihm?» fragte der alte Laird. «Warum is Dickie nich hier? Hat in seinem Leben noch keinen Appell versäumt.»
«Es ist meine schmerzliche Pflicht», sagte Lestrade, «Ihnen allen zu sagen, daß Richard MacKinnon tot ist.»
In diesem Augenblick kam sogar der Wind zum Schweigen, und die roten Augen des alten Mannes weiteten sich. «Was war's?» krähte er. «Amöbenruhr? Beriberi? Intermittierendes Hinken?»
Lestrades Kinn klappte herunter. Es mußte an der Kälte liegen.
«Sie müssen den Laird MacKinnon entschuldigen», sagte sein Sohn. «Er hatte früher eine florierende Arztpraxis in Edinburgh, bevor er die Lordschaft der Inseln erbte.»
«Ich bin der verdammte Lord der Inseln», dröhnte aus den Reihen der Macdonalds eine Stimme herüber.
«Ach, du liebe Güte», sagte der jüngere MacKinnon. «Das ist Angus ‹Die Keule› Macdonald. Verfügt über die besten Lauscher nördlich vom Firth.»
«Lauscher?» sagte Lestrade. «Das ist ein sonderbarer Ausdruck für einen Hochländer.»

«Lassen Sie sich durch dieses Theater nicht verwirren, Mr. Lestrade», sagte der jüngere MacKinnon zu ihm. «Nächste Woche bin ich wieder in Lincoln's Inn und schlage mich mit einem Stapel von Schriftsätzen herum.»

«Sie sind Kronanwalt?» Lestrade blickte ihn ungläubig an.

«Schottisches oder Englisches Recht. Sie können wählen. Also, was ist mit meinem Bruder passiert?»

«Er wurde ermordet.»

Der ganze Clan sperrte die Mäuler auf.

«Wer war's?» brüllte «Die Keule» quer über das Schlachtfeld.

«Von wem?» Der alte Laird erhob sich mit zitternden Knien.

«Ich weiß es noch nicht», sagte Lestrade, «aber seien Sie versichert, ich werde es rausfinden.»

«Wie?» fragte MacKinnon, Kronanwalt. «Sie haben hier keine Amtsbefugnis.»

«Gibt es auf der Insel keine Polizei?» wollte Lestrade wissen.

«Hallo, hallo, hallo», rief eine Stimme aus den Reihen, und ein riesiger Hochländer stürzte nach vorn, an dessen Brust und Wadenstrümpfen Dolchmesser blitzten. «Constable MacKinnon, zu Ihren Diensten.»

«Wie viele Männer haben Sie?» fragte Lestrade.

«Männer?» Der Constable schaute ihn ungläubig an. «Mann, *ich* bin die Constabulary der Insel Skye.»

«Du hast so viele Männer, wie du brauchst, Jock», knurrte der Laird MacKinnon. «Ein Macdonald hat meinen Sohn umgebracht.»

«Das ist doch Schneehuhnscheiße!» brüllte «Die Keule». «Du bist ein seniler alter Schwachkopf, Ewart MacKinnon. Und außerdem schuldest du mir zehn Shilling vom letzten Donnerstag.»

«So sind sie, die Macdonalds», seufzte der Kronanwalt. «Mordgierig *und* gemein.»

«Nein, nein.» Lestrade spürte, daß die Spannung in der MacKinnon-Reihe stieg. «Sie haben mich mißverstanden. Ich weiß nicht, wer Ihren Bruder getötet hat.»

«Hören Sie mal, Mr. Lestrade.» Der Kronanwalt nahm ihn beiseite und legte einen mit Lederriemen umwickelten Arm um seine Schul-

tern. «Wenn ich heute abend nach Hause komme, werde ich auf meinem Grammophon Mozart hören. Mein Hausmädchen wird mit seinem François-Billet-Staubsauger saubermachen, und wenn dieser verdammte Schnee weg ist, werde ich mit meinem deDion zur Fähre fahren. Im Gegensatz zu dem, was die Welt von uns denkt, sind wir ein zivilisiertes Völkchen. Aber dieser Mann da drüben...» Er machte eine Kopfbewegung zu seinem Vater. «Es ist nicht, daß Papa gaga ist. Es ist bloß, daß er Laird MacKinnon ist, wissen Sie. Er hat geschworen, seine Aufgabe zu erfüllen. Die Macdonalds und die Macleods sind seit Jahrhunderten unsere Feinde. Und wenn so etwas passiert, nun...»
«Aber so etwas ist ja nicht passiert», beharrte Lestrade. «Nach allem, was ich weiß, könnte der Maharadscha von Eschnapur Ihren Bruder ermordet haben.»
«Ah, Sie vermuten eine Verbindung zum Orient?» Der Kronanwalt nickte scharfsinnig. «Sagen Sie mir, wie ist er gestorben?»
«Es war ein stumpfer Gegenstand», sagte Lestrade.
«Genau», donnerte der alte Mann. «Es war ein Macdonald-Zweihänder.» Er wandte sich an seinen Clan und brüllte etwas Unverständliches auf gälisch, so daß sich sein wallender Bart mit Spucke füllte.
«Warten Sie...» sagte Lestrade, aber das Leiern der Dudelsäcke übertönte seine Worte. Von allen Seiten hörte er ein Zischen von Stahl, und die MacKinnons begannen schreiend und kreischend den verschneiten Hang hinabzustürzen, mit ihren Schwertern an ihre Lederschilde schlagend.
«Nicht jetzt, Mr. Lestrade», sagte der Kronanwalt. «Kümmern Sie sich um den alten Mann, ja? Ich bin in etwa einer halben Stunde zurück.» Und er zog sein quastenverziertes Breitschwert, schrie wie eine *Bean-Nighe* und stürmte hinter den Leuten seines Clans her.
Hinter der vorrückenden Linie der MacKinnons sah Lestrade Sphagnum nach rechts wegrennen, weg von den Heeren, die sich einander näherten. Zur Rechten gerieten die dunkelgekleideten Macleods, die ohne die akustischen Fähigkeiten der «Keule» in den Macdonald-Reihen auskommem mußten, in Verwirrung. Die Mac-

Kinnons hatten noch nie den Sturm eröffnet. Das war Tradition. Jeder hatte vergessen, was die MacKinnons vor Jahrhunderten bewogen hatte, erst einmal abzuwarten. Jetzt nahmen die Macleods erneut Anstoß daran. Wenn jemand als erster die Mitte des Schlachtfeldes erreichte, mußte es ein Macleod sein; also schwenkten sie ihre Waffen und rannten Hals über Kopf darauf los, und die Pfeifer in der Nachhut hatten Mühe zu dudeln.
Die Macdonalds warfen ihre roten Tartans nach vorn, schleuderten den MacKinnons und Macleods gleichermaßen Schmähungen auf englisch und gälisch entgegen. Alistair Sphagnum hatte gerade noch Zeit, sich in einen Bachlauf zu werfen, als die drei Heere wie eine Flutwelle aufeinanderprallten und im schottischen Nebel stählerne Klingen widerhallten. Muskeln und Sehnen bogen sich und zitterten, Zähne flogen aus Schädeln, Finger gruben sich in Augenhöhlen, Knie rammten sich in Leisten.
«Sie können das stoppen», sagte Lestrade zu MacKinnon, der vor Blutgier bebend auf seinem Thron saß.
«Niemals!» zischte der alte Mann.
«Sie», wandte sich Lestrade an den einsamen Pfeifer neben dem Sessel, «blasen Sie zum Rückzug oder so was. Auf der Stelle.»
«Die MacKinnons haben kein Signal zum Rückzug», beharrte der Pfeifer. «Ein MacKinnon geht nur nach vorn.»
Lestrade runzelte die Stirn. «Es kann jemand getötet werden», sagte er.
«So ist das nun mal», sagte Laird MacKinnon bestimmt. «Es ist immer so gewesen.»
«Quatsch mit Soße», sagte Lestrade, dem das am ehesten gälisch zu klingen schien. «Sie sind Arzt, um Gottes willen. Sie haben einen Eid geleistet, Leben zu retten, nicht, Leben zu nehmen.»
«Ich habe einen älteren Eid geleistet», fauchte der Laird, «so wie es mein Vater und vor ihm dessen Vater tat. Wann immer ein MacKinnon stirbt, ist es die Schuld der Macdonalds. Das ist immer so gewesen.»
Angesichts solch blinder Engstirnigkeit nahm Lestrade zu seiner eigenen unvernünftigen Taktik Zuflucht. Er fischte seinen Schlagring aus der Tasche seines Donegals und ließ die Vier-Zoll-Klinge her-

ausschnellen. Er riß Laird MacKinnons Mütze zurück und setzte dem alten Mann das Messer an die Kehle.
«Blasen Sie zum Rückzug!» donnerte er den Pfeifer an. «Oder Sie werden morgen auf einen neuen Laird schwören müssen.»
«Nichts da!» gurgelte der alte Mann. «Er blufft bloß, Klein Jimmy. Du bläst keinen einzigen Ton!»
«Aber Großvater...» Der Pfeifer schwankte.
«Kein Aber.» Der alte Mann umklammerte erfolglos den Ärmel Lestrades, der mit seinem Arm seinen Kehlkopf umschloß.
«Ich zähle bis drei», sagte Lestrade. «Eins, zwei...»
Der Dudelsack neben ihm trat krächzend in Aktion, und Klein Jimmy wurde puterrot im Gesicht, als er die Töne hervorquälte. Lestrade hielt das Messer unbeweglich, bis er MacKinnons aller Formen und Größen aus dem Gemetzel auf den unteren Hängen auftauchen sah. Sie begannen sich zu sammeln und gleichmütig abzumarschieren, ihre Schilde auf dem Rücken tragend, während die Macdonalds und Macleods ebenfalls abzogen und dabei ein Geschrei und Hohngelächter anstimmten wie junge Maultiertreiber. Als sie verschwunden waren, sah der Platz, bedeckt mit Waffen, gefallenen Leibern und dem Blut auf dem Schnee, wie ein Schlachtfeld aus.
«Gut gepfiffen», sagte Lestrade zu dem Pfeifer, löste seinen Griff und gab den Alten frei.
Der Laird MacKinnon erhob sich schwankend und versetzte dem verwirrten Jungen eine saftige Ohrfeige. «Schwachkopf!» brüllte er. «Erinnere mich dran, daß ich dich ganz aus meinem Testament streiche. Oh, übrigens, ich habe gerade deinen Pachtzins verdoppelt. Und was Sie angeht...» Er wandte sich zum Superintendent.
«Papa?» Ein keuchender Kronanwalt in zerrissenem Plaid, heftig aus einer Kopfwunde blutend, schleppte sich den Hügel hinauf. «Wir hatten doch gerade erst losgelegt. Ich hatte noch nicht angefangen zu kämpfen.»
«Gib mir nicht die Schuld», fauchte der Laird. «Frag diesen Sassenach. Er hat schuld.»
«Mr. Lestrade», sagte der Kronanwalt, «seien Sie ein anständiger

Kerl. Wir machen das hier nur alle fünf Jahre. Haben Sie ein Herz.»

«Mr. MacKinnon», sagte Lestrade, «es tut mir leid, Ihr kleines Spiel abzubrechen, aber ich führe eine Morduntersuchung durch. Und was Ihr Vater auch immer denkt, der Mörder ist nicht dort unten.»

«Wollen Sie damit sagen, daß er verdammt gut hier oben sein kann?» bellte Constable MacKinnon in Lestrades Ohr.

«Nehmen Sie's ihm nicht übel», sagte der Kronanwalt. «Vetter Jock ist eben ein Polizist.»

«Ich verstehe», erwiderte Lestrade. «Können wir uns unter vier Augen unterhalten?»

«Klar, aber zuerst muß ich meine Wunden da drüben in dem Bach baden.» Er fing Lestrades Blick auf. «Och, ich weiß, aber es ist Tradition.»

«In Ordnung. In der Zwischenzeit werde ich versuchen, meinen Freund zu finden. Wenn ich mich recht erinnere, lag er, als ich ihn zuletzt sah, mit dem Gesicht nach unten in genau so einem Bach.»

«Sie kommen mit unseren altmodischen kleinen Schottizismen ganz gut zurecht», grinste der Kronanwalt und entblößte eine Lücke, wo früher ein Zahn gewesen war, «für einen Sassenach, meine ich.»

«Man muß sich seiner Umgebung anpassen», erwiderte Lestrade achselzuckend, als sie über das Schlachtfeld zum Bach gingen.

«Au!» Der Kronanwalt verschluckte den Aufschrei, so gut er konnte, als das eiskalte Wasser, das über den Uferrand tropfte, sein geschwollenes Auge traf.

«Sie können jetzt aufstehen, Mr. Sphagnum», sagte Lestrade, neben den beiden Männern kniend.

«Ist es vorbei?» Sphagnum spähte durch ein Büschel gefrorener Schilfhalme. Die Tartan-Heere zerstreuten sich auf ihre Clan-Lande, im Gehen unverständliches Zeug murmelnd. «Sie wissen ja, Lestrade, es gibt Zeiten, da ist Zurückhaltung der bessere Teil der Tapferkeit.»

«Wer ist das?» fragte der Kronanwalt.

«Alistair Sphagnum», sagte Sphagnum und streckte eine Hand aus. Polizei Leith.»

Lestrade warf einen verzweifelten Blick hinauf zu den Cuillin-Bergen.

«Sie sind ein ganzes Stück von Ihrem Revier entfernt, Mr. Sphagnum», bemerkte der Kronanwalt. «Natürlich nicht so weit wie Mr. Lestrade.»

«Mr. MacKinnon ist Kronanwalt», sagte Lestrade, «mit einer Kanzlei in London.»

«Ist das wahr?» Sphagnum bürstete den Schnee von seinem Mantel. «Sie müssen wissen, daß ich Jura studiert habe, ehe ich zur Polizei ging.»

«Das kommt überaus selten vor», merkte der Kronanwalt an. «Übrigens, wenn einer von Ihnen leicht in Verlegenheit gerät, kann er mir den Rücken zudrehen. Ich glaube, ich habe einen Dolchstich in meine Hoden abgekriegt», und mit diesen Worten schlug er seinen Kilt hoch, um das Ausmaß des Problems zu beäugen.

«Na, prahlste mal wieder, MacKinnon?» Eine ferne Gestalt, die im Nebel verschwand, blieb stehen und schwenkte einen Zweihänder in seine Richtung.

«Wir sehen uns in fünf Jahren, Keule Macdonald», rief der Kronanwalt. «Nein, hätte um ein Haar meine Angelrute eingebüßt.»

«Sagen Sie, Mr. MacKinnon», sagte Sphagnum, «im Fall Regina gegen Stott, wie ist Ihre Meinung?»

«Nun ja, das hängt natürlich von jemandes Fähigkeit ab, es mit einer Ente zu treiben...»

«Gentlemen, ich würde gern mit Ihnen britische Schweinereien erörtern», mischte Lestrade sich ein, «aber es gibt wichtigere Dinge.»

«Nicht für die Ente, fürchte ich», sagte der Kronanwalt.

«Es mag ja eine ziemlich überflüssige Frage sein, Mr. MacKinnon, angesichts des kleinen Schauspiels, das ich gerade gestoppt habe, aber hatte Ihr Bruder irgendwelche Feinde?»

«Och, dies kleine Schauspiel war doch bloß freundschaftlich.»

«Ich dachte, Ihr Vater hätte einen Massenmord angeordnet», sagte Lestrade.

«Och, am Abend wird er sich beruhigt haben. Um Ihre Frage zu beantworten, Mr. Lestrade, Dick war ein ziemlich absonderlicher Geselle. Irgend so ein englischer Idiot, Anwesende natürlich ausgenommen, lag ihm dauernd in den Ohren, ihm zu erlauben, Wölfe freizulassen, und das auf der Insel Skye.»

«Mr. Chapman?»

«Ja, stimmt.»

«Es war auf Chapmans Besitz, wo Ihr Bruder sein vorzeitiges Ende fand.»

«Verstehe. Sie verdächtigen also Chapman?»

«Nein, ich denke, er ist sauber.»

«Sie haben mir noch nicht erzählt, was ein Mann vom Yard so hoch im Norden macht, Mr. Lestrade.»

«Das ist eine lange Geschichte, Mr. MacKinnon. Ich glaube, daß Ihr Bruder nur ein Opfer in einer Reihe von vier Morden war. Und doch...»

«Und doch?» MacKinnon bewegte sich vom Bach weg, die Detektive – der echte und der angebliche – folgten ihm.

«Und doch...» Lestrade hatte noch immer Bedenken, Freund Sphagnum gegenüber zu offen zu sein. «Beim Tod Ihres Bruder ist irgendwas anders. Ich kann's noch nicht genau sagen.»

«Oh, hier.» MacKinnon kramte in seiner dachsköpfigen Felltasche und zog eine Taschenflasche heraus. «Das wird Ihnen an diesem frostigen Morgen das Herz wärmen.»

«Was ist das?» fragte Lestrade, der bei allem, was er nördlich von Macclesfield mit dem Mund zu sich nahm, vorsichtig war.

«Wir nennen es *An dram buidheach* – Das Getränk, das zufrieden macht, übersetzt für Sie, Engländer. Und für Sie, Lowlander, Mr. Sphagnum.»

«Meine Kenntnisse reichen aus, Mr. MacKinnon», versicherte Sphagnum. «Ich habe bei Professor Auchtermuchty höchstselbst Gälisch studiert.»

Der Kronanwalt schien beeindruckt.

«Sagen Sie, Mr. MacKinnon», sagte Lestrade. «Oh...» Das Wasser trat ihm in die Augen, als er einen Schluck aus der Flasche nahm. «Das habe ich schon mal getrunken, irgendwo.»

«Nein, das haben Sie nicht, mein Guter», beteuerte MacKinnon. «Niemand außerhalb dieses Clans hat das getrunken. Mr. Sphagnum, auch ein Tröpfchen?»
Der verkappte Polizist aus Leith nahm dankbar an und spürte, wie ihm die Ohren klangen.
«Sie wollten mich etwas fragen, Mr. Lestrade.» Der Kronanwalt hob ein hingefallenes Schwert auf und steckte es wieder in die Scheide.
«Wirklich? Ach ja. Hatte Ihr Bruder die Angewohnheit, Wertgegenstände mitzunehmen, wenn er auf Reisen ging?»
«Wertgegenstände?» wiederholte der Kronanwalt.
«Nun, Gold, Juwelen, Geld.»
«Aber nein. Er war ein Hochländer durch und durch. Knickerig bis zum Gehtnichtmehr. Es sei denn...»
«Es sei denn?» Lestrade brachte das kleine Trio am Fuß der Cuillin-Berge zum Stehen, wo der Nebel so grau und unerbittlich war wie im ersten Tageslicht.
«Es sei denn, Sie sprechen von dem Geheimnis», sagte der Kronanwalt.
Lestrade blickte Sphagnum an. Sphagnum blickte Lestrade an.
«Was für ein Geheimnis?» wollte Lestrade wissen.
«Mann, Sie haben es gerade getrunken.» MacKinnon bückte sich, hob ein Stück Tartan auf und warf es über seine Schulter. «*An dram buidheach*. Das Getränk, das zufrieden macht. Es ist ein geheimes Rezept, das nur dem Laird of MacKinnon bekannt ist und seinem ältesten Sohn. Oh, verdammt, das bin ich ja jetzt.»
«Warum ist es geheim?»
«Raphael Holinshed – der ein Engländer, aber trotzdem ein ganzer Mann war – sagte einmal über den Scotch, er ‹wehret dem Altern, stützet die Verdauung, vertreibet die Schwermut›.»
«Hatte er einen Sprachfehler?» wollte Lestrade wissen.
«Nein, nein, er lebte bloß zur Zeit der Tudors, das ist alles, vor den Stuarts. Egal, das ist nicht der Punkt. Obwohl irgendwie doch. Wissen Sie über den Prätendenten Bescheid, Mr. Lestrade?»
«Das Stutenfohlen des Herzogs von Buccleuch, letztes Jahr in Epsom?»

«Nein, guter Mann. Charles Edward Stuart, der Junge Kavalier. Sein Großvater war der rechtmäßige König von Schottland und England – in dieser Reihenfolge, wohlgemerkt –, und dieses langweilige alte Arschloch, Wilhelm von Oranien, setzte sich auf seinen Thron.»
«Ach ja», nickte Sphagnum. «Trau niemals einem Mann aus dem Flachland, Lestrade.»
«Ich werde mir Mühe geben», sagte der Superintendent. «Wo ist die Verbindung?»
«Nun, hier ist sie», antwortete MacKinnon. «Eine Verbindung zur ‹Rebellion der 45›. Charles Edward – Bonnie Prinz Charlie für seine ungezählten weiblichen Verehrerinnen – versuchte, den Thron seines Großvaters zurückzugewinnen, und wurde bei Culloden Muir von einem deutschen Bastard in die Flucht geschlagen, dessen Namen wir hier im Hochland nicht aussprechen. Der Prinz, erschöpft durch die Ruhr, von seinen Freunden im Stich gelassen, ohne französisches Geld und fast ohne Haarpuder, wanderte über die Heide, bis ihn Flora Macdonald in einer Kutte hierher nach Skye brachte.»
«Das habe ich Ihnen alles erzählt, Lestrade», sagte Sphagnum, «aber ich wußte, daß Sie nicht zuhörten.»
«Aber was hat das alles mit…»
«Gemach», sagte der Kronanwalt. «Darauf komme ich noch. Charlie suchte Zuflucht bei meinem Vorfahr, MacKinnon of Strathaird, und bekam ein Schiff nach Frankreich.»
«Die Alte Allianz», warf Sphagnum ein.
Seltsamer Name für ein Schiff, dachte Lestrade, aber es war kaum seine Sache, das zu sagen.
«Weil der Laird MacKinnon ihm das Leben gerettet hatte, gab ihm Charlie ein Rezept. Ein Rezept für das Getränk, das Sie gerade getrunken haben. Der Laird und sein ältester Sohn haben dieses Rezept über all die Jahre für sich behalten.»
«Und warum ist es geheim?» fragte Lestrade.
MacKinnon war sichtlich erschüttert. «Ich mag ja in London Kronanwalt sein», sagte er, «ich mag ja entsetzlich kultiviert sein, ich mag mich sogar dazu herablassen, mit Ihnen zu sprechen, Meister.

Aber das Wissen um die Bestandteile dieses Tranks werde ich nicht mit Ihnen teilen.»

«Davon abgesehen», sagte Sphagnum, «ist es mehr als einen Pfifferling wert.»

«Da sind Pfifferlinge drin?» Lestrade runzelte die Stirn.

«Die meisten der Bestandteile sind keineswegs geheim», sagte MacKinnon. «Unser Getränk wird aus einer Mischung von sechzig Whiskysorten, meistens Malz, gemacht, die zwischen acht und zwanzig Jahren alt sind...»

«So'n Zeug habe ich die letzten drei Wochen getrunken», murmelte Lestrade.

«Was unserem Whisky seine reiche, doch trockene und leichte Beschaffenheit gibt, mit dieser subtilen Mischung von Kräutern und Honig, ist die geheime Essenz, die wir hinzufügen, in einem Verhältnis von einer Gallone auf fünftausend Gallonen Whisky.»

«Sie haben fünftausend Gallonen von dem Zeug?» Sphagnum war verblüfft.

«Mann, wir sind hier auf Skye. Abgesehen von einer Frau oder einem Schaf hin und wieder, was gibt's hier sonst zu tun?»

«Also», sagte Sphagnum, «wenn ich Ihnen... sagen wir... eintausend Pfund für das Geheimnis böte, würden Sie's rausrücken?»

MacKinnon dachte einen Augenblick nach. «Nicht für hunderttausend Pfund, nein. Außerdem liegt das nicht in meiner Macht. Bevor Papa es mir nicht erzählt, kenne ich das Geheimnis ebensowenig wie Sie.»

«Das spielt jetzt keine Rolle mehr», sagte Lestrade.

«Was?» fragte der Kronanwalt.

«Bonnie Prinz Charlies Geheimnis ist gelüftet, Mr. MacKinnon. Aus diesem Grund wurde das Zimmer Ihres Bruders auf den Kopf gestellt. Aus diesem Grund mußte er sterben. Er hatte unter seinen Habseligkeiten weder Gold noch Juwelen. Er hatte etwas viel Wertvolleres. Und das hat jetzt sein Mörder.»

«Guter Gott», murmelte MacKinnon. «Was sage ich bloß dem alten Mann?»

«Was immer Sie ihm sagen», sagte Sphagnum, «bringen Sie ihn zuerst dazu, Ihnen das Geheimnis anzuvertrauen.»

9

Das Wetter besserte sich, so daß sie mit dem Quadranten sicher nach Balmoral gelangten. Sicher, das heißt, bis auf einen kleinen Zwischenfall in der Sleat-Meerenge. Das kleine Boot, das Lestrade und Sphagnum zum Festland zurückbrachte fuhr in Rufweite an dem kleinen Boot vorbei, das McNab und Pond nach Skye hinüberbeförderte. Getreu der Dienstvorschriften der Schottischen Polizei, veröffentlicht 1893 von McEyre und McSpottiswoode, handelte McNab nach Vorschrift – er winkte. Es muß gesagt werden, daß Lestrade und Sphagnum diese Sprache bereits kannten und in stummer Bestätigung lediglich ihre Hüte lüfteten. Der standhafte presbyterianische Fährmann in McNabs Boot kannte sie jedoch nicht und weigerte sich nicht nur zu wenden, sondern drohte, die Polizisten über die Reling zu werfen, wenn sie den Unsinn nicht unterließen.
Da geschah es, daß McNab alle Vorschriften vergaß und anfing, alles, was ihm unter die Finger kam, gegen das andere Boot zu schleudern. Es nützte jedoch gar nichts. Die Flut und der immer wallende Nebel verschluckten bald seine Beute.
Dieser kleine Zwischenfall verschaffte Lestrade und Sphagnum einen Tag Vorsprung, denn zu jener Zeit gab es täglich nur eine Fähre nach Skye. Als Lestrade jedoch am Einspänner der Forfar Constabulary vorbeischlenderte, der vorschriftswidrig am Kai von Mallaig parkte, trat er für alle Fälle genügend Speichen ein, um das Gefährt unbenutzbar zu machen.
Am nächsten Tag trafen sie, da sie Rückenwind gehabt hatten, wieder im düsteren Balmoral ein, und Lestrade wurde abermals von einigen Dienern ins Haus getragen, die sich inzwischen an die Situation gewöhnt hatten. Ein Telegramm von der Grenze erwartete ihn, das mit «Antonius und Kleopatra» unterzeichnet war, um jeden

Bösewicht auf eine falsche Spur zu locken. Weder der General noch seine «geile Stute» hatten das Glück gehabt, einen «gewissen marokkanischen Gentleman» zu erspähen, und sie fragten, was sie nach Lestrades Meinung jetzt tun sollten.
Lestrade spielte mit dem Gedanken, sie aufzufordern, jeden aufzuhalten, der so aussah, als sei er im Begriff, mit einem gestohlenen Rezept ein Vermögen zu machen, doch selbst er sah ein, daß das undurchführbar war. Am Ende wies er sie in seinem Antworttelegramm an, sich nicht vom Fleck zu rühren. Außerdem fragte er abermals nach, ob sie auf das Handschreiben des Herzogs von Connaught gestoßen seien, da ihm bald das Geld ausgehe. Und Lestrade war zu beschäftigt, um zu bemerken, daß er keine Antwort erhielt.
In der Zwischenzeit hatte Alistair Sphagnum ebenfalls ein Telegramm erhalten. Er erzählte Lestrade nichts davon, sondern packte klammheimlich seine Sachen und machte sich am Motor des Quadranten zu schaffen.
«Fahrbereit?» fragte ihn Lestrade, der in der Ausfahrt stand und Sphagnum den Weg versperrte.
«Äh… nur 'ne kleine Spritztour, Lestrade», grinste der Schotte. «Ein bißchen frische Luft, wissen Sie.»
Lestrade blickte auf das im Beiwagen aufgetürmte Gepäck. «Es sieht so aus, als würden Sie die Hotels wechseln», sagte er.
«Nun…» Sphagnum lächelte jetzt gequält. «Tatsache ist, daß in ein oder zwei Tagen das Semester beginnt. Ich muß zurück nach Edinburgh.»
«Wirklich?» Lestrade war unbeeindruckt. In aller Ruhe nahm er zwei von Sphagnums Koffern herunter und schnallte seine Reisetasche am Beiwagen fest. «Dann beeilen wir uns besser», sagte er. «Ich kann nicht zulassen, daß Sie auch nur eine Vorlesung versäumen. Oh, Sie nehmen die hübsche Route, über Glamis, ja? Wenn die Bandicoots noch da sind, möchte ich ein Wort mit Harry reden.»

Lestrade redete ein Wort mit Harry. Alles schien ruhig nach dem Tod von Richard MacKinnon, und die Bandicoots waren über Neujahr geblieben, um ein Auge auf Nina und Claudie zu haben. Schließlich kam es nicht alle Tage vor, daß man eine Leiche in seinem Keller fand, und die gesamte Bowes-Lyon-Familie gab sich Mühe, so fröhlich und normal zu sein, wie es unter den Umständen möglich war. Letitia vermißte die Kinder und hatte Sehnsucht nach ihnen, aber Elizabeth und David kuschelten sich abends an sie, bis sie einschliefen. Damit gab sie sich zufrieden.

Lestrade war sehr darauf bedacht gewesen, von keinem Mitglied der Familie Bowes-Lyon gesehen zu werden. Während Sphagnum mit laufendem Motor wartete, ging der Superintendent auf Zehenspitzen durch die Lindenallee die Einfahrt hinauf und führte im Flüsterton seine Unterhaltung mit Harry. Bandicoot sollte Augen und Ohren offenhalten und Lestrade bei seiner Rückkehr über alles Ungewöhnliche berichten. Er wußte, daß ihm Inspector McNab auf den Fersen war. Er wußte auch, daß der Lord Lieutenant, wenn er Lestrade nicht gesehen hatte, nicht in eine unangenehme Lage geraten konnte, falls der Inspector ihn fragte, ob er Lestrade gesehen hätte.

Der Quadrant ratterte nach Südosten.

Sie überquerten zusammen den Tay, doch irgendwo in der Gegend von Coaltown in Balgowrie gab die Höllenmaschine unvermittelt ihren Geist auf. Sphagnum hämmerte auf die Lenkstange und stieg aus.

«Lestrade», rief er dem halberfrorenen Mann im Beiwagen zu, «können Sie mal mit anfassen? Der Kolben klemmt.»

Lestrade konnte es nicht ertragen, wenn ein Mitmensch derart in der Klemme war, kletterte also irgendwie von seinem Sitz und kniete neben Sphagnum nieder.

«Was ist das Problem?» fragte er.

«Och, nichts weiter», erwiderte Sphagnum, «vielleicht sind Sie's.»

Lestrade spürte, daß sein neuer Bowler zermalmt und sein Kopf eingebeult wurde. Sekundenlang verschwammen ihm die Kolben des Quadranten vor den Augen, dann fiel er vornüber und lag im schmutzigen Schneematsch. Sphagnum überzeugte sich davon, daß sein Schraubenschlüssel nicht zuviel Unheil angerichtet hatte. Bloß eine kleine Gehirnerschütterung, stellte er dank seiner medizinischen Ausbildung fest. Darauf schleppte er den niedergestreckten Polizisten an den Straßenrand, wickelte ihn fürsorglich in alle Dekken, die er entbehren konnte, und besprenkelte ihn ein bißchen mit Scotch, so daß er jedem vorbeikommenden Samariter schlicht als ein weiterer Schotte erscheinen mußte, der Hogmanay hinter sich hatte. Die Landschaft war mit solchen Schnapsleichen übersät. Dann warf er seine vollkommen intakte Maschine an und schnurrte ab.

Schafe. Ein bißchen Teer vielleicht. Ein Hauch von Heide. Aber hauptsächlich und besonders Schafe. Das war der Geruch, der Lestrade in die Nase stieg, als er aufwachte. Sein Augapfel starrte in den Augapfel eines schottischen Schwarzkopfschafes. Er hoffte, daß es nicht eines von denen war, die im Loch Ness hausten. Es ließ sich nicht sagen, wonach *sie* rochen. Er verdrehte den Hals, so gut er konnte, und alles verschwamm ihm vor den Augen. Er hatte noch nie ein Schaf mit vier Augen gesehen oder mit acht Beinen, doch hier umringten sie ihn von allen Seiten. Er zerrte sich an ihnen hoch, und seine Hände griffen über ihren wolligen Rücken in frische Luft. Unter Schwierigkeiten setzte er sich auf. Die Schwarzköpfe bewegten sich verdrießlich, um ihm Platz zu machen. Eines blökte.

«Och, aufgewacht?» Er hörte eine Stimme. Er spürte Bewegung, ein Auf und Ab, einen Wind, der ihm das Haar zerzauste. Er befand sich auf einem Karren, der zum Markt fuhr.

«Wo bin ich?» Er hielt es für das Beste, unter diesen Umständen mit offenen Karten zu spielen.

«Wir kommen gleich nach Cowdenbeath», sagte der Fuhrmann, dann knallte er mit seiner Peitsche und sagte etwas ziemlich Ekelhaftes zu seinem Pferd. «Wie geht's dem Kopf?»

«Schmerzt», erwiderte Lestrade und fuhr mit den Fingern vorsichtig über die Beule an seinem Hinterkopf. «Wo haben Sie mich gefunden?»

«Am Straßenrand», sagte ihm der Fuhrmann. «Mann, Sie hätten mehr Wasser reintun sollen.»

«Wo rein?» fragte Lestrade.

«In den Scotch, mein Junge. Wo rein sonst? Sind 'n Ausländer, oder?»

«Wenn Sie's sagen», murmelte Lestrade und versuchte, seine Beine aus der ihn umgebenden Schafwolle zu befreien.

«Ja, das hamse nun davon. Ein Sassenach sollte Whisky niemals pur trinken. Die vertragen's nich.»

Lestrade schnüffelte an den Aufschlägen seines Donegals. Der Fuhrmann hatte recht. Er stank nicht nur nach Schaf, sondern auch nach Scotch.

«Ich bin Polizeibeamter», sagte er.

«Is nich wahr!» Der Fuhrmann fuhr weiter, völlig unbeeindruckt.

«Wie weit ist es bis Edinburgh?»

«Edinburgh? Och, wartense mal. Wie die Krähe fliegt, so ziemlich zehn Meilen. Bedeutet natürlich, daß man durch'n Firth of Forth schwimmen muß. Würd ich nich empfehlen, is schließlich Januar.»

«Was verlangen Sie, wenn Sie mich hinbringen?»

«Holla!» Der Fuhrmann zog die Zügel an. «Nun ja. Wir müßten über Queen's Ferry fahrn, und das heißt, ich käm zu spät zum Markt mit meinen Schafen. Dann is da noch der Verschleiß von meinem Wagen un dem Gaul. Nee.» Er schüttelte den Kopf. «Das is mir die Sache nich wert.»

«Eine halbe Krone?»

«Abgemacht.» Und sie rumpelten nach Süden.

Der Fuhrmann setzte Lestrade über die laufenden Ereignisse, von denen er in den letzten drei Wochen nichts mitbekommen hatte, in Kenntnis: den Preis, der für das Pfund Hammelfleisch in Cowdenbeath gezahlt wurde; die totale Unfähigkeit von Paul McGascoine, der bei Partick Thistle Linksaußen spielte; und über Glasgows Chancen, dieses Jahr den Preis der Schönsten Stadt zu gewinnen. Als er endlich fertig war, hatte Lestrade das Gefühl, daß er sich mit den Schafen kurzweiliger unterhalten hätte.

Es nieselte in Edinburgh, als er den prächtigen Platz der Universität fand. Sphagnum? Der Angestellte glaubte nicht, daß er diesen Namen gehört hatte. Student der Rechte? Nicht an dieser Fakultät. Medizin? Nein. Politik. Nein. Geschichte vielleicht? Alte oder mittelalterliche? So etwas wie Moderne Geschichte gebe es nicht; das sei Tagespolitik, und es gebe keine Fakultät für Tagespolitik. Lestrade sah das ein wenig anders. Den ganzen Tag hatte er sich die Spuren von Sphagnums Tagespolitik in Form von Schafskot vom Donegal gebürstet. Doch wohin er auch ging, die Antwort war die gleiche. An der ganzen Universität gab es keinen Studenten mit Namen Sphagnum. Er könne sich nicht vorstellen, daß es in Kaledonien jemanden mit Namen Sphagnum gebe. Lestrade dankte dem Angestellten und wies ihn darauf hin, daß er das Wesentliche nicht begriffen hätte. Er, Lestrade, habe von Schottland gesprochen.
Der Superintendent wanderte durch die Gassen und Höfe abseits vom Netherbow. Er hatte kein Gepäck, keinen Hut, kein Bett für die Nacht und herzlich wenig Geld. Er hatte vier unaufgeklärte Morde und einen Mordversuch am Hals, und die Polizei von zwei Grafschaften war hinter ihm her. Und zwar so sehr, daß er jedesmal, wenn er die silberne Kreuzblume am Helm eines Bobbies sah, einen anderen Weg einschlug oder sein Nasenfragment an das Schaufenster eines Ladens für Damenunterwäsche preßte. Gegen Abend begannen ihm Passanten merkwürdige Blicke zuzuwerfen.
Es war zu diesem Zeitpunkt, bevor er nach Westen humpelte, um sich eine einigermaßen saubere, billige Pension zu suchen, als er sich entschloß, einer vagen Vermutung nachzugehen. Der Tod von Richard MacKinnon, offensichtlich der Erbe der Lordschaft der Inseln, hing mit dem Diebstahl des geheimen Zusatzes zum Getränk, das zufrieden macht, zusammen. Vielleicht konnte die Distillers Company zur Erhellung beitragen, deren Geschäftsräume er in einem imposanten Gebäude in George Street fand. Die Fenster im Obergeschoß waren schwach erleuchtet. Es wunderte Lestrade, daß in den Geschäftsräumen um diese Zeit noch Licht brannte, doch das war andererseits erfreulich. Vielleicht konnte er jemanden ausfindig

machen, der ihm half, bevor er sich auf dem kratzenden Drillich zur Ruhe legte.

Ein außerordentlich großer Mann öffnete die Tür, als er an der Glocke zog.

«Ja?» fragte er.

«Inspector Thomas McFarlane», log Lestrade. «Polizei Leith.»

Der große Mann sah ihn schief an. «Ja?» wiederholte er.

«Ich möchte Ihren Arbeitgeber sprechen.»

«Welchen?» Der große Mann war weniger einfältig, als er schien.

«Den obersten.» Lestrade riß an dem Wasserspeier neben ihm ein Zündholz an und begann seine letzte Zigarre in Brand zu setzen.

«Es ist niemand hier», und der Mann machte Anstalten, die Tür zu schließen.

Lestrade stemmte seinen Fuß dazwischen, zog ihn aber wegen des größeren Gegendrucks rasch wieder zurück. Außerdem war es sein gesunder Fuß. Er läutete noch einmal. Abermals öffnete der große Mann die Tür, doch dieses Mal war ein zweiter großer Mann bei ihm. Sie sahen aus wie Gog und Magog. Diese beiden hätten, Schulter an Schulter, Princes Street blockieren können.

«Ich hab Ihnen doch gesagt», sagte der erste Mann, «daß niemand da ist, außer uns Pförtnern. Kommen Sie morgen wieder.»

«Um welche Zeit?» fragte Lestrade.

«Nun ja, ist ein Mittwoch. Sagen wir besser, um elf.»

Lestrade fügte sich. «Elf», wiederholte er und schlenderte fort. Sobald die schwere Tür hinter ihm ins Schloß gefallen war, eilte er zurück. Zu seiner Linken war eine Gasse, schmal und dunkel, und er humpelte hinein. Es war nicht die beste Zeit zum Bergsteigen. Er war neunundvierzig Jahre alt, eines seiner Beine schmerzte und sein Kopf auch, der überdies wirklich nicht für Höhen geeignet war. Die Gasse war stockfinster, und er hatte keine Seile. Seine einzige Chance, in das Gebäude zu gelangen, bestand darin, mit Händen und Füßen an dem ziemlich häßlichen gotischen Mauerwerk emporzuklettern. Irgend etwas im Verhalten der Pförtner hatte ihm nicht gefallen. Etwas, das ihm sagte, daß eben der Mann, den er suchte – der Oberschnapsbrenner –, sich in einem der erhellten Räume in der ersten Etage befand. Und warum hatte der Pförtner ausgerechnet «Elf Uhr» ge-

sagt? Etwa deshalb, weil der Chef um diese Zeit längst weg sein würde, womit eine weitere Spur wie eine Haggishülle in den zugigen Gossen von Edinburgh vom Winde verweht gewesen wäre?
Er kletterte. Als er sich etwa zehn Fuß über dem Erdboden befand, spürte er, daß das Abflußrohr über ihm schwankte. Es war wie auf dem letzten Yard zum Gipfel des 4300 Fuß hohen Ben McDhui. Lestrades Schuhe stemmten sich auf beiden Seiten gegen das Rohr, und der Wind, der daran entlangpfiff, verursachte unheimliche heulende Geräusche. Seine Finger klammerten sich verzweifelt am feuchten Sims eines kleinen Fensters fest. Sein Herz schlug ihm bis zum Hals, was das Atmen erschwerte, und sein Ohr war gegen rauhes, kaltes Metall gepreßt und lauschte dem Dudeln der Pfeifen. Plötzlich gab es ein mißtönendes, gurgelndes Geräusch, das ihn den Halt verlieren ließ. Sein rechter Fuß glitt aus, seine Schuhsohle kratzte rasend auf dem grauen Stein. Jemand hatte gerade die Spülung einer Toilette betätigt, und das Licht im Fenster über seinem Kopf erlosch.
Seine Füße fanden in der Dunkelheit einen Vorsprung. Jetzt oder nie, dachte er, und zog sich mit aller Kraft hoch, bis sein Kopf an die Milchglasscheibe des Fensters stieß. Stöhnend und schwitzend stützte er seinen Körper mit den Armen ab, schloß die Augen und vollführte einen Kraftakt, den er seit dem Fall mit dem Parapsychologen D. D. Hume, als er, irgendwann in der Steinzeit, ein blutjunger Sergeant gewesen war, nicht mehr probiert hatte. Da seine beiden Arme den Körper stützten, rammte er seinen Kopf gegen die rechte Seite des Fensterrahmens, und der Flügel schwang nach außen. Hab's noch nicht verlernt, dachte er bei sich. Man brauchte bloß zu wissen, welchen Punkt man treffen mußte. Die Geschicklichkeit besaß er vielleicht noch, aber die zeitliche Abstimmung war ihm abhanden gekommen, und das Fenster traf ihn heftig am Kiefer. Er taumelte zurück, und die rosafarbenen Wolken des Edinburgher Himmels und die schwarze Masse des Gebäudes drehten sich vor seinen Augen. Sekundenlang, als sein linker Arm nachgab, zog sein Leben blitzschnell an ihm vorbei. Doch dieser Anblick war so unerfreulich, daß er sich aus dem Klauengriff des Entsetzens befreite und sich durch das offene Fenster zwängte.

Aufgrund seiner intimen Kenntnis der Installation in amtlichen Gebäuden, war es für ihn keine Überraschung, als sein Fuß schwer in ein besonders unansehnliches weiß-blaues Klosettbecken plumpste. Er war nicht mal überrascht, als der Messinggriff am Ende der Kette, die wild schaukelte, ihn ins Auge traf. Zweifellos standen diesen Destillateuren alle Errungenschaften der Moderne zur Verfügung. Dennoch überraschte ihn die Höhe eines sehr sonderbaren Stuhles, entworfen von Mr. Mackintosh, der ihn in die Rippen stieß, als er angefeuchtet im Dunkel vorwärts stolperte.
Trotzdem, er war aus härterem Holz geschnitzt und drehte vorsichtig den Türknopf. Eine stummelartige Nase und ein gelbsüchtiges Auge spähten aus der Tür. Er stand jetzt in einem Korridor, von Gaslicht erhellt und mit Plüsch ausgelegt. Ein Knarren auf der Treppe zu seiner Linken ließ ihn herumfahren. Er huschte den Korridor entlang und drückte sich in eine Türöffnung, den Rücken an das Furnier gepreßt.
Das Knarren war von einem der riesigen Pförtner verursacht worden, von Magog, der seine abendliche Runde machte. Der schlaue große Muskelmann blieb an der Tür stehen, deren Glasscheibe die Aufschrift trug: «Privat. Zutritt nur für Destillateure».
Er entdeckte auf dem knallroten Teppich die Spur eines feuchten Fußes, die sich den Korridor entlangzog. Er bückte sich und drückte seinen Finger in die Delle. Dann schnüffelte er an seinen Fingern. Haushaltsreiniger. Er stieß die Tür der Toilette auf, bemerkte in der Dunkelheit das offene Fenster, die schaukelnde Kette, den ruinierten Stuhl. Im Handumdrehen hatte sein Portiershirn das Rätsel gelöst. Hier war ein einfüßiger Mann eingedrungen, der einen Sauberkeitstick hatte.
Magog zog etwas aus seiner Hosentasche, das die Mädchen vom Netherbow verblüfft hätte. Nun, man bekam nicht jeden Tag einen Totschläger aus Ebenholz zu sehen. Er wickelte die Lederschlaufe um seine Faust und ging auf Zehenspitzen vorwärts, wobei sein Finger über die gehämmerte Tapete mit Gerstenkorn-und Roggenmotiven wanderte.
Lestrades Finger umklammerten den Schlagring in seiner Tasche. Um den großen Gorilla zu fällen, würde ein tüchtiger Schlag nötig

sein. Und alles kam ihm so überflüssig vor. Er wollte nichts anderes, als dem Oberschnapsbrenner eine Frage stellen. Er war in einem Leben einigen halsstarrigen Pförtnern begegnet, aber dieser und seine riesige Nummer zwei übertrafen alle anderen.
Lestrades Dilemma – kämpfen oder fliehen – wurde ohne große Umstände gelöst. Das Gewicht seines Körpers veranlaßte die Tür nachzugeben, und er rollte aufs Geratewohl in einen großen, von Gaslicht erhellten Raum. Bevor er sich aufrappeln konnte, war Magog auf ihn losgesprungen, drehte ihm den rechten Arm auf den Rücken und drückte seinen Kopf auf den Boden.
«Clarice», hörte Lestrade eine Stimme sagen, «wer ist dieser Gentleman?»
«Inspector McFarlane von der Polizei Leith, Eure Lordschaft», krächzte Magog und hielt Lestrade mühsam fest.
«Gut, lassen Sie ihn los, Mann. Sie können nicht herumlaufen und Polizeibeamte angreifen.»
«Sehr gut, Sir.» Und Lestrade spürte, daß sich der eiserne Griff um sein Handgelenk und Genick lockerte.
Er stand schwankend auf dem Plüschteppich und starrte auf eine verblüffte Gruppe von Männern, die an drei Seiten eines großen Tisches saßen. Ein weiterer Mann stand vor diesem Tisch, Lestrade hartnäckig den Rücken zukehrend.
«Danke, Clarice», sagte der Sprecher, ein würdiger, silberhaariger Herr in der Mitte. «Wir werden läuten, wenn wir Sie brauchen. Ich schätze, Eustace wird inzwischen Ihren Kakao fertig haben.»
«Sehr wohl», knurrte Magog und verbeugte sich, bevor er ging.
«Also...» Der silberhaarige Mann stand auf. «Inspector McFarlane. Das ist eine ziemlich unorthodoxe Methode, sich Zutritt zu verschaffen.»
«Es tut mir leid, Sir.» Lestrade bewegte sich vorwärts und fühlte sich angesichts der sechzehn feindseligen Augen, die ihn anstarrten, ein wenig unbehaglich. «Ich muß dringend mit dem Generaldirektor der Brennerei-Gesellschaft sprechen.»
«Sie sind im falschen Gebäude», sagte der Mann, der Lestrade den Rücken zukehrte. «Dies ist eine Fakultätssitzung der Universität.»

Lestrade erstarrte und blickte nach rechts. Er erkannte das durchaus stattliche Profil von Alistair Sphagnum.
«Äh… das stimmt», sagte der silberhaarige Mann. «Ich in Professor McReady. Diese Herren sind meine Kollegen.»
Lestrade bemerkte erst jetzt, daß McReady über seinem Anzug einen Seidenschurz trug und alle Anwesenden außer Sphagnum Schärpen und Ordenszeichen um die Hälse hatten.
«Eine Geheimsitzung?» fragte Lestrade.
«McFarlane…» fing McReady an.
«Lestrade», fuhr ihm der Superintendent über den Mund. «Superintendent von Scotland Yard.»
Ein Gemurmel wie von einer Magenverstimmung lief um den Tisch.
«Ich denke, es ist an der Zeit, mit dem Versteckspielen aufzuhören», sagte Lestrade. «Ich weiß genug über Schottland, um zu wissen, daß Mr. McReady ein famoser Schauspieler ist. Ich weiß auch, nachdem ich heute morgen etwa eine Stunde bei einem Angestellten der Universität Edinburgh zugebracht habe, daß es keinen Professor dieses Namens gibt.» Er wandte sich an den Mann an seiner Seite. «Es gibt auch keinen Alistair Sphagnum, der dort Jura, Medizin, Politik oder Geschichte studiert.»
Sphagnum blickte Lestrade, dann den silberhaarigen Mann an. «Er ist ein anständiger Polizist», sagte er. «Ich glaube nicht, daß wir eine Wahl haben.»
«Einen Augenblick», sagte der silberhaarige Mann. «Zuerst möchte ich wissen, was einen Beamten vom Yard dazu veranlaßt, sich als Polizeibeamter auszugeben und in ein privates Gebäude einzudringen.»
«Eins nach dem anderen», gab Lestrade zur Antwort. «Zuerst sind Sie dran. Sie müssen wissen, Gentlemen, daß Mr. Sphagnum hier gesucht wird wegen des Diebstahls einer Reisetasche, wegen bewaffneten Angriffs auf einen Polizeibeamten und wegen verschwörerischen Versuchs, das Recht zu beugen. Das heißt, namentlich dadurch, daß er mich bewußt mit Scotch übergoß, nachdem er mich niedergeschlagen hatte.»
Ein Laut des Entsetzens ertönte im Raum. Ein Mitglied der Ver-

sammlung erhob sich und verkündete mit der Empörung eines Achtzigjährigen: «Mann, jemanden mit Whisky zu übergießen ist Gotteslästerung!»
Es gab Rufe: «Hört! Hört!»
«Sphagnum», sagte der silberhaarige Mann, «vielleicht sollten Sie sich erklären.»
Sphagnum zögerte, dann zog er etwas Kleines, Weißes aus der Jacke. «Meine Karte», sagte er.
Lestrade las sie. «Alistair Sphagnum, Privatdetektiv. Soll das heißen, daß Sie eine Art schottischer Sherlock Holmes sind?»
«Wer?» fragte Sphagnum.
«Niemand», erwiderte Lestrade. «Den Namen habe ich gerade erfunden. Also gehören Sie nicht zur Universität Edinburgh?»
«Nicht mehr», sagte Sphagnum. «Vor zehn Jahren, ja, aber nur kurz. Ich brauchte eine Tarnung, als ich Sie im ‹North British Hotel› traf. Ließ sich die Tatsache, daß ich mich in Edinburgh herumtrieb und nichts tat, besser erklären? Das machen Studenten doch immer – besonders, wie ich hörte – an *dieser* Universität.»
«Natürlich.» Stücke des Puzzles begannen sich in Lestrades müdem alten Hirn zusammenzufügen. «Ich hätte Unrat wittern müssen, als Harry Bandicoot sagte, er kenne Sie. Hätten Sie gegen ihn geboxt, hätten Sie ungefähr sein Alter haben müssen. Ziemlich alt für einen Studenten.»
«Richtig. Ich zählte darauf, daß Sie nicht viel über Universitäten wüßten, aber nachdem ich den blöden Fehler mit Bandicoot gemacht hatte, mußte ich meine Spuren verwischen – deswegen die Ausflüchte mit den verschiedenen Fakultäten. Auf diese Weise hätte ich ewig an der Universität bleiben können.»
«Aber warum das Versteckspiel?»
«Das führt mich zu diesen Herren hier», sagte Sphagnum. «Superintendent Lestrade, darf ich Sie bekannt machen mit dem Höchst Ehrenwerten Marquis von Tullibardine, Träger des Victoria-Ordens, des Verdienstordens, Mitglied des Parlaments.»
Der kleine silberhaarige Mann nickte. Lestrade ebenfalls.
«Die anderen Herren sind von links nach rechts: Mr. John Haig, Mr. John Walker, Mr. John Dewar, Mr. James Mackie – der vom

White Horse, Mr. James Buchanan, Mr. T. R. Sandeman und Mr. William Sanderson; die Elite der Lowland-Destillateure.»
Lestrade nickte jedem zu. Gott sei Dank, dachte er, daß kein Teacher dabei ist.
«Sie nehmen besser Platz, meine Herren.» Tullibardine kehrte zu seinem kunstvollen Stuhl zurück und wartete, bis Lestrade und Sphagnum auf zwei Mackintoshes Platz genommen hatten. «Mr. Sphagnum hat Ihnen nicht die ganze Geschichte erzählt, aber bevor ich das tue, will ich wissen, was Sie hier zu suchen haben, ziemlich armselig als schottischer Polizist verkleidet.»
«Das ist des Pudels Kern, Mylord», erwiderte Lestrade. «Wie Sie wissen werden, hat ein englischer Polizist nördlich der Grenze keine Amtsbefugnis. Er macht auch keinen Eindruck auf Leute wie Clarice an der Tür. Ich hatte gehofft, Inspector McFarlane könne Türen öffnen, die Superintendent Lestrade verschlossen blieben.»
«Ich verstehe», nickte Tullibardine. «Und warum wollten Sie uns so dringend sprechen?»
Lestrade blickte auf die nüchternen, würdigen Männer vor ihm. Zusammen mußten sie Millionen im Rücken haben.
«Ich bin mit einer Morduntersuchung beauftragt», sagte er, «inoffiziell, natürlich. Und ich habe Grund anzunehmen, daß wenigstens einer der Morde, die ich untersuche, mit der Erzeugung eines whiskyartigen Getränks zusammenhängt.»
«Das Getränk, das zufrieden macht»
«Sie wissen davon?»
«O ja», sagte der silberhaarige Schotte. «Und jetzt zu meiner Erklärung. Eigentlich bin ich überhaupt kein Destillateur. Eher ein Steinmetz, könnte man sagen. Ich bin der Großmeister der Großloge von Schottland.»
«Freimaurer?» fragte Lestrade ungläubig.
Tullibardine nickte.
Lestrade konnte es immer noch nicht glauben. Er hatte schon einmal mit Freimaurern zu tun gehabt, und er mochte sie nicht. Erstens waren sie so unabhängig. Zweitens so reich. Und so mächtig. Und sie trugen alle Namen wie James und Perry.
«Wer ist der Große Unbekannte?» fragte ihn Tullibardine.

«Wie bitte?»
«Der Großmeister der Vereinigten Großloge und des Obersten Großkapitels der Königlichen Bauhütte?»
«Äh ... nun», gab Lestrade zu, «das ist eine schwierige Frage.»
Tullibardine machte es ihm einfach. «Der Herzog von Connaught. Da sein Bruder König wurde, fiel der Schurz ihm zu. Er hat Sie damit beauftragt, nicht wahr, den Tod dieses unglücklichen Mädchens Macpherson zu untersuchen?»
«Stimmt», sagte Lestrade, nun, nachdem man anscheinend alle Katzen aus dem Sack gelassen hatte.
«Arthur befürchtet natürlich eher einen Skandal ums Königshaus. Ich hatte andere Bedenken, als er mich ins Vertrauen zog.»
«Ja?»
«Wie Sie wissen, kam das Mädchen Macpherson am dreißigsten November letzten Jahres ums Leben.»
«In der Tat», pflichtete Lestrade ihm bei.
«Verbinden Sie mit diesem Tag etwas Besonderes?»
«Ich glaube, es ist St.-Andrew's-Tag», antwortete Lestrade.
«Kompliment», sagte Tullibardine, beeindruckt, daß ein bloßer Sassenach so etwas im Kopf hatte. «Es ist auch die Nacht unserer Großen Zeremonie.»
«Und das bedeutet?»
«Das bedeutet, daß wir alle, wenn wir die merkwürdige Zeremonie hinter uns haben, so voll sind wie Strandhaubitzen. Sagen Sie», er beugte sich so vertraulich vor, wie das bei einem Raum mit den Ausmaßen von Hampton Court möglich war, «sind Sie als Londoner Polizist mit den Whitechapel-Morden vertraut?»
«Jack the Ripper?» fragte Lestrade. «Ich habe an dem Fall gearbeitet, ja.»
«Es gab damals bösartige Gerüchte, wie ich mich zu erinnern meine, oh, ohne jede Basis, natürlich...»
«Natürlich», nickte Lestrade.
«...es gebe eine Verbindung zwischen den Freimaurern und den Mordtaten.»
«In der Tat», sagte Lestrade und erinnerte sich an das alte Ritual: «Jubela, Jubelo, Jubelum.»

«Ja», kicherte Tullibardine, so gut ein nervöser Mann mit einem schlechtsitzenden Gebiß das konnte.
Und der ganze Tisch der Destillateure brach in wieherndes Gekicher aus.
«Es wollte uns Freimaurern so vorkommen, als versuche irgendein Verrückter, uns abermals zu diskreditieren, indem er den vorzeitigen Tod von Macpherson mit einer freimaurerischen Zeremonie in Zusammenhang brachte.»
«Und weiterhin», mischte Haig sich ein, «kam es uns Destillateuren so vor, als braue sich in den Hochlanden etwas zusammen.»
«In den Hochlanden braut sich immer etwas zusammen», sagte Sphagnum erklärend zu Lestrade.
«Nun, nicht daß wir etwas gegen ehrlichen Wettbewerb hätten», versicherte ihm Dewar. «Wir wissen von dem Gesöff der MacKinnons, daß der alte MacKinnon daran denkt, es geschäftlich zu vertreiben. Alles vollkommen offen und ehrlich, keine Frage. Was wäre aber, wenn der geheime Zusatz in die Hände eines weniger gewissenhaften Mannes fallen würde? Die MacKinnons, wenn auch Hochländer, sind Gentlemen durch und durch. Sie würden nicht ihre Ellenbogen gebrauchen, es würde bloß den üblichen unbarmherzigen Konkurrenzkampf geben. Das ist immer so gewesen, seit den Zeiten der Pikten.»
«Wir haben Gerüchte gehört», sagte Haig, «jemand hätte vor, die Rezeptur zu stehlen, die von Prinz Bonnie selbst stammt. An diesem Punkt kam Freund Sphagnum ins Spiel.»
«Wirklich?» Lestrade warf Sphagnum einen Blick zu.
«Aus monarchistischen, freimaurerischen und kommerziellen Gründen», sagte Tullibardine, «wollten wir nicht, daß polizeiliche Plattfüße – Entschuldigung, Lestrade – überall herumtrampelten.»
«Andererseits», sagte Haig, «konnten wir die örtlichen Polizeibehörden nicht informieren, wenn unerklärlicherweise irgendwo eine Leiche auftauchte. Wie hätte das ausgesehen?»
«Komisch», nickte Lestrade.
«Richtig», nickte Tullibardine. «Mr. Sphagnums Referenzen waren vorzüglich – Fettes, Edinburgh, Abstammung von den Spha-

gnums of Sphagnum (sagt er wenigstens), hat einen rechten Schwinger wie ein Dampfhammer...»
«Einen mächtigen Schwengel», flüsterte Sphagnum aus dem Mundwinkel.
«...und einen Grips mit Hand und Fuß.»
Ja, sinnierte Lestrade; dort bewahrte Sphagnum wahrscheinlich seinen Grips auf – in seinem Fuß. «Seinen rechten Schwinger kann ich bestätigen», und er rieb sich wehmütig den Kopf.
«Wir wußten vom Herzog von Connaught, daß Sie unterwegs waren», sagte Sphagnum. «Ich muß wohl drei Tage lang auf dem Waverley-Bahnhof jeden Zug aus Süden abgepaßt haben. Dann folgte ich Ihnen ins ‹North British Hotel›.»
«Und dort gab es dann Schwierigkeiten», sagte Lestrade.
«Das Feuer. Und der Tod des armen Acheson. Klingt nach Burns, könnte man sagen.»
«Ein Schlag auf den Kopf und ein Feuer, beides für mich bestimmt.»
«Richtig. Ich brauchte ein paar Tage, um dahinterzukommen. Und dann mußte ich Überraschung heucheln, als Sie mir davon erzählten. Es war verdammt schwer, ein Amateurschnüffler zu sein. Aber das bedeutete, daß jemand anderer wußte, daß Sie auf dem Weg in die Hochlande waren. Die Frage ist, wer?»
Sphagnum lehnte sich zurück, soweit es eines der frühen Erzeugnisse von Mr. Mackintosh zuließ.
Lestrade tat es ihm nach. «Jeder in diesem Raum», sagte er.
Die Versammlung geriet in Bewegung.
«Also, einen Augenblick mal, Lestrade...» begann Dewar.
Tullibardine hob die Hand. «Nein, John, Lestrade hat recht. Keiner von uns ist über jeden Verdacht erhaben. Aber nachdem ich das gesagt habe, bleibt die Frage, wer wußte es sonst noch?»
«Das hängt davon ab, mit wem Prinz Arthur sonst noch sprach», sagte Lestrade. «Und ich habe den Verdacht, daß die meisten, wenn nicht alle Leute des Personals von Balmoral über meine Ankunft im Bilde waren.»
«Es handelt sich nicht um die Art von Morden, die Dienstboten verüben, Lestrade.» Tullibardine hatte sein Leben lang Dienstboten

gehabt. Er erkannte einen geistesgestörten Hausangestellten auf den ersten Blick.
Es trat eine Gesprächspause ein.
«Gut», sagte der Großmeister, «alle unsere Karten scheinen auf dem Tisch zu liegen. Was ergibt sich für uns daraus?»
«Daß wir uns auf dem Loch Ness befinden, ohne Paddel, fürchte ich, Mylord», erwiderte Sphagnum, «es sei denn, Lestrade, Sie wissen etwas, das ich nicht weiß.»
Lestrade sah ihn an. «Ich schätze, es gibt eine Menge Dinge, die ich weiß und Sie nicht», sagte er. «Der springende Punkt ist, daß die Antworten, die keiner von uns beiden kennt, nördlich von hier zu finden sind – irgendwo zwischen Glamis und Balmoral.»
«Also gut, Gentlemen», sagte Tullibardine, «dann wollen wir Sie nicht aufhalten. Wir danken Ihnen, Sphagnum, für Ihren Bericht. Und Ihnen, Mr. Lestrade, für den Ihren. Bleiben Sie mit uns in Verbindung.»
«Gewiß», sagte Lestrade, dem in dieser Sekunde eine Idee kam. «Wir könnten unseren Mann erwischen, wenn wir eines tun.»
«Was ist das?» fragte der Großmeister.
«Warten», gab Lestrade zur Antwort. «Wenn wir mit unserer Vermutung, was das Motiv für den Mord an Richard MacKinnon betrifft, richtigliegen, wird sich sein Mörder früher oder später verraten, wenn er Das Getränk, das zufrieden macht, vermarktet. Wenn er das tut, haben wir ihn.»
«Lieber Mann», sagte Haig, «er kann sich für alle Zeiten hinter einer Gesellschaft verstecken. Er braucht nur einen anderen Namen zu wählen, ein Schweizer Bankkonto zu eröffnen, ein Heer von Anwälten zu beschäftigen. Sie würden ihn nie finden.»
«Wir haben unsere Methoden», klärte Lestrade ihn auf.
«Und was ist, wenn in der Zwischenzeit ein weiteres Opfer totgeschlagen wird?» fragte Tullibardine.
Lestrade stand auf. «Wir sind unterwegs, Gentlemen», sagte er. Er und Sphagnum verbeugten sich vor dem Marquis von Tullibardine und gingen.

Gog und Magog, die grinsenden Lippen mit Kakaohaut verschmiert, sahen finster zu, als sie gingen, diesmal durch die Vordertür.
«Tut mir leid wegen des Schlags auf den Kopf, Lestrade», sagte Sphagnum. Lestrade schüttelte seinen nassen Fuß. Inzwischen war er mit der Edinburgher Installation recht vertraut.
«War diese Gewalttätigkeit wirklich nötig?» fragte er.
«Ich muß zugeben, daß ich beinahe in Panik war», bekannte der Schotte. «So was sieht mir überhaupt nicht ähnlich; aber es ist nun mal passiert. Wir haben alle unsere schwachen Momente. Ich wurde von diesen Hexenmeistern in ihren Schlupfwinkel zum Rapport bestellt. Unglücklicherweise klebten Sie an mir wie ein Gipsverband. Ich konnte Sie nicht abschütteln. Also, wie kann ich das wiedergutmachen?»
Sie schritten in die Edinburgher Nacht.
«Ein Bett. Ein Kaminfeuer. Ein Teller mit Nahrung – möglichst etwas Eßbares. Meine Reisetasche, in der sich, wie ich hoffe, noch ein Paar saubere Socken befindet. Ein zweiter neuer Bowler. Und von jetzt an die Wahrheit.»
«Ich gelobe es feierlich», sagte Sphagnum. «Übrigens, was meinte Tullibardine, als er davon sprach, es könnte noch jemand totgeschlagen werden? Unser Mörder ist doch wohl mit seiner Arbeit fertig, oder etwa nicht? Er hat aufs Geratewohl ein paar unglückliche Menschen hingemetzelt, um das wirkliche Opfer zu verschleiern – Richard MacKinnon. Er dachte, das würde uns von der richtigen Spur ablenken.»
«Ich wünschte, es wäre so einfach», sagte Lestrade.

10

«Wie ich sehe, haben sie Johanna von Orléans den Schönheitspreis verliehen», las Letitia Bandicoot aus der Januarnummer von *Pferd und Jagd* vor.
«Ist das die Möglichkeit?» Harry sah auf. «Die ist doch ganz bestimmt schon seit Jahren tot, oder?»
Es gab eine Bewegung an der Tür, und Alistair Sphagnum, angetan mit Schutzbrille und Handschuhen, half Sholto Lestrade ins Zimmer.
«Sholto, Sie sind zurück!» sagte Bandicoot und stand auf, um ihn zu einem Sessel zu führen.
«Das ist die kleinste meiner Sorgen», sagte Lestrade und stöhnte und ächzte, während er seine Hände am knisternden Kaminfeuer wärmte.
«Scotch, Sholto?» fragte Letitia. «Ich bin sicher, daß Claudie nichts dagegen hat.»
«Drei Finger, bitte», sagte Lestrade, «und einen Kleinen für Mr. Sphagnum.»
Der Schotte entledigte sich eines Pelzhandschuhs und berührte Letitias Finger ein klein wenig länger, als unbedingt nötig war.
«Nun, Harry, alles friedlich?» fragte Lestrade, sobald er seinen Mund wieder bewegen konnte.
«Wie ein Grab», sagte Bandicoot. «Oh, vielleicht hätte ich das nicht sagen sollen.»
«Haben Sie und Mr. Sphagnum in Edinburgh das gefunden, wonach Sie gesucht haben?» wollte Letitia wissen.
«Ja und nein», erwiderte Lestrade.
«Sie wissen, daß ich ihm einmal begegnet bin, nicht wahr?» sagte Harry plötzlich.

Die anderen Anwesenden blickten einander an.
«Wem, Liebling?» fragte Letitia.
Bandicoot lehnte sich an den Kamin. «John Brown.»
Alle Augen folgten dem Nicken seines Kopfes zu einem ziemlich scheußlichen Bild, das über ihm hing. Die verstorbene Königin, Gott Segne Sie, saß auf einem untersetzten Pony, das so kurzbeinig war wie die Monarchin. Der Kopf des Tieres wurde von einem mürrisch blickenden Schotten, mit Mütze und Kilt bekleidet, gehalten.
«Wirklich?» gähnte Lestrade.
«Das hast du mir nie erzählt, Harry.» Letitia nahm wieder ihre Stikkerei auf.
«Nun, es ist wirklich ein bißchen peinlich.» Bandicoot wünschte heimlich, er hätte nie davon angefangen.
Es trat eine Stille ein. «Nun, kommen Sie schon, Bandicoot», sagte Sphagnum, «jetzt können Sie's nicht einfach dabei belassen. Wenn man hier in der Gegend bekennt, John Brown zu kennen, ist es ungefähr so, als sei man mit Gott befreundet.»
«Nun, es war alles ziemlich albern.» Bandicoot trat von einem Bein auf das andere. «Es war zu meiner Schulzeit. Ihre Majestät sollte auf dem Bahnhof Windsor ankommen. Eine Gruppe von uns Schülern hatte einen halben Tag frei bekommen, um dem alten Mädchen zuzuwinken. Ich war dort mit dem alten Priapus Parsons aus der Klasse für Lernschwache, als ein Verrückter nach vorn rannte und auf die Königin feuerte.»
«Gütiger Gott!» keuchte Letitia. «Das ist erstaunlich.»
«Ja, nicht wahr? Ich glaube, es war der siebte Anschlag auf das Leben des alten Mädchens, also schätze ich, daß sie dagegen ziemlich abgehärtet war.»
«Was hat das mit John Brown zu tun?» fragte Lestrade.
«Nun, er war in der Regel zur Stelle, um solche Dinge zu verhindern. Aber an diesem Morgen war er ein bißchen langsam.»
«Natürlich, er starb im Jahr darauf», sagte Sphagnum. «Arterienverkalkung.»
«Wirklich?» fragte Letitia.
«Och, das war allgemein bekannt», erwiderte Sphagnum. «Wenn man John Brown anbohrte, lief statt Blut purer Malz raus.»

«Was passierte, Harry?» Lestrade röstete weiter seine Füße.

«Nun, wir standen im Training für den Fechtwettkampf Eton gegen Harrow, Parsons und ich, und unsere Gedanken waren ganz darauf gerichtet, vermute ich. Wir brachen durch die Menge und machten gleichzeitig einen Ausfall mit unseren Regenschirmen.» Bandicoot trat auf die Seite und legte seine großen Hände auf die Ohren seiner Frau. «Ich traf ihn in den linken, Priapus in den rechten Hoden.»

«Da muß ihm das Wasser in die Augen gestiegen sein.» Letitia verzog das Gesicht und schob sittsam Harrys Hände beiseite.

«Es war im höchsten Maße peinlich», lächelte Bandicoot. «Drei Tage später kamen Ihre Majestät nach Eton und richteten im Hof ein paar Worte an uns alle. Darauf dankte sie Priapus und mir persönlich. Sie war 'ne reizende alte Ziege, auf eine merkwürdige Art. Trotzdem, das eigentlich Komische war, daß es Brown war, der uns verblüffte.»

«Durch sein Aussehen, meinst du?» fragte Letitia.

«Nein, ich meine, weil er uns schlug. Wir hatten diesen Verrückten zu unseren Füßen liegen, hatten unserer teuren Herrscherin das Leben gerettet, und dieser haarige Ghillie knallte uns eine an den Kopf und sagte: ‹Das ist meine Aufgabe. Kapiert?› Es war ein bißchen verletzend.»

Lestrade blickte auf den Bizeps des gemalten Brown und bemerkte: «Das kann ich mir vorstellen.»

«Undankbarer alter Hundesohn – oh, Verzeihung, Letitia», lächelte Bandicoot.

«Ich erinnere mich schwach daran», sagte Lestrade. «Ich war damals Sergeant. Wie war der Name dieses Möchtegernmörders?»

«Äh... jetzt, wo Sie mich das fragen», sagte Bandicoot. Er hatte einen Verstand wie eine Rasierklinge. «Maclean, glaube ich. Ja, stimmt. Roderick Maclean.»

Lestrade blickte Sphagnum an. Sphagnum blickte Lestrade an.

«Denken Sie nicht...?» begann der Schotte.

Doch in diesem Augenblick hatte Lestrade überhaupt keine Chance zu denken, denn die Tür flog krachend auf, und der Herr von Schloß Glamis stand auf der Schwelle, weiß wie ein Leichentuch.

«Lestrade», stieß er hervor. «Gott sei Dank, Sie sind wieder da.»

«Claudie.» Letitia trat zu den Männern, die aufgesprungen waren. «Du siehst aus, als hättest du einen Geist gesehen.»
«Oh, nein», sagte Bowes-Lyon, dem die Schnurrbarthaare zu Berge standen. «Dieser ist absolut wirklich.»

Letitia gesellte sich in der Großen Halle zu Nina, und die Männer bedeuteten ihnen zu bleiben, wo sie waren. Angeführt von Lord Glamis, kletterte die unerschrockene kleine Schar Treppe auf Treppe empor, bis sie das Rote Zimmer erreichte. Niemand sprach. Bis in diese Höhe war weder die Elektrizität noch das Gaslicht vorgedrungen. Auf dem Treppenabsatz nahm Bowes-Lyon eine Kerze von einem Tisch und führte sie zur nächsten Tür.
Hier brannte sprühend eine zweite Kerze und warf riesige, unheimliche Schatten auf die Wände. Es war Lestrade, der als erster zur Leiche hinüberging. Sie lag mit dem Gesicht nach unten neben dem Bett, und auf der Bettdecke war ein Flecken dunklen Blutes, das bereits trocknete.
«Dougal McAskill», sagte Glamis, «zweiter Unter-Butler.»
Bandicoot kniete nieder, um den Leichnam umzudrehen, aber Lestrade hielt ihn am Arm fest. «Nein, Harry. Besser nicht», sagte er. «Ich bin nicht sicher, ob die Polizei von Forfar etwas von Fingerabdrücken gehört hat, aber wir sollten im Zweifelsfall zu ihren Gunsten entscheiden.»
«Wieder mal dieser schäbige McNab», sagte Sphagnum. «Diesmal wird er Sie kriegen, Lestrade.»
«Wer fand die Leiche, Sir?» Lestrade suchte an McAskills blutigem Hals nach einem Puls. Er schätzte, daß der Mann seit etwa drei Stunden tot war.
«Morag, das Mädchen für das Obergeschoß. Sie ist ganz aufgeregt, das arme Ding. Wollen Sie mit ihr reden?» fragte Glamis.
Lestrade nickte. «Sphagnum, würden Sie diese Kerze löschen? Ich will, daß dieses Zimmer verschlossen wird. Es gibt nichts, was wir bis zum Morgen hier tun können. Ich werde den Schlüssel selber aufbewahren. Oh, ich denke, die örtliche Polizei sollten wir erst nach dem Mittagessen belästigen.»

«Was geht hier vor, Lestrade?» fragte Glamis. «Leichen im Keller, Leichen im Roten Zimmer. Die Leute werden anfangen zu reden.»
«Bleiben Sie ganz ruhig, Sir», erwiderte Lestrade, «sobald ich eine Antwort weiß, werden Sie sie erfahren.»

Morag, das Mädchen für das Obergeschoß, war ein schmächtiges Geschöpf, vermutlich ein Mißgeschick ihres Vaters. Als Lestrade sie später am Abend sah, hatte sie eine knallrote Nase und zwei rote Augen, letztere vom Weinen, die rote Nase von einem kräftigen Gin, dem Allheilmittel von Mrs. Comfrey, der Schloßköchin.
«Um welche Zeit gingen Sie in das Rote Zimmer?» fragte sie der Superintendent.
«Gegen halb neun, Sir.»
«Warum?»
«Ich suchte Mr. McAskill, Sir.»
«Warum?» Lestrade war so zäh wie ein Mastiff mit Maulsperre.
«Er sollte beim Servieren der Brandies helfen, Sir.»
Lestrade war bereits einmal Gast in diesem Hause gewesen. Er wußte, daß es hier Sitte war, um neun Uhr denen, die es wünschten, Drinks zu servieren. «Was hatte er im Roten Zimmer zu tun?»
«Ihre Königliche Hoheit beklagte sich über Mäuse, Sir.»
«Ihre Königliche Hoheit?» Lestrade war verwirrt. Oder war vielleicht Morag verwirrt? «Meinen Sie Lady Glamis?»
Morag blickte ihn schief an. Bei ihrer Nase hatte sie wirklich keine andere Möglichkeit. «Nein, Sir, ich meine Ihre Königliche Hoheit. Die Herzogin von Argyll.»
«Argyll?» wiederholte Lestrade. «Was tut sie hier? Ich dachte, sie sei in Balmoral.»
«Ich glaube, Sie verbringt hier ein paar Tage, bevor sie ins Ausland geht, Sir.»
«Ins Ausland? Wohin?»
«An einen Ort namens Sandringham, Sir.»
«Aha. Ihre Königliche Hoheit hatte also Mäuse?»
«Ja, sie behauptete es. Na ja, was erwarten Sie? Dies ist ein schrecklich altes Haus.»

«Und Mr. McAskill hielt nach ihnen Ausschau?»
«Ja.»
«Das würde seine Stellung erklären.» Lestrade dachte an die Leiche, halb zusammengekrümmt, halb ausgestreckt neben dem Bett.
«Ja. Er war zweiter Unter-Butler», bestätigte Morag.
«In der Tat. Sagen Sie… äh… Morag, haben Sie noch eine andere Person im Roten Zimmer gesehen? Oder in der Nähe?»
Morag stieß einen markerschütternden Schrei aus, worauf zwei Männer ins Zimmer stürzten. Lestrade guckte zweimal hin. Bei genauerer Betrachtung erwies sich, daß einer davon eine Frau war – Mrs. Comfrey.
«Morag, mein Schätzchen.» Sie riß das unglückliche Mädchen an sich und begann sie mit ihren gewaltigen Muskeln zu zerquetschen, wobei sie energisch Morags Kopf mit dem weißen Häubchen heftig schüttelte. «Was hat dieser entsetzliche, häßliche Mensch gesagt? Welche unnatürliche Tat solltest du begehen?»
Lestrade hielt es unter den gegebenen Umständen für das Beste, keine Notiz von ihr zu nehmen.
«Mr. Ramsay», sagte er. «Ich hatte nicht erwartet, Sie hier zu treffen.»
«Ich Sie auch nicht», sagte Ramsay. «Ihre Königliche Hoheit bestand darauf, daß ich sie begleite, wenigstens bis zur Grenze. Sie hat eine unnatürliche Vorliebe für mein feines Haggis entwickelt.»
«Kocherei eines Butlers!» schnaubte Mrs. Comfrey und ließ Morag hin und wieder zwischen ihren ballonähnlichen Brüsten nach Luft schnappen.
«Haushofmeister, Madame», zischte Ramsay gehässig. «Ich bin Haushofmeister, kein Butler.»
«Haarspalterei», bellte sie. «Ob Sie Butler oder Hausmeister sind, ist mir egal. Komm hier weg, Morag.»
«Madame», sagte Lestrade, «ich bin mit diesem Mädchen noch nicht fertig.»
«Unmensch!» donnerte die Köchin. «Das arme Ding hat für einen Abend genug durchgemacht. Sie können morgen früh noch mal mit ihr sprechen, aber dieses Mal in meiner Gegenwart», und sie schob das zitternde Mädchen hinaus.

«Mir gefällt die Art, wie ich die Sache angepackt habe», sagte Lestrade zu sich selbst.

«Ist es wahr, Mr. Lestrade?» Ramsay ließ sich vorsichtig in Moragis Sessel nieder. «Es hat einen weiteren Mord gegeben?»

«Es ist wahr», nickte Lestrade. Er machte eine Kopfbewegung in Richtung auf Ramsays Schoß. «Sind Sie... äh... in Ordnung, nach Ihrem kleinen Problem?»

«Aha, Sie haben bemerkt, wie vorsichtig ich mich in Moragis Sessel gesetzt habe», erwiderte Ramsay. «Silberpolieren ist auch nicht mehr so einfach wie früher. Sagen Sie, Mr. Lestrade, sind Sie, sozusagen der Abgesandte des Herzogs von Connaught, der Lösung dieses Durcheinanders nähergekommen?»

Lestrade setzte sich ebenfalls. «Ich glaube es», gab er zur Antwort.

«Ist es Maclean? Haben Sie ihn gefunden?»

«Vielleicht ja, vielleicht nein», sagte Lestrade. «Ich lasse von meinen Männern natürlich die Grenze überwachen, aber ich fürchte, er ist durch das Netz geschlüpft.»

«Warum?» wollte Ramsay wissen. «Was für ein Motiv könnte er haben?»

«Er ist verrückt, Mr. Ramsay», sagte der Superintendent. «Oh, es ist vermutlich Methode in seinem Wahnsinn, wie Macbeth sagt, aber wer kann sich schon in einen zerrütteten Geist hineinversetzen.»

«Sie meinen, daß er ein Geisteskranker ist?»

«Wie viele andere Schotten kennen Sie, die arabische Kleidung tragen *und* Haggis essen?»

«Hm», nickte Ramsay. Er mußte zugeben, daß das eine seltene Kombination war.

«Der springende Punkt ist», fuhr Lestrade fort, «daß Maclean, wenn er unser Mann ist, nicht die Absicht hatte, Dougal McAskill umzubringen.»

«Nicht? Woher wissen Sie das?»

«Weil sein eigentliches Ziel Richard MacKinnon war.»

«MacKinnon? Warum?»

«Das bleibt völlig unter uns, Mr. Ramsay», sagte Lestrade mahnend.

«Sir», erinnerte ihn Ramsay. «Ich bin Königlicher Haushofmeister von Balmoral. Ich bin die Verschwiegenheit in Person.»

Das wirkt sich aber merkwürdig aus, dachte Lestrade, aber er war in seinem Leben seltsameren Dingen begegnet. «Sehr schön», sagte er. «Die MacKinnons von Skye haben ein geheimes Gebräu – ein Getränk, das sie Das Getränk, das zufrieden macht, nennen.»
«Wirklich?»
«Wirklich. Maclean, wenn er unser Mann ist, war hinter den geheimen Zusätzen her.»
«Warum?»
«Das Rezept könnte ihm auf dem heutigen Markt ein Vermögen einbringen.»
«Ich verstehe.»
«Aber was kann er tun? Wenn er MacKinnon einfach umbrachte und dessen Rezeptur stahl, würde man sofort Bescheid wissen.»
«Also?»
«Also verschleiert er sein Ziel. Er vervielfacht die Opfer. Statt eines Opfers sind es fünf.»
«Fünf?»
«Das erste Opfer war Amy Macpherson, das zweite braucht Sie nicht zu kümmern. Der Mord war ganz anders, aber irgendwie ähnlich. Das dritte Opfer war Alexander Hastie, das vierte Richard MacKinnon. Ich glaube, bei Dougal McAskill liegt der Fall ähnlich wie bei Ihnen.»
«Bei mir?»
«Bei Ihnen hat der Mörder gepfuscht, und ich weiß vielleicht warum.»
«Warum?»
«Unser Mann hat's in letzter Zeit schwer. Er ist in Panik. Vermutlich, obwohl es mir kaum zusteht, das zu sagen, aufgrund meiner Anwesenheit. Er ist durcheinander, und er macht Fehler.»
«Darum hat er also bei mir gepfuscht?»
«Nicht ganz. Leider kann ich nicht mehr sagen. Begnügen Sie sich damit, wenn ich sage, daß Sie und McAskill Fehler waren. Und diese Fehler verwirren mich mehr denn je.»
Ramsay raufte sich seine Haarfragmente. «Nun, dann sind wir zu zweit», sagte er.
«Wir sind uns doch schon einmal begegnet?» Ihre Königliche Ho-

heit, die Herzogin von Argyll, beäugte Lestrade durch ihre vergoldete Lorgnette.
«In der Tat, Madame», erwiderte er. «Vor etwa drei Wochen in Balmoral.»
«Ja», nickte sie und faßte ihn schärfer ins Auge. «Sie versuchten mir eine Bürste zu verkaufen.» Offensichtlich war Ihre Königliche Hoheit so vertrottelt wie eh und je, aber Lestrade hielt sich zurück.
«Nein, Madame. Ich bin ein Superintendent von Scotland Yard. Ich untersuche den rätselhaften Tod von Amy Macpherson.»
«Welcher Person?» Die Herzogin schwenkte ihren Kopf, um ihr gesundes Ohr in Stellung zu bringen.
«Darf ich fragen, warum Sie hier in Glamis sind.» Lestrade hatte keine Zeit, sie gewähren zu lassen.
«Sie dürfen», erwiderte sie.
Lestrade machte eine Pause, ehe er sich fügte. «Warum sind Sie in Glamis, Eure Königliche Hoheit?»
«Nina lud mich ein», teilte sie ihm mit. «Eine entzückende Person. Sie war eine Bentinck-Cavendish, wissen Sie.»
Lestrade wußte es nicht, und es wäre für ihn kaum von Nutzen gewesen, hätte er es gewußt. «Und wann kamen Sie an?»
«Gestern», sagte sie, stand auf und wandte sich zum Fenster. «Ach, die Liebe war so ein schönes Spiel. Jetzt ist Glamis ein hübscher Ort, um sich zu verstecken. Ach, wie ich mich nach dem Gestern sehne.»
«Ganz recht», sagte Lestrade, vielleicht ein wenig zu schroff. Er war nicht in Stimmung für Lyrik. Die Zahl der Leichen wuchs, und er hatte nichts in der Hand. «Ich hörte, Sie hätten Mäuse.»
«Läuse? Kann die Biester nicht ausstehen. Was hat das mit dem Tod des Butlers zu tun?»
«Unter-Butler, Madame.» Lestrade war ein Kleinigkeitskrämer.
«Sagen Sie nichts mehr.» Die Herzogin klappte ihre Lorgnette zusammen. «Wenn es um jemanden unterhalb eines Butlers geht, will ich keinesfalls etwas davon wissen.»
Lestrade räusperte sich. «Ich glaube, Sie sahen Ungeziefer in Ihrem Schlafzimmer?»
«Das Rote Zimmer, ja. Das haben sie mir gegeben. Stellen Sie sich

vor, ich konnte die ganze Nacht nicht schlafen. Ich hatte Mäuse, wissen Sie.»
«Wirklich?» seufzte Lestrade, der spürte, daß sein Schnurrbart bei der bloßen Anstrengung, lebendig zu bleiben, schlaff wurde.
«Trotzdem, jetzt, wo man gerade diesen Burschen tot aufgefunden hat, zweifle ich, ob ich jemals wieder werde schlafen können. Schließlich habe ich mit dem Herzog von Argyll seit Jahren nicht mehr geschlafen. Übrigens, das werden Sie nicht in Ihrer elenden Zeitung drucken, verstanden?»
«Ich bin Polizist, Madame, kein Journalist», ermahnte sie Lestrade. «Darf ich fragen, um welche Zeit Sie sich zurückziehen?»
Die Herzogin richtete sich zu ihrer vollen Größe, etwa fünf Fuß, auf und schüttelte ihre Hängebacken. «Mitglieder eines Königshauses ziehen sich niemals zurück», belehrte sie ihn. «Wir herrschen bis zum Umfallen.»
«Wohl wahr. Um welche Zeit gehen Sie zu Bett, Eure Königliche Hoheit?»
«Um sieben Uhr.»
«Ist das nicht ein bißchen früh am Tag?»
«Feiertag?»
«Ein bißchen früh.«
«Sie meinen nie?»
«Früh.» Lestrade wußte genug über Mitglieder des Königshauses, um zu wissen, daß man in deren Gegenwart niemals schrie. Bei jedem Versuch wurde seine Aussprache deutlicher, bis sie so rein war wie die Jungfrau Maria.
«Ich ziehe mich immer um diese Zeit zurück. Das ist meine Gewohnheit. Die einzige, die ich habe», und sie nuckelte sekundenlang an ihrem Daumen.
«Aber gingen Sie nicht um sieben ins Bett?»
«Natürlich nicht. Ich sagte Ihnen doch, daß dieser unglückliche kleine Mann nach Mäusen suchte. Ich konnte schwerlich ins Bett gehen, mit einem Mann im Zimmer, und dazu noch ein Butler.»
«Wohl kaum. Darf ich fragen... äh... das heißt... wo waren Sie am frühen Abend.»

«Ich war in der Bibliothek, ruhte mich aus.» Plötzlich straffte sie sich wieder. «Verstehe ich recht, Sie glauben, *ich* hätte diesen abscheulichen kleinen Mann getötet?» fragte sie, die Lippen starr vor Empörung.
«Nein, Madame, ganz gewiß nicht», lächelte Lestrade. «Wer hat Ihnen von den Mäusen erzählt?»
«Läuse? Oh, ganz bestimmt nicht. Das würde Nina nie zulassen. Nein, nein, der Mann jagte Mäuse, nicht Läuse. Ich weiß nicht, warum. Ein Perser wäre angemessener gewesen.»
«Ein Perser?» Lestrades Argwohn war geweckt. Bei diesem Fall wurde er immer wieder auf Moslems gestoßen.
«Oder eine von der Insel Man. Aber die wiederum sind so schwer zu fangen, nicht wahr? Haben keine Schwänze, wissen Sie.»
Lestrade spürte, daß die Unterhaltung ausuferte. «Sprechen Sie Ihr Gebet, Madame? Bevor Sie zu Bett gehen? Tun Sie das nicht seit der Wiege?»
«Nun», erwiderte Ihre Königliche Hoheit, «da sich dieses wie jedes andere Schlafzimmer, das ich je bewohnt habe, im Obergeschoß befand, *mußte* ich sie wohl oder übel nehmen, die Stiege. Was für eine merkwürdige Frage. Wie lange, sagten Sie, sind Sie schon Polizist?»
«Seit dreißig Jahren, Madame. Von Jugend an.»
«Hm», schnaubte die Herzogin und tippte Lestrade mit ihrer Lorgnette an, «höchste Zeit, daß Sie sich zurückziehen.»
Lestrade zog seine Taschenuhr. Fast Mitternacht. «Da haben Sie recht, Madame.»
«Also dann.» Ihre Königliche Hoheit stand auf. «Es muß fast Mitternacht sein. Ich sollte schon seit fünf Stunden schlafen. Ich hoffe, Sie haben mit Ihren Fallen mehr Glück als dieser Dingsda mit den seinen.»
Ein sonderbares Leuchten trat in Lestrades Augen. «Ich danke Ihnen, Madame», sagte er. «Das werde ich bestimmt haben.»

Alles hat seine Zeit. Jetzt war die Zeit, Komplotte zu schmieden und zu planen. Lestrade brachte von Lady Glamis in Erfahrung, wo Ihre

Königliche Hoheit schlafen würde, und wechselte unverzüglich das Zimmer; niemand außer Lestrade, Lady Glamis und dem alten Mädchen würde davon wissen. Als Sicherheitsmaßnahme erkor er Alistair Sphagnum.
«Wache stehen?» flüsterte dieser, als er, seine Kleider ordnend, aus einem altmodischen schottischen Klosett trat.
«Pst!» Lestrade legte ihm seinen Finger auf die Lippen.
«Warum?» hauchte Sphagnum und glättete seine elegante Smokingjacke.
«Weil ich für das Leben Ihrer Königlichen Hoheit fürchte.»
«Kommen Sie, Lestrade. Bandicoots Geschichte von Mordversuchen hat Sie angesteckt. McAskill ist bloß eines von diesen Zufallsopfern, das ist alles.»
«Nein, ist er nicht», sagte Lestrade. «Sind Sie bewaffnet?»
«Den Stab von Major Weir habe ich am Quadranten festgeschnallt.»
«Holen Sie ihn. Das alte Mädchen ist im Grünen Zimmer.»
«Verrücktes Spektakel», grinste Sphagnum.
«Postieren Sie sich in der Nähe. Ich glaube, Sie werden rechts von der Tür einen schmale Nische finden. Können Sie wach bleiben?»
«Was für eine Frage!» Sphagnum hob eine stolze Augenbraue. «Nebenbei, wen soll ich erwarten?»
«Jeden», erwiderte Lestrade, «und niemanden. Halten Sie trotzdem Ihren Prügel bereit. Wenn ich's bin, werde ich pfeifen.»
«Was?»
«Was?»
«Was werden Sie pfeifen? ‹Bonnie Dundee›? ‹Annie Laurie›?»
«Ich werde einfach pfeifen», sagte Lestrade. «Die Chance, daß wir beide heute nacht in der Dunkelheit pfeifen – ich und der Mörder –, ist ziemlich gering, Sphagnum.»
«Es sind schon merkwürdigere Dinge passiert.» Sphagnum schnalzte mit der Zunge. «Wo werden Sie sein?»
«Spielt keine Rolle. Es ist besser, wenn Sie es nicht wissen.»
«Nun hören Sie mal, Lestrade, ich gebe ja zu, daß ich anfangs nicht alle meine Karten auf den Tisch gelegt habe, und ich schulde

Ihnen was für den Schlag auf den Kopf. Aber hat es etwas mit MacKinnons geheimem Rezept zu tun?»

«Nun, aber das ist es ja gerade, Alistair, mein Schätzchen.» Lestrade kniff den Schotten scherzhaft in die Wange. «Hat es nicht.»

«Was?»

«Holen Sie Ihren Prügel, Mann. Und seien Sie wachsam. Denken Sie dran –» er mußte an die Graffitti in den Yard-Toiletten für Inspektoren und höhere Ränge denken – «Britannien braucht Männer», und er war verschwunden.

Wie Allan Ramsay war auch Gordon Bennett, der Butler der Bowes-Lyons, die Verschwiegenheit in Person. Treu, aufrecht, zurückhaltend trat er Lestrade schwankend und mit einem wilden, rollenden Auge unter die Augen. Das war das rechte. Das linke bewegte sich überhaupt nicht. Das heißt, erst als er es herausnahm und nachdenklich mit seinem Taschentuch polierte.

«Dieses hier», er hielt Lestrade die schimmernde Kugel hin, «brauch ich, wenn ich sehen will, ob auf dem Oberdeck vom Autobus Platz is. Ich werf's in die Luft und seh, ob's freie Plätze gibt. Trinken Sie?»

«Nein, danke», sagte Lestrade.

«Nee, ich mein überhaupt? Erzähl mir nix von Abstinenzlern, Kumpel», und er wedelte mit einem unsicheren Finger ungefähr in Lestrades Richtung. «Bis heut abend war ich selber einer.»

Lestrade gefiel ein Mann, der einen Stiefel vertragen konnte, aber nach Bennetts Fahne zu urteilen, mußte er Möbelpolitur getrunken haben.

«Erzählen Sie mir von Dougal McAskill», sagte er.

«Tja nun...» Der Butler sackte nach hinten, und sein steifer Kragen stellte sich am Hals plötzlich auf. «Is tot, wissen Sie, hatte einen Vetter, der beim Wetteramt arbeitet.»

«Ja», sagte Lestrade und beugte sich vor, um den Mann zu zwingen, ihn anzusehen. «Ich weiß. Darum frage ich Sie ja nach ihm. Hätten Sie gern ein bißchen schwarzen Kaffee?» Lestrade kramte in den

ausladenden Schränken in Glamis' Küche und suchte die schimmernden Reihen von Kupfer und Messing ab.
Bennett hob seinen Kopf. «Das Zeug rühr ich nie an», nuschelte er.
«Na gut», gab Lestrade sein Vorhaben als zu aufwendig auf, «Dougal McAskill.»
«Äh ... nein», korrigierte ihn der Butler, «ich bin Gordon Bennett. Der tote Mann, das ist Dougal McAskill.»
Die letzten drei Leute, mit denen Lestrade gesprochen hatte, waren, mit der zweifelhaften Ausnahme von Alistair Sphagnum, Idioten gewesen. «Was war er für ein Mann?»
«Ein Perverser», sagte Bennett.
«Wie?»
«Holte vor den Ladies dauernd seinen Zipfel raus.»
«Seinen was ...?»
«Zipfel», sagte Bennett todernst.
«Hatte Lady Glamis nichts dagegen?» fragte Lestrade.
«Och, Mann, sie wußte nichts davon.» Seine Augen füllten sich mit Tränen. «Sie sind 'ne reizende Familie, wissense, die Bowes-Lyons. Er ... er is ein vollkommener Gentleman. Sie ... is ne vollkommene Lady. Bis hin zu Miss Elizabeth und dem kleinen David ... Sie sind die vollkommenen kleinen Kinder.»
«Und Dougal McAskill?»
«Ein vollkommener Hurensohn. Ich sag Ihnen was, hätte nich jemand den alten Abartigen um die Ecke gebracht, hätt ich ihm selber den Marschbefehl geben müssen. Erzählense seiner Lordschaft nix davon. Er is so verdammt nett, das würd ihn umbringen.»
«Wer tötete McAskill?»
Bennett beugte sich vor, so daß Lestrade von seiner Fahne ganz schwindelig wurde.
«Hamse die Muskeln von Mrs. Comfrey gesehen?»
Lestrade bejahte.
«Na, da haben Sie's.»
«Die Köchin hat es getan?»
«Nun, der verdammte zweite Unter-Butler war's nich, das kann ich Ihnen sagen.»

«Wann haben Sie Mr. McAskills kleinen Tick entdeckt?»
«Ja nun, ich erzähl nur Tatsachen. Der Mann is mir egal, aber sein Tick war 'n ziemlich großes Ding. Hat mir Morag zumindest erzählt.»
«Morag?»
«Das Mädchen für oben. Westflügel.»
«Ja, ich kenne sie.»
«Von ihr hörte ich zum erstenmal davon. Seine Lordschaft und ich unterhielten uns über den Posten des zweiten Unter-Butlers, und McAskill schien uns vielversprechend. Wohlgemerkt, solange er seine Hosen anbehielt.»
«Und dann?»
«Es muß drei oder vier Tage danach gewesen sein, nachdem er Unter-Butler geworden war. Ich ging in die Spülküche, weil ich die Möbelpolitur suchte...»
Lestrade war nicht überrascht.
«...und da war McAskill, unten völlig ohne.»
«Unten was?»
«Arschnackt. Wenigstens von der Taille abwärts.»
«Wo war Morag?»
«Auf der anderen Seite der Küche und flüsterte: ‹Hilfe, Hilfe.›»
«Was taten Sie?»
«Ich brachte die Sache mit McAskill ins reine.»
«Wirklich?»
«Wirklich. Sagte ihm klipp und klar die Meinung. Ich sagte: ‹Hör mal, du›, sagte ich. Ich nehm kein Blatt vor den Mund, ich nich.»
«Was sagte er?»
«Brabbelte dummes Zeug von seinen Hosenträgern, die gleichzeitig gerissen wären, und wie unangenehm ihm das wäre. ‹Kann noch viel unangenehmer werden›, sagte ich zu ihm. Ich sagte ihm, wenn er's wieder täte, würde ich ihm 'nen verdammten Knoten reinmachen.»
«In seine Hose?»
«In seinen Zipfel.»
«Ah ja. Aber er machte es wieder?»

«Och ja. Das war bei ihm irgendwie zwanghaft. Keins von den Dienstmädchen war sicher. Na ja, für 'n paar von ihnen war's zweifellos die größte Sensation in ihrem Leben.»
«Also kein Grund, einen Mann zu töten?»
Bennett seufzte tief. «Wie ich sagte», sagte er, «Mrs. Comfrey ist Ihr Mann. Wissense, ich hab mal gesehen, wie sie 'n ausgewachsenes Tamworth-Schwein zu Boden rang.»
«Wirklich?» Lestrade war beeindruckt.
«Wohlgemerkt, das Biest war bereits tot.»
«Ach so.» Lestrade war nicht mehr so beeindruckt.
«Ja, aber wer, glauben Sie, hat das Vieh zuerst umgebracht?» Bennett lehnte sich zurück, offensichtlich weil er meinte, genug Beweise geliefert zu haben.
«War alleinstehend, dieser McAskill?»
«Ja», erwiderte Bennett. «War mit 'ner Flasche Malz verheiratet.»
«Sagen Sie, hat ihn mal jemand zur Rede gestellt, weil er so häufig sein Werkzeug sehen ließ?»
«Man munkelt, daß Moragს Freund ihm einmal oder zweimal eine ordentliche Tracht Prügel verpaßte. Fest steht, daß McAskill vor einiger Zeit einmal oder zweimal 'n blaues Auge hatte. Anders als meins, das halt ich piekfein sauber.»
«Was sagte er denn zur Erklärung?» fragte Lestrade.
«Das Übliche», erwiderte Bennett. «Sagte, er wär gegen 'n Pfosten gelaufen.»
Lestrade nickte. Offenbar waren Dinge, die in seinen heimatlichen Gefilden ziemlich ungewöhnlich waren, nördlich der Grenze ganz normal.
«Nun, ich danke Ihnen, Mr. Bennett. Ich bin sicher, daß Sie, so spät es auch ist, noch viele Pflichten haben werden.»
«Hab ich in der Tat», seufzte Bennett. «Wie heißt doch dieser kleine Vers? ‹Ich schlief und träumte, nichts als Pflicht sei das Leben, und wachte auf und wußte, nichts als Pflicht ist das Leben.› Oder so ähnlich. Gute Nacht, Superintendent.»
«Gute Nacht. Oh, übrigens, ich hätte es beinahe vergessen. Eine Nachricht von Lady Glamis. Ihre Königliche Hoheit hat darauf be-

standen, heute nacht wieder im Roten Zimmer zu schlafen. Ich habe McAskill wegschaffen lassen. Würden Sie dafür sorgen, daß das Personal es erfährt?»

«Überlassen Sie das ruhig mir.» Bennett tippte an den Nasenflügel neben seinem Glasauge und lief beim Hinausgehen gegen die Tür.

Das Rote Zimmer sah nachts überraschend schwarz aus. Zugegeben, es war sehr früh am Morgen, aber so hoch im Norden gab es kein Anzeichen von Morgendämmerung. Lestrade lag auf dem Bett der Herzogin von Argyll und lauschte auf die Mäuse, die hinter der Täfelung rumorten. Vielleicht würde irgendeine verrückte alte Jungfer eines Tages darüber Geschichten schreiben, sinnierte er.

Er hatte sich mit dem einzigen Schlüssel das Zimmer selber aufgesperrt und die Leiche noch einmal untersucht, bevor er sich niederlegte. Er wischte die blutigen Flecken vom Kopf des Toten, und was er dort sah, bestätigte *vielleicht* seine Theorie. Nur ein einziger Schlag. War der Mörder aufgeschreckt? In mehr als einer Hinsicht? Die Waffe schien dieselbe zu sein. Aber die Zahl der Schläge weit geringer. War bei diesem Angriff weniger Raserei im Spiel? Vielleicht war der Mörder nicht in Stimmung gewesen? Oder hatte er vielleicht den falschen Mann erwischt?

Lestrade hatte eine Weile in einem Buch gelesen, damit man der Tatsache Glauben schenkte, daß dieses Zimmer bewohnt war, und eine Zeitlang brannte seine Kerze auf dem Nachttisch. Das einzige Buch im Zimmer war ein Band mit schottischen Balladen: nicht gerade die bevorzugte Lektüre eines Bullen aus Pimlico, aber in einem Gedicht stand ein Vers, der geisterhaft in seinen Gedanken widerhallte:

> Einmal hatte ich einen Traum
> Von der Insel Skye, ganz fürchterlich.
> Sah einen toten Mann einen Kampf gewinnen,
> Und ich glaube, dieser Mann war ich.

Er warf einen Blick auf den Unter-Butler, der bald unter der Erde sein würde, und klopfte ihm auf den Kopf, auf dem das Blut geronnen war. «Na, toter Mann», sagte er, «wirst du den Kampf für mich gewinnen?»

Und jetzt saß er mit dem Rücken an der Wand in der Dunkelheit. Er hatte die Vorhänge des Bettes sowie die am Fenster zurückgezogen. Trotzdem ließ die strenge schottische Nacht nicht den kleinsten Lichtstrahl zu. Der Schnee lag hoch auf der Erde, bedeckte Gras und Kies, doch hier oben, in der Nähe des Daches mit den leergelaufenen Regenrinnen unter den Gitterfenstern, war der Schnee verschwunden, und nichts reflektierte. Also wartete Lestrade in völliger Dunkelheit und hatte nur McAskill und die Mäuse zur Gesellschaft.

Er mußte eingenickt sein, und etwas mußte ihn aufgeweckt haben. Er konzentrierte seine Augen auf die Tür und erwartete, darunter einen Kerzenschein aufglimmen zu sehen. Nichts. Er hörte, wie der Türknopf gedreht wurde und wie das Schloß klickte. Seine Hand umklammerte den Schlagring in seiner Jackentasche. Noch nie war ihm das Schloß so kalt vorgekommen, und ein Strom noch kälterer Luft traf ihn. Er hörte, wie die Tür sich sperrangelweit öffnete und ein schlurfendes Geräusch. Sofern die Gästeliste nicht mit einer weiteren Überraschung aufwartete, konnte das nicht Edward VII. sein. Das engte den Kreis sicherlich ein. Der Schritt kam näher, und Lestrade gewahrte eine Schwärze, schwärzer als die übrige, zwischen sich und der Tür.

Die Streichhölzer und die Kerze lagen zu seiner Rechten. Wenn er sich vom Bett und von McAskill wegrollte, konnte er beides vielleicht ergreifen, bevor er zu Boden fiel. Doch das würde seinem Besucher Zeit verschaffen, entweder die Tür zu erreichen oder ihm etwas Scharfes in die Eingeweide zu jagen. Oder, was zu den Praktiken des Mannes besser passen würde, ihm den Schädel halb zu zertrümmern. Andererseits war er nicht sicher, ob er mit dem Unbekannten in der Dunkelheit fertig werden würde.

Außerdem fragte er sich, wie der Mann, wer immer er war, ohne Licht in der Dunkelheit sehen konnte? Und wenn es Mrs. Comfrey war, die sich auf den Ringkampf mit Schweinen verstand? Ein unbedeutender Superintendent würde sie nicht aufhalten.

Dann setzte das Atmen ein. Schwerer als der Schritt. Jetzt oder nie. Jederzeit ein Mann der Tat, spürte Lestrade, wie die seitlichen Vorhänge zitterten. Wer immer es war, er stand praktisch auf Dougal McAskill.
«Wer ist da?» rief er.
Das schwere Atmen hörte auf. Es gab einen dumpfen Aufprall. Der Unbekannte war über Dougal McAskill gestolpert. Das war Lestrades Chance. Er warf sich zur Seite und schnappte Zündhölzer und Kerze, bevor er zu Boden fiel. Unglücklicherweise erwischte er dabei auch den Nachttisch, was ihm sogleich einen purpurnen Striemen auf der Wange eintrug. Er kauerte in der Dunkelheit und hantierte mit den Streichhölzern. Seine Hand zitterte so heftig, daß er den Streichholzkopf nicht auf die Reibefläche bekam. Diese Dinger waren nutzlos. Er riß blindlings ein Zündholz an, plötzlich erhellte die Flamme den Raum, und dann sah er im unruhig flackernden Licht einen Augenblick lang den größten Mann, den er je gesehen hatte, einen schwarzen Kopf mit struppigem Haarschopf und Bart, die Augen wild glühend.
Die zwei Männer starrten einander entsetzt an. Dann gab der Riese ein diabolisches Stöhnen von sich und floh. Zugleich zuckte der Schmerz durch Lestrades Finger, und er ließ das Zündholz fallen. Die unvermeidliche, schleichende Feuchtigkeit des Schlosses löschte es auf der Stelle aus, und Lestrade machte sich erneut daran, die Kerze anzuzünden.
Bis er die Tür erreicht hatte, war der Riese verschwunden. Der Flur lag düster und verlassen da, und Lestrade war allein, bis auf das Ticken der Uhr und den eigenen Herzschlag, der sich allmählich beruhigte. Er durchmaß den Korridor nach Süden und nach Norden. Nichts. Kein Geräusch. Keine Bewegung. Es war, als hätte Glamis seinen Besucher leibhaftig verschluckt.
Er verschloß die Tür des Roten Zimmers und ging auf Zehenspitzen durch das schlafende Schloß. In dem gewaltigen, düsteren, unheimlichen Gebäude mußten eigentlich drei Personen wach sein – er selbst, sein Besucher und, wie er hoffte, Alistair Sphagnum. Doch als Lestrade beim Grünen Zimmer um die Ecke bog, war der tapfere Detektiv nicht da. Lestrade fluchte lautlos. Plötzlich quietschte zu

seiner Linken Metall, und etwas eisig Kaltes packte Lestrades Kehle und riß ihn zurück an die Wand.
«Ich dachte, wir hätten abgemacht, daß Sie pfeifen», hörte er Sphagnum sagen und spürte, wie der kalte, erstickende Griff sich lokkerte. Er machte sich los und stellte ungläubig fest, daß er sich einer Rüstung gegenübersah.
«Das wollte ich immer schon mal machen.» Der Schotte klappte sein Visier auf. «Aber Sie müssen zugeben, daß man nicht jeden Tag die Gelegenheit dazu bekommt.»
«Nun, das ist wirklich raffiniert», schäumte Lestrade.
«Ich hatte die Absicht, ganz in den Hintergrund zu treten. Hinreißend, dieses Ding, nicht wahr? Angefertigt für das Turnier um 1580, wenn mich meine historischen Kenntnisse nicht trügen. Entworfen in Augsburg von Helmschmeidt dem Jüngeren für die Hatz auf den Verschwundenen Schild.»
«Ich bin mehr an dem verschwundenen Riesen interessiert», flüsterte Lestrade.
«Wie?» Sphagnums Visier klappte herunter. «Verdammt.» Er lüftete es erneut. «Welchen Riesen meinen Sie?»
«Den, der gerade eben im Roten Zimmer war.»
«Im Roten Zimmer? *Dort* waren Sie also. Sie hofften wohl, der Mörder würde an den Schauplatz des Verbrechens zurückkehren, wie? Das tun sie nicht wirklich, nicht wahr?»
«Dieser schon. Er war so groß wie ein Haus.»
«Wirklich?» Sphagnum begann seine Panzerhandschuhe abzuschnallen. «Wie sah er aus?»
«Nun ja, ich habe ihn nur eine Sekunde lang gesehen. Er hatte dikkes schwarzes Haar, einen schwarzen Bart. Groß wie eine Tanne. Aber es waren seine Augen...»
«Furchteinflößend?»
«Nicht furchteinflößend, nein.» Lestrade dachte nach. «Nicht für einen Mann, dessen Vater mal eine ganze Nacht in der Schreckenskammer von Madame Tussaud zugebracht hat. Ich würde eher sagen, daß *er* entsetzt war.»
«Sie wissen natürlich», sagte Sphagnum, «wen Sie gesehen haben, oder?»

Lestrade wartete.

«Earl Beardie», flüsterte er. «Den Teufel selbst. Sie haben nicht mit ihm Karten gespielt, nicht wahr?»

«Nein», erwiderte Lestrade. «Bedauerlicherweise war dazu keine Zeit.»

«Gut, wenigstens ist Ihre Seele unversehrt.»

«Prima», sagte Lestrade. «Eigentlich war es mehr mein Kopf, um den ich mir Sorgen machte. Hier irgend etwas Auffälliges?»

«Nein, nein», flötete Sphagnum. «Alles in Ordnung. Ich muß gestehen, daß ich einmal einnickte.»

«Aber, aber.»

«Das ist noch nicht alles. Der Glockenschlag um drei weckte mich auf, und ich bin Manns genug zu bekennen, ich hatte mich naß gemacht. In Zeiten wie diesen weiß man wirklich eines Ritters Freund zu schätzen.»

«Einen was?»

«Ein kleines Ding, das ich gebastelt habe, in Erinnerung an meine Zeit als Student des Ingenieurwesens.» Sphagnum griff hinter sich und deutete auf ein langes Stück Gummischlauch, das von seinem ziemlich aufreizenden Hosenbeutel zu einem handlichen Wassereimer in der nächsten Nische führte.

«Genial», lächelte Lestrade, «aber der Eimer ist voll. Hoffen Sie, daß Ihnen während der zweiten Schicht kein Mißgeschick passiert.»

«Zweite Schicht?»

Lestrade drehte sich zu dem Mann um, der für die Hatz auf den Verschwundenen Schild gerüstet war. «Die Lady da drin ist das Tantchen unseres Königs, Gott Segne Ihn. Und Sie, Sphagnum, sind alles, was zwischen ihr und einem entsetzlichen, brutalen Tod durch die Hand eines Verrückten steht. Gute Nacht.»

11

Lestrade war nicht in der Stimmung, sich zum Hampelmann machen zu lassen. Es war bei diesem Fall mindestens das zweite Mal, daß er um ein Haar sein Leben verloren hätte. Er brauchte Antworten, und er brauchte sie jetzt.

Folglich klopfte er kurz nach Tagesanbruch an die Tür von Harry und Letitia Bandicoots Zimmer.

«Sholto?» Ein trübäugiger Bandicoot öffnete ihm. «Wie spät ist es?»

«Es ist früh am Morgen. Sie müssen mir einen Gefallen tun. Lord Glamis ist zu einem seiner Cottages gerufen worden. Irgendein landwirtschaftliches Problem. Das ist vermutlich gar nicht schlecht. Ich bin mir nämlich nicht sicher, ob er meinem Wunsch entsprochen hätte.»

«Welchem Wunsch?»

«Ziehen Sie sich an, Letitia.» Sie war neben ihren Gatten in den Türeingang getreten. «Es droht eine Gefahr. Ich würde Sie normalerweise nicht darum bitten, aber das Leben eines Menschen steht auf dem Spiel.»

«Wessen?» Letitia band die Kordel ihres Morgenmantels zusammen und schüttelte sich wach.

«Heißes Wasser, Ma'am, Sir?» Morag, noch immer rotäugig und rotnasig von den Ereignissen der vergangenen Nacht, stand mit einem dampfenden Krug neben Lestrade.

«Nein.» Lestrade sprach für die Bandicoots. «Aber Sie können Mr. Bandicoot den Weg zur Waschküche zeigen.»

«Waschküche?» riefen Harry und Letitia.

«Greifen Sie sich Taschentücher, Harry, und Handtücher und Kissenbezüge und Wäschestücke aller Art. Geben Sie acht, daß keiner der Bowes-Lyons Sie sieht, und kommen Sie so schnell wie möglich hierher zurück. Verstanden.»

«Äh… ich denke schon.» Bandicoot war versucht, sich zu zwicken. Vielleicht war dies alles ein Alptraum, weil er die Kordel seines Schlafanzuges zu eng geschnürt hatte. Als er in Morags schlurfendem Kielwasser davonschlappte, war er zuversichtlich, daß er in einer Minute aufwachen würde.

«Letitia.» Lestrade schob sie ins Zimmer und schloß die Tür. «Ich möchte, daß Sie Lady Glamis aufsuchen. Um welche Zeit ist Frühstück?»

«Hm… gewöhnlich um halb neun», sagte sie. «Sholto, was hat das alles zu bedeuten?»

«Bevor man Scotland Yard baute», sagte er, «bevor es die oberste Kriminalpolizeibehörde und die Detektivabteilung gab, wissen Sie, wie Polizisten Verbrechen aufklärten?»

«Nein», gestand Letitia, die am Frisiertisch saß und ihre Löckchen bürstete.

«Sie suchten nach Nadeln in Heuhaufen. Und genau das werden wir heute morgen tun. Nur daß ich schätze, Lord Glamis würde uns nicht mal damit anfangen lassen, wenn er davon wüßte.»

«Also ist es eine Art Hütchenspiel?» sagte sie mit großen Augen.

«Exakt. Ihre Aufgabe ist es, Lady Glamis zu beschäftigen. Jetzt gleich. Erfinden Sie irgendeine Ausrede. Das überlasse ich Ihnen. Schlagen Sie vor, mit ihr in ihrem Zimmer zu frühstücken. Auf diese Weise wird sie gar nicht merken, daß wir Männer nicht am Frühstückstisch sitzen.»

«Ihr Männer? Wie viele sind beteiligt? Und womit seid ihr beschäftigt?»

Er tätschelte ihre Hand. «Ich sagte Ihnen doch, Letitia. Wir suchen nach einem Hütchen.»

Sie sah ihn finster an, doch er lächelte bloß und war verschwunden.

«Nein», sagte sie, nachdem die Tür sich geschlossen hatte, «das sagte *ich*.»

Sie trafen sich, Lestrades Anweisungen folgend, im Zimmer der Bandicoots. Letitia war gegangen, um Nina Bowes-Lyon abzufangen, und Harry hatte sich mit fünf Treppenfluchten, einige davon Wendeltreppen, abgemüht und trug einen riesigen Weidenkorb, der von Leinenzeug überquoll. Alles sehr unauffällig. Alistair Sphagnum hatte sich aus seiner Blechbüchse befreit und die Rüstung an ihren alten Platz neben dem Grünen Zimmer zurückgebracht. Da er in dem Ding die ganze Nacht wach gewesen war, litt er an einer gewissen Materialermüdung, aber er schüttelte sie ab. Robert McAlpine, der für seine Abreise gepackt hatte, stand auf Bandicoots Teppich wie ein Ochse in der Furche, über Lestrades geheimnisvolle Botschaft ebenso verwundert wie die anderen.
«Damit wir uns recht verstehen, Lestrade», sagte er. «Sie wollen, daß wir alle das verdammte Hütchenspiel spielen. Mann, es ist mir klar, daß Sie nicht richtig im Oberstübchen sind.»
«Lachen Sie nur», erwiderte Lestrade. «Mr. McAlpine, Sie sind jetzt seit zwei Wochen im Schloß. Sie kennen seinen Grundriß. Wie viele Zimmer gibt es?»
«Äh... warten Sie. Eingeschlossen die Große Halle und ausgeschlossen die Toiletten... achtundsechzig.»
«Falsch», sagte Lestrade. «Es sind mindestens neunundsechzig. Möglicherweise auch dreiundsiebzig.»
«Sholto...» Harry als Lestrades alter Freund dachte, es sei an der Zeit, daß er ein Wörtchen sagte. Immerhin mußten soundso viele Schläge auf den Kopf am Ende ihren Tribut fordern. Und Lestrade war in einem komischen Alter.
«Vertrauen Sie mir», sagte Lestrade. «Ich bin Polizist. Letzte Nacht habe ich, wie Mr. Sphagnum bezeugen wird – sollte es dazu kommen –, im Roten Zimmer geschlafen. Nun, vielleicht ist ‹geschlafen› nicht ganz das richtige Wort. Wie auch immer, ich hatte einen Besucher.»
«Der Mörder!» rief Bandicoot.
«Das glaube ich nicht, Harry, aber ich drehe jeden Stein um. Und genau hier kommt Mr. McAlpine ins Spiel. Ich nehme an, daß Sie keine Geheimgänge bemerkt haben? Keine geheimen Türen?»
«Hören Sie auf damit. Lestrade», sagte McAlpine mißbilligend,

«das gibt's nur in Romanen. Haben Sie eine Vorstellung von den Schwierigkeiten, tragende Mauern zu unterhöhlen?»
«Es gibt aber Dinge wie die Gänge der Covenanters», versicherte Sphagnum dem Baumeister.
«Ja, ja, aber die verlaufen meistens zwischen ihren Hinterbacken. Nur unsere Viktorianer können ein so enormes Meisterstück der Ingenieurkunst vollbringen.»
«In Ordnung», sagte Lestrade, der einfach nicht die Zeit hatte, sich an diesem Morgen mit weiteren Stressfaktoren zu befassen, «gibt es einen Teil des Schlosses, der überaus viktorianisch ist.»
«Ja», sagte McAlpine, «der Westflügel im großen und ganzen.»
«Dort werden wir anfangen. Gentlemen, versorgen Sie sich mit ausreichend Leinenzeug. Sie gehen in jedes Zimmer auf der ersten Etage, Harry. Mr. McAlpine, Sie übernehmen die zweite. Sphagnum die dritte. Ich übernehme das Dachgeschoß. Binden Sie irgendein Stück Leinen an einen Fensterrahmen.»
«Ich verstehe», bemerkte Sphagnum. «Sie wollen, daß wir die Fenster zählen.»
«Genau», antwortete Lestrade. «Schneller ginge es, wenn wir Lord Glamis fragen würden, aber ich glaube nicht, daß er es uns sagen würde.»
«Mann, was hat das alles zu bedeuten?» McAlpine war immer noch verwirrt.
«Wir suchen nach Earl Beardie», sagte Lestrade, griff sich ein paar Stücke Leinenzeug und war verschwunden.

Die Herzogin schnarchte, was sich eher so anhörte wie das Grunzen der Tamworth-Schweine, mit denen Mrs. Comfrey über zehn Runden zu gehen pflegte. Lestrade hörte die Köchinnen, die unten mit dem Frühstück beschäftigt waren, als er lautlos in das Zimmer des alten Mädchens schlüpfte. Er wartete in der Dunkelheit. Eine zaghafte Sonne erleuchtete den Rauhreif auf den Fensterscheiben, aber die dicken Vorhänge der Herzogin schluckten alles Licht.
Lestrade verschloß hinter sich die Tür und steckte den Schlüssel in die Tasche. Im Idealfall hätte er einen Posten vor die Tür und zwei

unter das Bett beordert, aber dafür hatte er nicht genug Leute. Er konnte nicht erwarten, daß Dienstboten derart absonderliche Handlungen ausführten, und möglicherweise plante ja einer von ihnen, der Herzogin von Argyll den Schädel einzuschlagen.
Just als Lestrade das Fenster erreichte und die schweren Vorhänge zur Seite schob, regte sich die Lady im Schlaf, ihr Schnarchen wurde zum Pfeifen, und sie leckte sich die wulstigen Lippen. «Bist du es, Schätzchen?»
Lestrade blieb wie angenagelt stehen. Er war schon früher in Damenschlafzimmern gewesen, oft ungebeten, immer aus dienstlichen Gründen, aber Erklärungen waren kompliziert und wurden von Richtern selten verstanden. Außerdem wußte er nicht, was der Herzog von Argyll für eine Stimme hatte. Konnte er die Frau dieses Mannes zum Narren halten, wenn er sich für einen Mann ausgab, dem er nie begegnet war?
«Argyllie?» rief sie wieder.
Wenn sie jetzt aufwachte und einen Mann im Leichentuch sah, konnte das unter Umständen ihr Ende sein. Andererseits war sie die Tochter einer Königin. Es konnte leicht sein Ende sein. Er ging das Risiko ein und quiekte.
Sie runzelte die Stirn, kräuselte ihre Lippen. Offensichtlich ist meine Darbietung nicht sehr realistisch, dachte Lestrade. «Nun, dann verdufte», hörte er die alte Lady murmeln. «Ich werde nicht mehr mit dir schlafen. Das habe ich dir schon vor vierzehn Jahren gesagt», und sie rollte sich auf die Seite und schnarchte weiter.
Lestrade erkannte seine Chance. Er schnippte den Fensterriegel hoch, warf ein Bein über die Fensterbank und kletterte behutsam auf die Traufe. Er schloß das bleigefaßte Fenster hinter sich, stand da und sah die Landschaft von Angus, die sich weiß und schön hinter der Allee von Bäumen erstreckte. Er spürte, wie seine Füße auf den Mauervorsprüngen ausglitten. Es war hier oben wie auf einer Eisbahn, und er hatte die Hände voll von Leinenzeug. Irgendwie gelang es ihm, das nächste Fenster zu erreichen, und er spähte hinein. Leer. Er umwickelte seine Hand mit einer Tagesdecke und schlug so geräuschlos wie möglich die Scheibe ein. Dann zog er die Fensterflügel nach außen und katapultierte sich alles andere als ele-

gant auf das Bett. Bevor er das Zimmer verließ, band er ein Taschentuch an den Fensterriegel und begann sich durch den Korridor zu arbeiten.
Er hatte eine gute Zeit gewählt. Viele Zimmer in diesem Teil des Schlosses standen ohnehin leer, die Möbel waren mit entsetzlichen Schonbezügen bedeckt, und die kleinen Zimmer der Dienstboten waren verlassen, weil ihre Bewohner woanders den Tag begannen. Nach wenigen Minuten hatte Lestrade seinen Vorrat an Leinen verbraucht und schoß die Treppe hinunter, wo er beinahe mit Alistair Sphagnum zusammenstieß.
«Alles fertig?» fragte er.
«Ich denke schon», erwiderte Sphagnum. «Und Sie?»
«Sehen wir mal nach.»
Robert McAlpine war der letzte, der unten ankam, und die vier Männer rannten und hüpften durch den orientalischen Garten, um einen besseren Blick auf das Schloß zu bekommen. Es war ein merkwürdiger Anblick an diesem frühen Morgen: der gesamte Westflügel von Schloß Glamis lag vor ihnen, und an jedem Fenster flatterte ein weißes Stück Stoff in der Brise.
An jedem Fenster?
«Nein, bei Gott!» Sphagnum sah es als erster. «Da, Lestrade. Hinter dem Wasserspeier, der wie Arthur Balfour aussieht.»
Der schottische Detektiv hatte recht. Der Wasserspeier sah aus wie Arthur Balfour, aber was wichtiger war, rechts davon waren zwei kleine vergitterte Fenster, an denen nichts Weißes flatterte.
«Was zum Teufel geht hier vor?» rief eine zornige Stimme aus der ersten Etage. Es war Lord Glamis, der seinen Kopf aus einem Fenster steckte und mit einem Deckchen herumfuchtelte.
«Welche Etage ist das? Sphagnum, es ist Ihre. Die dritte. Kommen Sie», rief Lestrade.
Gerade als sie auf die Tür zu rannten, huschte Lord Glamis' Armee von Dienstboten von Zimmer zu Zimmer, entfernte Laken und löste Knoten. Kurz darauf waren nur noch ein paar jämmerliche Lappen übrig.
«Verdammt», knurrte Sphagnum, der sich aus einem Fenster beugte, während er Zimmer auf Zimmer inspizierte. «Der ver-

dammte Glamis hat sie alle abmachen lassen. Ich habe vollkommen die Orientierung verloren.»
«Suchen Sie nach Arthur Balfour», sagte Lestrade.
«Zum Teufel mit ihm!» fluchte Sphagnum. «Glamis muß sie im Ramsch gekauft haben. Auf dieser Etage sehen sie alle wie Arthur Balfour aus.»
Die vier Männer wollten sich gerade den Korridor noch einmal vornehmen, als sie sich plötzlich Lord und Lady Glamis gegenübersahen. Ringsum blieben alle stehen.
«Harry», sagte Nina, «Mr. Lestrade, Mr. Sphagnum, Mr. McAlpine. Was hat das zu bedeuten?»
Schweigen.
«Nun, George?» sagte Glamis zu Harry. Sein Schnurrbart sträubte sich. Er war ein warmherziger Mann; seinen Kindern ein liebevoller Vater; seiner Frau ein pflichtgetreuer Ehemann; der Grafschaft ein perfekter Lord Lieutenant; aber wenn sein Schnurrbart sich sträubte...
«Ich denke, daß Erklärungen angebracht sind», sagte Lestrade.
«Das sind sie in der Tat», knurrte Glamis.
«Nein, ich meinte von Ihrer Seite, Mylord.»
«Wie?» Bowes-Lyons Gesicht wurde eine Spur röter.
«Aber Claudie.» Lady Glamis ergriff seinen Arm. «Denk an deinen Blutdruck.»
Eine weißgekleidete Gestalt kam um die Ecke gehuscht. «Es tut mir leid, Sholto, sie entwischte... oh.»
«Danke, Letitia», lächelte Lestrade. «Sie haben Ihr Bestes getan.»
«Letitia», sagte Lady Glamis, mehr als niedergeschlagen, «wie konntest du?»
«Geben Sie mir die Schuld, Lady Glamis», sagte Lestrade, «nehmen Sie mich. Die ganze Sache war meine Idee.»
«Scharaden, Lestrade?» wollte Lord Glamis wissen.
«Sagen Sie's mir, Sir.» Der Superintendent wich nicht zurück. «Irgendwo in diesem Schloß versteckt sich ein Mörder. Genaugenommen auf dieser Etage. Ich denke, Sie sollten uns sagen, wo.»
«Wollen Sie andeuten...?» Glamis platzte fast vor Wut.

«Claudie.» Lady Glamis tätschelte seine Schulter und lächelte ihn an. «Vielleicht solltest du es tun.»
Glamis blickte sie an, sah ihre liebevollen Augen, das wissende Lächeln. Er klopfte ihr die Hand, dann reichte er ihr den Sesselschoner, den er in der Hand hielt. «In Ordnung, Liebste», sagte er und wandte sich an die anderen. «Aber nur Sie kommen mit, Lestrade.»
Das Lächeln verschwand. «Alle übrigen müssen nach unten gehen. Mrs. Comfrey hat sich mit dem Frühstück selber übertroffen. Lestrade und ich werden später dazukommen.»

Sie machten kehrt, der Herr von Glamis und der Superintendent, jetzt allein. Dann machten sie abermals kehrt. Bei der dritten Biegung der Treppe wußte Lestrade nicht mehr, wo er war.
«Ich möchte, daß Sie von jetzt an sehr still sind, Lestrade», flüsterte Bowes-Lyon, «und machen Sie keine hastigen Bewegungen.»
«Wohin gehen wir?»
«Sie werden schon sehen», und er trat auf die unterste Stufe einer spitzwinkligen Treppe. «Ich will Ihr Wort, Lestrade, daß nichts von dem, was Sie hier heute sehen, nach außen dringen wird.»
«Das kann ich nicht versprechen, Mylord», antwortete der Superintendent. «Dies ist eine Morduntersuchung.»
Glamis lächelte melancholisch. «Nein», sagte er, «*dies* nicht.»
Er drückte auf einen Stein über Lestrades Kopf, und die Mauer wich zurück. «Vorsicht jetzt. Passen Sie auf, wo Sie hintreten.»
Er führte den Mann vom Yard durch ein dämmriges Labyrinth von Gängen, behängt mit verblichenen Gobelins und mit kaum bekannten Porträts der verstorbenen Königin geschmückt. Nach einer Weile hörten die Bilder auf, und der roh behauene Stein war mit Kinderzeichnungen bedeckt. Da waren eine Katze, ein Pferd, ein Wesen mit purpurnen Ohren.
«Arbeiten von Elizabeth?» fragte Lestrade.
Glamis schüttelte den Kopf. «Nein», gab er zur Antwort. «Ein paar dieser Zeichnungen sind mehr als vierzig Jahre alt. Diese hier», er deutete auf eine Baumreihe in Rot und Gelb, «wurde erst letzte Woche gemacht.»

Glamis wühlte in seiner Tasche und zog einen einfachen Messingschlüssel heraus. Er schob einen staubigen Vorhang beiseite und steckte den Schlüssel in das Schloß einer schweren Eichentür.
«John?» rief er leise. «John? Ich bin's, Claudie.»
Lestrade fröstelte in der Türöffnung, und seine Faust umschloß instinktiv den Schlagring. Aus dem Halbdunkel hinter der Tür tauchte das riesige, zottelhaarige Wesen auf, dem er im Licht eines Zündholzes vor ein paar Stunden flüchtig begegnet war. Der Bewohner des Raums spürte Lestrades Beklommenheit, vielleicht erkannte er Lestrade auch wieder, und wich, wild die Augen verdrehend, zurück.
«Nein, John», sagte Glamis und hob langsam die Hand. «Dies ist Mr. Lestrade. Er ist ein Freund. Er wird dir nichts tun.» Er nahm Lestrade bei der Hand und führte ihn in den Raum. Er wurde von ein oder zwei Kerzen schwach erhellt, und das einzige Fenster war hoch und schmal und mit Stäben gesichert.
«Das ist eine Zelle», murmelte Lestrade.
«Nein», sagte Glamis leise, «es ist eine Zufluchtsstätte.» Er setzte sich behutsam auf ein altes Sofa. «John, zeige Mr. Lestrade dein letztes Bild.»
John stand mit dem Rücken an der Wand. Der Kittel, den er trug, war mit Klecksen von Farbe und Resten des Frühstückseis bedeckt.
«Ich würde es gern sehen, John», sagte Lestrade.
Langsam, wie eine Figur in einem Traum, schleppte sich der Riese durch den kleinen Raum. Er nahm aus dem Gerümpel auf dem Nachttisch ein schrumpeliges Blatt Papier und zeigte es schüchtern Lestrade. Es war keines der üblichen Postkartenbilder, die Lestrade draußen auf dem Gang gesehen hatte. Es zeigte einen Hochländer im Kilt, der mit beiden Händen ein Breitschwert schwang. Aber es gab kein Schlachtfeld, keine blaue Horizontlinie, keine angedeuteten Hügel. Statt dessen sah Lestrade ein Bett und einen kauernden Mann, der sein Gebet zu verrichten schien.
«Das ist sehr gut, John», sagte Lestrade. «Darf ich mir das ausleihen? Ich möchte es jemandem zeigen. Ich verspreche, daß du es zurückbekommen wirst.»

«Er spricht nicht, Lestrade», sagte Glamis. «Und er sieht auch nicht sehr gut. Darum das schwache Licht. Alles, was heller ist als eine Kerze, tut seinen Augen weh. John, kann sich Mr. Lestrade dein Bild ausleihen?»
Der Riese blinzelte, jetzt vor ihnen auf dem Boden kniend. Er blickte Glamis an. Er blickte Lestrade an. So etwas wie ein Lächeln huschte über sein bleiches, trauriges Gesicht. Er gab Lestrade das Blatt.
«Danke», sagte der Superintendent und erhob sich, um zu gehen.
Die Hand des Riesen ergriff seinen Ärmel, ein schwächlicher, zitternder Griff, und Lestrade setzte sich wieder. Aus einer Tasche holte er ein paar schmierige Spielkarten, vier an der Zahl.
«Er will, daß Sie mit ihm spielen, Lestrade», sagte Glamis zu Lestrade, «daß Sie die Königin finden.»
Der Riese breitete die vier Karten auf dem Teppich aus – das As, den König, den Buben, die Königin. Er grunzte vor Aufregung. Dann drehte er die Karten mit seinen schaufelartigen Händen um. Er schob die Karten durcheinander und veränderte ihre Anordnung, dann blickte er Lestrade an.
«Diese da.» Lestrade deutete auf die Karte links außen – es war der Bube. Er grinste. Abermals verschob er die Karten. Wieder wählte Lestrade. Es war der König. Ein drittes Mal. Und ein viertes Mal. Und jedesmal lag Lestrade falsch. Dann drehte der Riese eine Karte um, und seiner rauhen Kehle entrang sich ein geflüsterter, gutturaler Laut: «Mama.»
«Ja, John.» Glamis streichelte seinen zerzausten Kopf. «Mama», und er und Lestrade verließen den Raum.
Wortlos gingen sie zurück durch den düsteren Gang, vorbei an den Zeichnungen und Porträts, zur Wendeltreppe.
«Wer ist der Mann, Mylord?» fragte Lestrade.
«Wir nennen ihn einfach John», erwiderte Glamis, «und wer er ist, hat er Ihnen verraten. Er nannte die Königin Mama.»
Lestrade blieb auf der steinernen Stufe stehen. «Sie meinen...»
Glamis nickte. «Das ist Earl Beardie», sagte er. «Das Ungeheuer, das in Schloß Glamis umgeht. Oh, dieses alte Gemäuer steckt voller Legenden, Lestrade. Nur daß Beardie leibhaftig existiert. Er hat

diese vier Räume zu seiner Benutzung, aber er ist nicht eingekerkert. Er kann verschiedene Teile des Schlosses erreichen, aber er geht nie nach draußen. Die Außenwelt ist zu groß. Die Weite macht ihm angst. Seine Mutter war Victoria, Königin von Gottes Gnaden. Sein Vater war ein versoffener alter Ghillie namens John Brown.»
«Mein Gott.» Lestrade sank auf eine Stufe. Glamis setzte sich neben ihn. «Wer weiß sonst noch davon?»
«Pat, mein Ältester. Nina ahnt etwas, aber wir sprechen nie darüber. Niemand sonst, Lestrade. Pat und ich wechseln uns ab, sitzen bei ihm, baden ihn, kümmern uns um seine Bequemlichkeit.»
«Wie...?»
«Wie das alles passierte? Nun, Sie gehen bestimmt auf die Fünfzig zu. Ich nehme an, Sie wissen, wie das bei den Vögeln und Bienen vor sich geht.»
«Ich glaube, ich fange an zu kapieren», sagte Lestrade, der großzügig genug war, das einzuräumen.
«Nun, das alles geschah natürlich ein wenig vor meiner Zeit, als Herr von Glamis, meine ich. Damals war mein Vater der Schloßherr. Nach dem Tod von Prinz Albert legte die alte Königin Trauer an. Ließ sich selten mal vor den Portalen von Windsor, Osborn und Balmoral blicken. Aber es gab Gerüchte aller Art...»
«Das glaube ich gern», bemerkte Lestrade.
«Es gab Gerüchte, daß sie und John Brown eine Art Ehe führten.»
«Wirklich?»
«Wer weiß? Alles, was ich weiß, ist, daß ‹Mrs. John Brown› einen Sohn hatte, nach seinem Vater auf den Namen John getauft. Er wurde, glaube ich, um 1863 geboren. Unglücklicherweise gab es Komplikationen. Die Welt glaubte, das alte Mädchen hätte aus Kummer über Albert an der Hochzeit ihres ältesten Sohnes nicht teilgenommen. Tatsächlich erholte sie sich immer noch von einer sehr schwierigen Geburt. Ich verstehe mich nicht besonders auf diese Frauensachen, Lestrade – welcher Mann tut das schon. Sie war zu alt, denke ich, oder John Brown zu sehr mit Whisky durchtränkt. Jedenfalls war der Junge nicht normal. Er war völlig blind bis zum dritten Lebensjahr und hat sein Leben lang nur dieses eine Wort gesprochen – Mama. Das Problem war, daß der Skandal na-

türlich nicht nach außen dringen durfte. Das waren republikanische Zeiten, Lestrade, die Sechziger. Es gab sogar Forderungen, die Königin solle abdanken. Stellen Sie sich den Wirbel vor, wenn alle Welt vom kleinen John erfuhr.»
«Hm», nickte Lestrade.
«Nun, Balmoral war zu klein, und es gab dort zuviel Publikum. Die Königin zog meinen Vater ins Vertrauen und bat ihn, das Kind hier aufzunehmen. Zuerst versuchte Papa, den Jungen zu einem Teil der Familie zu machen, doch es war hoffnungslos. Er fürchtete sich vor allem und jedem. Am Ende trennte er für ihn die Räume ab, die Sie gerade gesehen haben. Ich möchte beinahe glauben, daß er glücklich ist.»
«Und hin und wieder wandert er herum?»
«O ja. Besonders nachts. Aber Sie haben ihn gesehen, Lestrade, er fürchtet sich mehr vor den Menschen als diese sich vor ihm, das versichere ich Ihnen. Wissen Sie, er hat das Gemüt eines Kindes. Für ihn ist Glamis eine Art von riesigem Puppenhaus. Er spielt mit seinen Farben, und das Spiel mit den Karten ist das einzige Spiel, das er kennt. Und ich glaube wohl, daß er das weiterhin tun wird, bis zum Tage, an dem er stirbt.»
Lestrade nickte.
«Sie können nicht glauben, daß *er* Alex Hastie und Dougal McAskill ermordet hat, nicht wahr?» fragte Glamis.
Lestrade blickte in das angespannte Gesicht, die flehenden Augen. «Nein», erwiderte er. «Trotz seiner Größe ist Earl Beardie so schwächlich wie ein Kätzchen. Das habe ich gespürt, als er nach meinem Ärmel griff. Nein», seufzte er, «ich werde meinen Mörder anderswo suchen müssen.»
Glamis entspannte sich, sichtlich erleichtert. «Lestrade», sagte er, «Sie müssen meine Beweggründe verstehen, daß ich Ihnen bis jetzt nichts von John gesagt habe. Außerhalb dieses Schlosses kann und darf er nicht existieren. Nicht einmal die rechtmäßigen Kinder der verstorbenen Königin wissen von ihm. Es ist absolut notwendig, daß wir es dabei belassen.»
«Ja», sagte Lestrade, «das ist es.»
Glamis erhob sich. «Warum wollten Sie das Bild haben?» fragte er.

«Ich muß zugeben, daß es von seinem üblichen Geklecksel ziemlich abweicht.»
«Das Bild?» Auch Lestrade erhob sich. «Ja nun, Lord Glamis, es ist besser als eine Fotografie.»
«Ist es das?» Glamis warf einen schiefen Blick darauf. «Nun, das ist schön, Lestrade», lächelte er. «Das ist sehr schön. Frühstück?»
Als sie am Grünen Zimmer vorbeikamen, hörten sie, wie jemand donnernd gegen die Tür hämmerte.
«Ach ja», sagte Lestrade, «haben Sie ein kräftiges Brecheisen? Ich glaube, Sie werden feststellen, daß die Herzogin von Argyll ziemlich gereizt ist, weil sie eingeschlossen ist. Ich bin fortgegangen und habe den Schlüssel zu ihrem Zimmer verloren. Und würde es Ihnen und Lady Glamis etwas ausmachen, heute in ihrer Nähe zu bleiben? Ich fürchte, daß ihr Leben in Gefahr sein könnte.»

Ungeachtet der Kälte und der Ihrer Königlichen Hoheit vielleicht drohenden Gefahr, trotzte Lestrade vor dem Abendessen den Elementen und wanderte querfeldein zum Haus von Ned Chapman, dem «Laird». Es gab einige Fragen, auf die er unbedingt eine Antwort haben mußte, denn die Zeit war kurz. Und als er diese Antworten endlich hatte, war die hebridische Nacht mit dunklen, schneeschwangeren Wolken hereingebrochen, und er trottete zurück.
Angesichts der ganzen Aufregung hatten es Lord und Lady Glamis versäumt, dem Superintendent zu sagen, daß es der Abend des jährlichen Balls der Ghillies war. Als sich Lestrade schneebemützt in die Halle drängte, waren die Festlichkeiten in vollem Gange, und die Kapelle spielte zu einer Quadrille auf.
Lestrade sah in seinem feuchten Donegal schäbig aus, während die Blüte von Angus in einem Wirbel von Tartan, Diamantknöpfen und blitzendem Rauchquarz an ihm vorbeirauschte. Sogar Harry und Letitia Bandicoot hatten sich einen hiesigen Tartan ausgeliehen und walzten wie verrückt durch den Ballsaal, kreischten und jubelten dabei. Wie immer sahen der alte Etonianer und seine Lady vom Scheitel bis zur Sohle tadellos aus.

«Kommen Sie, Sholto.» Letitia ergriff Lestrades Hände. «Machen Sie mit beim Reel.»

Und ehe er «Ringelreihen» sagen konnte, wirbelte er mit seinen beiden linken Füßen herum, und der Donegal flatterte anstelle eines Plaids. Einmal oder zweimal stieß er mit Alistair Sphagnum zusammen, der einen vollkommen abscheulichen Tartan trug.

«Sie sind in der falschen Gruppe, Lestrade», überschrie der schottische Detektiv das scheußliche Geheul und Gekrächze der Dudelsäcke.

«Das ist die Geschichte meines Lebens, Sphagnum», erwiderte der englische Detektiv. «Ich versteh mich bloß auf den Roger de Coverley. Bei dem Tanz weiß man, wo man dran ist.»

«Warten Sie, bis wir zum Lachstanz kommen», rief Sphagnum bei der nächsten Runde, «der wird Sie zum Hüpfen bringen.»

Und das Hin und Her der Schlacht trennte sie abermals, während Lestrade verzweifelt versuchte, die Gesichter der Mauerblümchen, die rund um den Rand des riesigen Saals saßen, zu erkennen. Er sah Lord Glamis, welcher der Herzogin von Argyll den Takt zunickte, die zögernd den Tartan ihres Gatten angelegt hatte und versuchte, den Rhythmus mit ihrem gesunden Ohr aufzunehmen. Er sah die Ghillies des Schlosses und ihre Gäste aus dem Norden, ältere und jüngere Laidlaws, deren Gesichter sich vor Anstrengung knallrot verfärbten, um den Ziegenfellsäcken Töne zu entlocken. Er sah die kleine Elizabeth, nichts als Löckchen und strahlende Augen, die mit Klein David herumwirbelte. Dann kollidierte Lestrade wiederum.

«Sholto», sagte Bandicoot, «soll man annehmen, daß Sie mit mir tanzen?»

«Oh, schon gut», seufzte Lestrade, «wenn Sie glauben, daß die Leute reden werden», und er stelzte davon, um von einer großen Lady bekämpft zu werden, deren Vorderfront den Grampians ähnelte.

Es war ein dankbarer Superintendent, der sich beim letzten Ton zum letztenmal drehte und anschließend feststellte, daß er sich feierlich vor einer Säule verbeugte. Er tröstete sich mit der Feststellung, daß das verfluchte Ding wenigstens keine Füße hatte, über die er stolpern konnte.

Er mischte sich unter die Ghillies und besorgte sich ein Glas Punsch. Dann schlich er so unauffällig wie möglich fort...

«Wer ist da?» rief eine Stimme hinter ihm.
Lestrade drehte sich zu der Gestalt um, deren Schattenriß sich im Türrahmen abzeichnete. «Ich bin's, Mr. Ramsay», sagte er.
«Mr. Lestrade? Was, bitte, tun Sie in meinem Zimmer?»
«Ich habe danach gesucht.» Lestrade hielt den Umschlag in die Höhe, dessen kunstvolles Siegel erbrochen war. Das Siegel der MacKinnons. «Stellen Sie sich vor, das ist nun in jedem Tropfen des Tranks, der zufrieden macht, enthalten.»
Ramsay schloß die Tür hinter sich. Das Zimmer war auf wirkungsvolle Yard-Art durchsucht worden, und Kleider und Habseligkeiten waren verstreut.
«Woher wußten Sie es?» fragte Ramsay.
«Ich wußte es nicht», sagte Lestrade, «das heißt, bis heute nachmittag. Aber ich bin sicher, daß Sie so spät in der Nacht keine Vorlesung über Logik hören wollen.»
«Ich möchte wissen, wo ich Fehler gemacht habe», sagte Ramsay, «damit ich sie nicht wiederhole.»
Lestrade lächelte. «Aber das ist doch gar nicht nötig, oder?» Er hielt den Umschlag in die Höhe. «Sie haben, was Sie wollten. Die geheime Rezeptur des Getränks, das zufrieden macht. Das Vermächtnis von Bonnie Prinz Charlie. Sagen Sie, wenn ich heute nacht nicht in Ihr Zimmer gekommen wäre, wie hätten Sie das neue Getränk genannt?»
«Drambuie», erwiderte Ramsay. «Eine verkürzte Form des gälischen Ausdrucks, damit sogar ihr Sassenachs es aussprechen könnt. Und jetzt möchte ich zu meiner eigenen Seelenruhe gern wissen, wie Sie auf mich gekommen sind.»
«Ihr Plan hatte einen grundlegenden Fehler.» Lestrade setzte sich auf das Sofa. «Nehmen Sie meinen Rat an – er kommt von einem Mann, der sich auskennt. Wenn Sie ein Opfer zwischen vielen anderen verstecken wollen, sorgen Sie dafür, daß dieses eine Opfer so ist wie die anderen – dasselbe Geschlecht, dieselbe soziale Klasse. Auf

diese Weise verwischen Sie Spuren, gleichen die Unterschiede aus.»

«Und wer war mein wirkliches Opfer?» Ramsay hatte sich nicht gerührt.

«Dick MacKinnon natürlich. Es gab vor Ihnen – und jetzt zähle ich dazu – nur zwei Männer auf der Welt, die den geheimen Zusatz Ihres Drambuie kannten: der Laird MacKinnon und sein ältester Sohn. Sagen Sie mir, haben Sie mit dem Gedanken gespielt, den alten Mann ebenfalls umzubringen?»

«Das schien ziemlich sinnlos. Er verläßt heutzutage nie die Insel Skye und ist, wo er geht und steht, von einer Armee seiner abstoßenden Hochlandfamilie umgeben.»

«Aber Dick war einfacher? Beweglicher?»

Ramsay nickte.

«Aber Sie wollten den Mord an ihm verschleiern, nicht wahr? Um die örtliche Polizei auf die falsche Spur zu locken. Nun, mit McNab hätte das funktionieren können. Er war so dumm oder gleichgültig, Ihren ersten Mord – Amy Macpherson – Selbstmord zu nennen. Womit Sie nicht rechneten, war, daß der Herzog von Connaught, wenn auch inoffiziell, den Yard einschalten würde. Darum die ungeschickte Sache mit Acheson.»

«Ja», sagte Ramsay mit steinernem Gesicht. «Wie sollte ich wissen, daß der abergläubische Handelsmann die Zimmer tauschen würde? Ich ging ins Hotel und fand das Zimmer, in dem Sie waren – zwölf. Ich wußte von Prinz Arthur, daß Sie unterwegs waren. Der normale Weg würde über Edinburgh führen, also konnte ich mir Ihre Ankunft ziemlich genau ausrechnen. Ich mußte nur drei Hotels abklappern, bis ich Sie fand.»

«Wann wurde Ihnen klar, daß Sie den falschen Mann erwischt hatten?»

«Gleich nachdem ich's getan hatte», erwiderte Ramsay. «Wenn es an einem Scotland-Yard-Detektiv nicht etwas gab, das man besser nicht kennt, hatte ich bloß einem Mann den Schädel eingeschlagen, der in Damenunterwäsche reiste.»

«Also setzten Sie das Hotel in Brand?»

«Ich mußte. Ich konnte es nicht riskieren, daß Sie herausfanden,

daß es dieselbe Hand war, die Acheson und Amy Macpherson getötet hatte. Ein Feuer dagegen würde keinen Verdacht erregen.»
«Aber als Sie einmal in diesem Fahrwasser waren...»
«Mußte ich die Sache zu Ende bringen. Hastie war ein Trinker. Als Junge pflegte ich Glamis oft zu besuchen. Niemanden überraschte es, wenn ich von Zeit zu Zeit dort war. Ich bin dort immer willkommen, bei den Dienstboten und den Herrschaften, wegen meines legendären feinen Haggis.»
Lestrade hob die Augenbrauen. Er blickte den Mann von oben bis unten an und verstand nicht, was das ganze Theater bedeuten sollte.
«Ich erzählte dem Stallburschen, den ich ‹zufällig› bei den Ställen traf, lediglich, es gebe ein kleines Fläschchen, an dem er sich im Keller gütlich tun könne. Dort wartete ich auf ihn und zerschmetterte ihm den Schädel. Alles sehr einfach, wirklich.»
«In der Tat», nickte Lestrade und stand vom Sofa auf. «Darauf nahmen Sie sich MacKinnon vor. Das habe ich heute nachmittag entdeckt. Ich stellte Mr. Chapman eine Frage – wo er sich befunden hätte, als er an McKinnon schrieb, er solle von Skye hierherkommen. Er sagte mir, zu dieser Zeit habe er Balmoral besucht. Er sagte noch mehr. Er erzählte mir, er hätte über seine Idee gesprochen, Wölfe in die Wildnis zu entlassen, und daß jemand gemeint hätte, Skye sei der ideale Ort; und der Mann, dessen Erlaubnis er einholen müsse, sei Richard MacKinnon. Die Person, die ihm das vorschlug, war der Königliche Haushofmeister. Wenn das kein Zufall ist?»
«Sie wissen ja nicht, wie das ist!» Ramsay verlor schließlich die Beherrschung. «Sich Tag und Nacht abschinden. ‹Ja, Madame.›, ‹Nein, Madame.›, ‹Drei Beutel voll, Madame.› Mann, Balmoral ist ein lebendes Grab. Und ich wollte nicht mehr. Mit dem Inhalt dieses Briefumschlags kann ich mich, wo ich will, in der Welt zur Ruhe setzen.»
«In der Tat», sagte Lestrade. «Wie wär's mit der Linde auf dem Friedhof von Barlinnie? Wie ich höre, hat man von dort einen interessanten Blick nach Süden. Trotzdem war's schlau, Ihren eigenen

Beinahe-Tod vorzutäuschen. Aber nicht schlau genug. Er fiel aus dem Rahmen. Oh, ich gebe zu, daß ich eine Zeitlang an Sir Harry Maclean dachte. Aber Sie hätten besser daran getan, Ihren Kopf nur ein kleines bißchen einzubeulen, damit es überzeugender wirkte.»

«Damit hatte ich nichts zu tun, Lestrade», sagte Ramsay. «Es hat wirklich jemand versucht, mich zu töten.»

«Kommen Sie schon, Mr. Ramsay, es hat keinen Zweck, in diesem letzten Stadium die eigene Eitelkeit zu nähren.»

«Was geschieht jetzt?» fragte Ramsay.

«Die Formalitäten», seufzte Lestrade. «Allan Ramsay», er legte eine Hand auf die Schulter des Haushofmeisters, «ich verhafte Sie wegen...» Aber das Wort wurde ihm abgeschnitten, als Ramsay seinen Arm abschüttelte und ihm die stumpfe Seite eines Hackmessers mit krachender Wucht auf den Kopf schmetterte. Der Yard-Mann taumelte zum Sofa zurück, den Haaransatz von Blut überströmt. Ungeachtet seiner freundlichen Manieren und seiner perfekten Höflichkeit, hatte Allan Ramsay einen Arm aus Eisen. Er kam auf Lestrade zu, um den Angriff zu wiederholen, aber Lestrade war schneller. Ramsay hatte kein blödes Dienstmädchen vor sich, keinen betrunkenen Stallburschen im Dunkeln, keinen arglosen Landbesitzer, der seinen Morgenspaziergang machte. Der Superintendent rollte sich zur Seite, seine Hand stieß nach oben und er versenkte die Klinge seines Schnappmessers bis zum Heft in Ramsays Brust. Der Haushofmeister verdrehte die Augen, und aus dem Winkel seines aufgerissenen Mundes begann Blut zu tropfen.

Lestrade zog das Messer heraus, und beide Männer lagen reglos da.

Der Superintendent torkelte zurück über den Treppenabsatz, vom Kopf tropfte Blut, seine Hände zitterten. Es war vorbei. Wirklich? Aber warum gab Ramsay den ungeschickten Versuch mit Macleans Kastrator nicht zu? Alles andere hatte er gestanden. Lestrade blieb beim Vorhang mit dem eingestickten Wappenschild der Bowes-Lyons stehen und mußte sich der Wellen von Übelkeit erwehren, die ihn überkamen. Er spielte mit dem Gedanken, sich einen Augenblick hinzusetzen und den Kopf auf seine Knie zu legen. Aber dann würde er nur noch mehr bluten und vielleicht nie wieder aufstehen. Wäre bloß Ramsay nicht in Panik geraten und hätte diesen Angriff nicht unternommen, dann wüßte er mehr über Dougal McAskill. Warum hatte er es noch einmal riskiert, erwischt zu werden, indem er ein weiteres falsches Opfer umbrachte? Selbst in Lestrades gebeuteltem Kopf gab das keinen Sinn.

Irgendwie fand er sein Zimmer und steckte seinen Kopf in die Schale mit eiskaltem Wasser. Er drückte ein Handtuch nach dem anderen auf die Wunde, bis sie zu bluten aufhörte, legte sich hin und versuchte mit aller Kraft, bei Bewußtsein zu bleiben. Er begann zu zählen, doch nach der fünften Acht ging alles durcheinander, und er nahm Zuflucht zu dem alten schlaflosen Schotten, der Schafe gezählt hatte. Im Gegensatz zur Legende führte das jedoch nicht zum Einschlafen, sondern förderte eher die geistige Konzentration. Besonders weil er in seinem alptraumhaften Zustand, halb betäubt, halb wach, alle Schafe als Wölfe sah, die Schafspelze trugen. Er sah die kalten gelben Augen von Romulus wieder und das tückische zahnlose Grinsen; er fühlte den heißen, süßlichen Atem. Dann sah er in seinem Delirium die wandelnden Geister von Glamis wieder – den kleinen Schwarzen Jungen, der für immer vor dem Speisezimmer saß; die Frau ohne Zunge, die lautlos schrie, als sie ihn über die schneeüberzogenen Wiesen jagte; er hörte das Kreischen der *Bean-Nighe* und sah sie das blutige Leinenzeug am Bach waschen, die Augen rot von Tränen oder Blut. Und er sah Earl Beardie, der im trüben Mondlicht sein Kartenspiel aufleuchten ließ, und die zehn Fuß große Frau vom Stinking-Closs, die lachte, als Lestrade wieder und wieder Ramsays stählerner Klinge zum Opfer fiel...

Er schüttelte sich wach. Die Kerze, die er angezündet hatte, war ein wenig heruntergebrannt, doch er konnte noch immer die Dudelsäcke und das Gejohle aus der Halle hören. Der Ball war also auf dem Höhepunkt. Er überprüfte vor dem Spiegel, so gut es ging, daß kein Blut mehr zu sehen war. Er wollte die Feiernden nicht aufschrecken. Darauf ging er langsam und vorsichtig die Treppe hinunter.

«Lestrade!» begrüßte ihn Sphagnum. «Mann, gerade eben haben Sie die Gelegenheit verpaßt, beim Schwerttanz mitzumachen.»

Klein Fingal stand im Mittelpunkt. Er mochte ja mit dem Breitschwert kein Meister sein, aber damit paradieren konnte er gewiß. Im Grunde mit zweien. Die Klingen waren auf dem Boden zwischen seinen Füßen gekreuzt, als er unter dem bewundernden Johlen und Pfeifen der Zuschauer wie ein Hochland-Nijinski seine Pirouetten drehte. Die Musik endete, und ein stürmischer Beifall setzte ein.

«Also, Sholto.» Letitia nahm wieder seine Hand. «Es hat keinen Zweck, sich heimlich wegzustehlen. Es gibt kein Entkommen.»

Er hob protestierend eine Augenbraue.

«Nein», sagte sie, «ich bin entschlossen, mit dem zweithübschesten Mann im Saal zu tanzen.»

«Das ist freundlich von Ihnen», strahlte Sphagnum, als er zwischen zwei hübschen Mädchen vorbeikam, «aber ein bißchen unfair gegenüber Ihrem Mann, meine ich.»

«Ich *meinte* meinen Mann», sagte Letitia zu ihm. «Keine Sorge, Sholto. Das ist ein langsamer Tanz. ‹Wirst du zurückkommen?›»

«Was ist das?» fragte Lestrade.

«Ein Walzer, glaube ich», erwiderte Letitia.

«Nein, Gnädigste», mischte Sphagnum sich ein. «Es ist ein altes jakobitisches Klagelied, an den Bonnie-Prinzen gerichtet. Als er uns nach dem Aufstand der 45 verließ, war das die Frage, die ihm die Clan-Männer stellten – ‹Wirst du zurückkommen?›»

«Mein Gott, das ist es», murmelte Lestrade.

«Nicht wahr?» lächelte Sphagnum. «Da kriegt man einen Klumpen in den Hals, nicht?»

«Oder auf den Kopf», sagte Lestrade. «Letitia, ich kann mir auf der Welt keine andere Frau vorstellen, mit der ich lieber tanzen würde, aber in diesem Saal ist ein Mörder, und ich habe keine Zeit zu verlieren. Gehen Sie zu Lady Glamis. Ich will, daß Sie beide Ihre Königliche Hoheit zurück ins Grüne Zimmer schaffen und dafür sorgen, daß sie dort bleibt. Sphagnum, Sie gehen mit den Damen. Und dieses Mal will ich Sie *im* Zimmer sehen. Keinen Blödsinn mehr mit Rüstungen.»

«Recht so», sagte der Schotte. «Wo werden Sie sein?»

«Am selben Ort wie in der letzten Nacht – und aus dem gleichen

Grund. Gestern habe ich mich auf meinen Instinkt verlassen, aber heute weiß ich es.»
«Wirklich?» Sphagnum schüttelte die Mädchen ab. «Wer ist es, Lestrade? Der Mörder?»
«Von Amy Macpherson, Mr. Acheson, Alex Hastie und Richard McKinnon?»
«Natürlich.»
«Allan Ramsay.»
«Bei Gott. Ich schnapp ihn mir.»
«Es ist zu spät.» Lestrade ergriff ihn am Ärmel. «Sie werden Allan Ramsay mit einem Messerstich im Herzen zusammengesackt auf seinem Sofa finden.»
Letitia rang nach Luft.
«Er geht nirgendwo mehr hin», versicherte ihnen Lestrade.
Sphagnum runzelte die Stirn. «Augenblick», sagte er, «wer hat Dougal McAskill umgebracht?»
«‹Ich, sagte der Spatz›», zitierte Lestrade. «Und nun macht euch auf die Strümpfe, Kinder. Die Erwachsenen haben zu tun.»
Lestrade ging zur vierschrötigen Gestalt Harry Bandicoots hinüber, als der langsame Tanz begann. Er tippte ihm auf die Schulter.
«Nein, nein.» Bandicoot wurde rot. «Legt da etwa ein Polizist seine Hand auf meine Schulter?»
«Leider ja», sagte Lestrade und zog Harry von seiner Partnerin weg. «Harry, etwas ist im Gange, und es ist kein Spiel. Sie wissen, wo das Rote Zimmer ist?»
«Ich denke schon», nickte Bandicoot, «auf dem Treppenabsatz mit der Uhr, nicht wahr?»
«Postieren Sie sich in der Nähe. Neben der Tür ist eine Nische.»
Bandicoot kannte Lestrade von früher. Wenn der Superintendent einen Befehl gab, selbst Zivilisten, fragte man nicht lange nach dem Grund. «Wen erwarte ich, Sholto?»
«Ich weiß es nicht genau», erwiderte Lestrade, «aber passen Sie auf sich auf, Harry Bandicoot. Ich glaube nicht, daß unser Besucher mit Etons Boxregeln vertraut ist. Warten Sie, bis er im Zimmer ist. dann schleichen Sie hinter ihm rein… Das widerspricht nicht Ihren Grundsätzen, oder?»

«Hört sich für mich an wie die Boxregeln von Eton, Sholto.» Bandicoot grinste und war verschwunden.
Lestrade sah, wie die verwunderte Herzogin von Argyll von Letitia und Lady Glamis hinausgeleitet wurde. Er bemerkte, daß Letitia lebhaft auf sie einredete, und dachte, wie sinnlos das war. Letitia ging auf der ohrlosen Seite.
Der Superintendent ging zu Lord Glamis hinüber, der das soundsovielte Glas Punch zu sich nahm. Er flüsterte ihm etwas ins Ohr, das ihm keine Wahl ließ, wie er zu handeln hatte, und schlich aus der Halle. Als er die Treppe erreichte, hörte er, wie Glamis den Tanz unterbrach und das verkündete, worum er ihn gebeten hatte.
«Meine Damen und Herren, es tut mir leid, das fröhliche Fest abbrechen zu müssen, aber Ihre Königliche Hoheit verläßt uns heute abend. Sie ist dringend weggerufen worden. Hubris, McTavish, die Pferde, wenn ich bitten darf.»

Wiederum lag Lestrade in der Dunkelheit des Roten Zimmers. Er war an den Tartan-Socken Harry Bandicoots vorbeigekommen und hatte sie mit der Zehenspitze angetippt, worauf sich der alte Etonianer tiefer in den Schatten drückte. Diesmal leistete ihm kein toter Mann Gesellschaft. Nur die Mäuse. Er lag da mit seinen Gedanken, seinem schmerzenden Kopf, wachsam, lauschend, und wagte kaum zu atmen. Dann, als die Uhr vor dem Zimmer zwölf schlug, gewahrte er einen Lichtschimmer unter der Tür. Eine flackernde Kerze. Die Tür klickte einmal. Noch einmal. Dann öffnete sie sich.
«Genau aufs Stichwort, Mr. Laidlaw», sagte Lestrade.
Der riesenhafte Hochländer erstarrte im Eingang. Lestrade entzündete seine Kerze und setzte sich aufrecht auf das Bett, den Kopf an der Wand.
«Ich verstehe», sagte Laidlaw, schloß die Tür und fummelte mit der Linken hinter seinem Rücken herum.
«Wenn Sie versuchen abzuschließen, das hat keinen Zweck», sagte Lestrade und hielt den Schlüssel hoch. «Hier ist einer, den ich vorher habe anfertigen lassen.»

«Ein sehr schlauer Plan», sagte Laidlaw, «für einen Sassenach. Die alte Ziege geht also überhaupt nicht weg?»

«Nicht heute nacht», antwortete Lestrade. «Und nicht aus diesem Zimmer.»

«Wo ist sie?» knurrte der Hochländer.

«Sie ist in Sicherheit, drei Personen sind bei ihr. Sagen Sie mir, was haben Sie gegen das alte Mädchen? Oh, zugegeben, sie ist ein bißchen vertrottelt. Aber Mord, Mr. Laidlaw? Das erscheint ein wenig übertrieben.»

«Mann, was wissen Sie schon? Ist ein heiliges Geheimnis, das ich habe. Ich und die Meinigen.»

«Ach ja», nickte Lestrade. «Klein Fingal.»

«Nun», seufzte Laidlaw, «ich tue mein Bestes, ihn zu schulen, aber er hat keine Lust dazu, das muß ich zu meiner Schande gestehen. Sagen Sie mir, woher wissen Sie, daß ich es war?»

«Ich wußte es nicht», erwiderte Lestrade. «Was mich stutzig machte, war, daß es auf Balmoral *zwei* Mörder gab, nicht einen. Allan Ramsay tötete aus Habsucht, aber Sie hatten damit nichts zu tun, nicht wahr?»

«Was nützt es einem Mann, wenn er die ganze Welt gewinnt und darüber seine Seele verliert?»

«Ganz recht», nickte Lestrade. «Unglücklicherweise kam Ihnen Dougal McAskill in die Quere, nicht wahr?»

«Dieser blöde, lüsterne alte Hurensohn!» Laidlaw spuckte an die Täfelung. «Ich wußte, daß die Herzogin von Argyll sich früh zurückzog, und glaubte, sie in der Dunkelheit beten zu sehen. Erst als ich ihm einen übergezogen hatte, merkte ich, daß er zwei Ohren hatte und daß es die ganz falsche Leiche war.»

«Womit schlugen Sie ihn?»

«Mit meinem Breitschwert.» Laidlaw tippte auf den mit Troddeln verzierten Griff an seiner Hüfte. «Das ist nicht genau das, was Allan Ramsay benutzte, aber es erfüllt seinen Zweck.»

«Ja», sagte Lestrade. «Wie haben Sie die Sache mit Ramsay gedeichselt?»

«Dieser elende Sklave des Mammons!» Laidlaw hob voller Verachtung eine Augenbraue und spie abermals aus. «Er war hinter mir her und ich hinter ihm. Als er die arme kleine Amy umbrachte, Mann, da hätt ich ihn am liebsten in Stücke gehauen. Dann dachte ich, langsam, dachte ich, das könnte sich zu deinem Vorteil auswirken. Wir hatten ein kleines Schwätzchen, das, was ihr weibischen Leute aus dem Süden einen offenen Meinungsaustausch nennt. Ich würde über seine Morde Stillschweigen bewahren, ihm zeigen, wie man Richard MacKinnon ausweidet, damit's aussieht wie 'n Angriff von einem Wolf, und überhaupt seine Spuren verwischen. Er dachte natürlich, ich wär 'ne echt treue schottische Seele oder wollte vielleicht 'nen Anteil an seinem verdammten Gesöff haben. Tatsächlich wartete ich auf die Gelegenheit, die Herzogin kaltzumachen, und ich konnte es mit *seiner* Methode machen – die guten alten wiederholten Schläge auf den Kopf. Ich wußte, nachdem man Sie gerufen hatte, daß Sie ihn kriegen würden. Und ich würde unbehelligt davonkommen, während er seinem Schöpfer am Ende eines Henkerseils gegenübertrat.»

«Was war der Zweck der Sache mit Macleans Kamelkastrator?»

«Wollte bloß ein bißchen Verwirrung stiften», sagte Laidlaw und stellte seine Kerze auf die Anrichte. «Und dem kleinen Ramsay ein bißchen Angst einjagen. Es klappte prima. Sie waren verwirrt, und er hatte die Hosen voll.»

«Sagen Sie mir bloß noch eines», sagte Lestrade. «Warum?»

«Och, Sie sind doch so 'n gerissener Hund, Lestrade», erwiderte Laidlaw, «sagen Sie's.»

«In Ordnung», erwiderte Lestrade. «Der jakobitische Aufstand. Der gute alte Bonnie Prinz Charlie. Liege ich richtig?»

«Weiter.»

«Wenn ich mich in der schottischen Geschichte recht auskenne, verließ der Junge Prätendent diese Gestade im Jahr 1746, um niemals zurückzukehren.»

«‹Doch eh' das Schwert in der Scheide erkaltet›», rezitierte Laidlaw, «‹kehrt Charlie wieder heim.›»

«Genau. Mit ein bißchen Hilfe von seinen Freunden. Von Leuten wie Ihnen, Mr. Laidlaw.»

«‹Jakobiten werden wir genannt›», sagte Laidlaw.

«Sie sind eine lebendige Verbindung mit den 45, Laidlaw. Sie haben sich zweimal verraten. Das zweite Mal war's bei dem rührenden kleinen Toast von Klein Fingal – oder besser ihre gereizte Reaktion darauf – ‹Auf den kleinen Gentleman in Samt›.»
«Ach ja?»
«Ja. Heute nachmittag bin ich zu Mr. Chapman gegangen. Eigentlich wollte ich mir wegen Allan Ramsay etwas bestätigen lassen, aber beiläufig fragte ich ihn nach dem kleinen Gentleman, weil er sich in meinen Gedanken eingenistet hatte. Das sei ein Maulwurf, sagte er. Ein alter jakobitischer Trinkspruch auf den Maulwurf, der Wilhelm von Oranien getötet hatte, das langweilige alte Arschloch, das James II. besiegt hatte. Sein Pferd trat 1701 in ein Maulwurfsloch, und der König brach sich das Genick.»
«Ruhmreicher Tag!» rief Laidlaw.
«Ja, in der Tat. Das erste Mal verrieten Sie sich, als Sie Klein Fingal bei mir anschwärzten. Sie erzählten mir, er schreibe sich immer mit Brieffreunden in Frankreich. Nun, das ist ein ziemlich merkwürdiges Verhalten, Mr. Laidlaw, selbst für einen Mann, der nicht ganz so ist wie andere Ghillies. Diese Brieffreunde sind die Nachkommen der verbannten Stuarts, oder? Die Erben von Bonnie Prinz Charlie?»
«Wohl wahr», nickte Laidlaw. «Wir haben uns mit Leib und Seele verpflichtet, die rechtmäßigen Könige von Schottland und England zurückzubringen. Und wir werden nicht ruhen, bevor das nicht vollbracht ist.»
«Wir? Meinen Sie sich selber und Fingal?»
«Zum Teufel mit Fingal. Ich will nicht, daß Sie Fingal da mit reinziehn. Er ist das Seil nicht wert, mit dem man ihn hängt. Glauben Sie etwa, das wäre jetzt alles?»
«Äh...»
«Wer, glauben Sie, wer hat vor vielen, vielen Jahren dafür gesorgt, daß die Pferde durchgingen und die Herzogin von Argyll von ihrem Schlitten mitgeschleift wurde. Damals kriegten wir nur ihr Ohr, jetzt ist es Zeit, daß wir das Übrige kriegen.»
«Ich verstehe.»
«Nein, Sie verstehen gar nichts. Mann, diese Sache ist größer als wir

beide. Ich will Sie nicht mit einer Geschichtsstunde langweilen – George II. kriegte sein Fett beim Scheißen auf seinem Klosett; sein verruchter kleiner Sohn Fred wurde von einem Kricketball getötet – ein sauberer Wurf zur Grundlinie von einem Jakobiten. Die meisten Ärzte, die den verrückten alten George III. behandelten, flößten ihm über die Jahre Gift ein. Konzentrieren wir uns bloß auf die jüngste Vergangenheit. Der alte Hurensohn John Brown war natürlich das schwache Glied. Nun gut, er erledigte Prinz Albert ganz ordentlich, aber dann verliebte sich der hohlköpfige alte Säufer in Victoria. Wir mußten andere Leute auf sie ansetzen. Unglücklicherweise war einer davon verrückt, zwei hatten ungeladene Waffen und ein anderer war bloß vier Fuß groß. Er mußte sich auf die Zehenspitzen stellen, um dem alten Mädchen ins Gesicht zu gucken. Nur einer von ihnen war ein Schotte.»

«Roderick Maclean.»

«Stimmt, aber der verdammte John Brown war immer da, um ihr Leben zu retten.»

«Nicht bei dieser Gelegenheit», sagte Lestrade. «Es war in Wahrheit der Mann, der draußen vor der Tür steht, Harry Bandicoot. Er rettete damals der Königin das Leben. So wie er jetzt das meine retten wird.» Er sprach lauter, damit Harry sein Stichwort hören konnte.

«Wie schade.» Laidlaw rührte sich nicht. «Vorausgesetzt, er wacht auf.»

«Was?» stieß Lestrade hervor.

«Nicht bewegen, Lestrade», warnte ihn Laidlaw. «Selbst bei diesem Licht kann ich Ihnen ohne Schwierigkeiten das Genick brechen. Keine Sorge, der kleine Bandicoot wird morgen früh bloß Kopfschmerzen haben. Leider werden Sie das nicht mehr erleben. Glauben Sie, ich würde Ihnen das alles erzählen, wenn ich glaubte, es gebe auch nur die kleinste Chance für Sie, es anderen zu erzählen?»

«Also gut», sagte Lestrade und lehnte sich zurück, «dann unterhalten Sie mich noch eine Weile. Mit Albert war es nicht zu Ende.»

«Aber nein. Vier von ihren Bankerten gingen den Weg aller Thronräuber. Von dem schwachsinnigen Herzog von Clarence zu schweigen.»

«Der mutmaßliche Thronerbe.»

«Ja.»

«Was ist mit dem König?»

«Bertie? Nun, wir haben bereits ein paar Versuche gemacht. Aber ich habe es noch nicht selber versucht. Ich werde ihn mir vermutlich 1910 vorknöpfen.»

«Also mahlen die Mühlen langsam», bemerkte Lestrade.

«Oh ja. Wir haben hundertfünfzig Jahre auf den rechten Augenblick gewartet. Jede Generation unserer Männer sehnt den Tag herbei, da wir wieder den Stuart-Tartan tragen können, das Löwenbanner über dem Buckingham-Palast weht und der Stein von Scone nach Schottland zurückgekehrt ist. Aber wir sind bereit zu warten. Langsam, aber sicher, so werden wir es schaffen.»

«Wie viele seid ihr?»

«Genug», sagte Laidlaw. «Jetzt habe ich eine kleine Verabredung mit der Herzogin von Argyll. Ich kann wirklich nicht länger bleiben.»

«Es gibt da ein Problem.» Lestrade schluckte, als Laidlaw unmißverständlich sein Schwert zog.

«Ach, davon gibt's viele», antwortete der Hochländer, «aber keines davon ist unüberwindlich. Verhüllen Sie Ihr Haupt, Lestrade. Ich werde es so schnell und sauber machen, wie ich kann. Weil ich ein vernünftiges menschliches Wesen bin. Und schätzen Sie sich glücklich – viele Schotten haben euch elenden Engländern Willy Wallace noch nicht verziehen.»

«Das Problem besteht darin», sagte Lestrade hastig, «daß Sie meinen Tod oder den der Herzogin von Argyll nicht Allan Ramsay in die Schuhe schieben können. Allan Ramsay ist tot.»

Es war der Augenblick, auf den Lestrade gehofft hatte. Der Bruchteil einer Sekunde, in dem Laidlaw nicht auf der Hut war.

Zeit genug für Lestrade, den linken Schuh vorschnellen zu lassen und ihn an einer empfindlichen Stelle unter dem Kilt zu treffen. Lestrade rollte sich vom Bett, während das Breitschwert aufblitzte und sich krachend in Kopfbrett und Kissen grub, so daß eine Wolke von

Federn in die Luft flog. Lestrade stieß beide Kerzen um, und das Zimmer war in Dunkelheit gehüllt.

«Schade, daß es so dunkel ist», flüsterte Lestrade.

Es ertönte ein Zischen und ein dumpfer Schlag, als Laidlaws Klinge durch die Luft sauste und ihn abermals verfehlte.

«Weil ich nämlich hier in meiner Tasche ein hübsches Bild von Ihnen habe.»

«Stellen Sie sich, Lestrade», knurrte Laidlaw. «Kämpfen Sie wie ein Mann!»

«Es ist ein reizendes Bild von Ihnen, wie Sie gerade dabei sind, Dougal McAskill zu töten. Wenn ich's recht bedenke, ziemlich ähnlich.»

«Wovon reden Sie?»

«Man hat Sie gesehen, Mr. Laidlaw. Selbst wenn der Zahnstocher, den Sie da haben, mich heute nacht erwischt, gibt es einen Augenzeugen, der sah, wie Sie einen Mord begingen.»

«Wer ist das?» Laidlaw grunzte, dann holte er abermals aus. Seine Klinge zischte an Lestrades linkem Ohr vorbei, und der Superintendent fischte seinen Schlagring heraus und klemmte das Schwert auf dem Bett fest.

«Earl Beardie», knurrte Lestrade, holte mit dem Schlagring weit aus, so daß er über Laidlaws Kiefer schrammte und ihn an die Tür zurückwarf. Es gab ein Gerangel und Gestolper in der Dunkelheit. Als Lestrade wieder eine Kerze gefunden hatte, war der Hochländer verschwunden, hatte aber wenigstens sein Schwert zurückgelassen.

Der Superintendent sprang aus dem Zimmer, warf einen raschen Blick auf den hingestreckten Bandicoot und rannte seiner Beute nach.

In einer Hinsicht sind Polizisten wie Hochländer. Beide können sich an ihre Beute anschleichen. Besonders dann, wenn die Beute verletzt ist und blutet. Aber auch Lestrade war verletzt. Die Anstrengung hatte seine Wunde aufs neue aufbrechen lassen, und Blut rann scharlachrot über sein Gesicht. Der blutigen Spur Laidlaws folgend, tastete er sich bei Kerzenlicht bis zur ersten Etage vor, wo er die Spur eine Zeitlang verlor, dann bis ins Erdgeschoß.

Der Superintendent rannte an den versprengten Ballgästen vorbei, die entgeistert aufblickten, als ein zweiter blutender Mann an ihnen vorbeiflitzte.

Lestrade eilte durch die Küche, wo entsetzte Dienstmägde stumm auf die Tür deuteten, durch die Laidlaw gerade gehuscht war.

«Noch 'n bißchen Hühnersuppe, Mr. Lestrade», rief Mrs. Comfrey, «auf den Weg?»

Lestrade prallte gegen die kalte Nachtluft wie gegen eine Mauer. In einiger Entfernung von den Lichtern des Schlosses wurde seine Kerze ausgeblasen, und er stand da wie ein Bluthund, der den Wind schnüffelt.

«Hier drüben!» rief eine Stimme.

Er bog um die Ecke aus dem eisigen Wind heraus und sah eine Gestalt mit Staubmantel, Handschuhen und Schutzbrille neben einer zweimotorigen Maschine stehen, die friedlich tuckerte.

«Sphagnum!» sagte Lestrade. «Haben Sie jemanden hier entlangkommen sehen?»

«Ja», rief Sphagnum durch seinen Schal. «Einsteigen.»

Lestrade packte den Rand des roten Beiwagens, und Sphagnum nahm rittlings auf dem Gefährt Platz und setzte es in Bewegung. Sie donnerten durch den aufgehäuften Schnee, vorbei an der Reihe von Linden, die öde und kahl vor dem Nachthimmel standen, und hinauf zu den murmelnden Wassern des Dean.

Hier trat Sphagnum auf die Bremsen, und Lestrade machte einen sauberen Purzelbaum und landete mit dem Gesicht nach unten im Schnee. Jäh richtete er sich auf und sah Sphagnum über sich aufragen. Die Worte der Herzogin von Argyll fielen ihm ein. «Halten Sie sich fern von Wasserfällen», hatte sie gesagt, und er warf einen Blick nach rechts, wo der Fluß über die eisigen schwarzen Felsen donnerte und rauschte. «Und lassen Sie sich nicht von fremden Männern mitnehmen.»

Sphagnum streifte die Pelzhandschuhe ab. Er öffnete den Staubmantel und enthüllte den Kilt, den er darunter trug. Er riß die Schutzbrille ab, und Angus Laidlaw stand vor ihm, seinen Dolch in der Hand.

«Nun, nun», sagte Lestrade, «eine sehr hübsche Verkleidung. Ich hatte keine Ahnung, daß Sie erst in Sphagnums Zimmer gegangen sind. Oder daß Sie seine Höllenmaschine fahren können.»

«In der Not frißt der Teufel Fliegen», sagte Laidlaw. «Ich kann Ihnen versprechen, daß dieses Ding Sie rasch töten wird.» Er hob den Dolch. «Andrerseits», er wischte sich das Blut von seinem geschwollenen Kiefer, «gibt es eigentlich keinen Grund, warum es schnell gehen sollte. Von jetzt an ist Schluß mit der feinen Art.» Und er stach auf den niedergestreckten Superintendent ein.

Lestrade fing die Klinge mit seiner eigenen auf, Stahl krachte gegen Stahl, und die beiden Männer kämpften miteinander im Schnee.

Laidlaw hatte alle Trümpfe in der Hand. Gewicht. Körperkraft. Den Wahnsinn einer Überzeugung. Lestrade stolperte rückwärts in den Schnee, sein Kopf von Laidlaws freier Hand getroffen, seine Leiste von Laidlaws Fußtritten. Am Rand des Wassers sank Lestrade auf die Knie und spürte, wie ihn Laidlaws Faust immer wieder ins Gesicht traf. Der Hochländer kniete über ihm, seinen Fuß auf das Gelenk der Hand gestemmt, die das Schnappmesser hielt. Er hörte ihn etwas auf gälisch knurren, dann gellend schreien wie die *Bean-Nighe* und dann sah er, wie er mit beiden Händen den Dolch über seinen Kopf hob. Lestrade schloß die Augen und wartete auf den Tod.

Er kam nicht. Zumindest nicht an *diesem* Berghang. Nicht an *diesem* Wasserfall. Es krachte, und Laidlaws Körper wurde nach vorn gerissen, seine Brust mit dunklen Punkten gesprenkelt. Er wand sich krampfhaft im Schnee, sein Rücken von grobem Schrot zerfetzt.

«Verdammt», sagte eine Stimme. «Und mein bester Mantel dazu.»

Lestrade setzte sich auf und blickte in das strahlende Gesicht und die rauchende Mündung von Alistair Sphagnums Zwölf-Kaliber-Flinte. «Ich glaube, ich verdanke Ihnen mein Leben», keuchte er und rang nach Atem. «Eines muß man Ihnen lassen, Sphagnum, Ihr Timing ist tadellos.»

«Wie alles andere an mir», sagte Sphagnum und half ihm auf die Beine. Er zog den Stab von Major Weir aus dem Schnee, den er dazu benutzt hatte, das Gewehr für den Schuß abzustützen. «Ich sagte

Ihnen doch», sagte er. «Magische Kräfte. Ohne ihn hätte ich diesen kleinen Scheißkerl nie und nimmer getroffen.»
Er trat mit der Schuhspitze gegen die Leiche. «Niemand stiehlt meinen Quadranten», sagte er. Und dann lud er sich Lestrade auf die Schulter und trug ihn zum Schloß zurück.

12

Am nächsten Morgen brach Lestrade auf. Er wollte den ganzen Papierkram später erledigen, aber er konnte darauf vertrauen, daß der Lord Lieutenant die Geschichte richtigstellte. Er verabschiedete sich von Harry und Letitia, die ihrerseits packten, um zu ihren Kindern heimzukehren – und zu Lestrades Töchterchen. Er sagte der Herzogin von Argyll auf Wiedersehen, die ihm dafür dankte, daß er am Abend des Balles für die Musik gesorgt hätte. Sie könne sich nicht erinnern, wann sie sich zuletzt so amüsiert habe, aber sie konnte sich nicht erkären, was den netten Mr. Ramsay abgehalten hätte.
Am Portal des Schlosses blickte Lestrade zu den kleinen vergitterten Fenstern hinauf, ganz oben nahe der Brustwehr und den Regenrinnen.
«Oh», sagte er zu Lord Glamis, «ich schätze, das sollte ich Ihnen zurückgeben», und er reichte ihm die kindliche Zeichnung eines mörderischen Hochländers mit erhobenem Breitschwert.
Glamis nickte.
«Mama...» Klein Elizabeth saß lächelnd auf dem Arm ihrer Mutter. «Dieser Mann ist immer noch nicht tot.»
Lestrade warf ihr unter seinem Verband einen Blick zu. «Kleine Dame», sagte er, «es ist bloß eine Frage der Zeit», bestieg den Quadranten und war verschwunden.

«Das also, Gentlemen», sagte Lord Glamis, «ist die ganze Geschichte. Sie werden die Leichen von Mr. Ramsay und Mr. Laidlaw im Keller finden. Ohne Zweifel werden Sie sie wegschaffen wollen.»
«Och, ja», sagte Inspector McNab. «Mein Sergeant hier wird sich

darum kümmern. Wir wären bereits früher hier eingetroffen, Mylord, aber irgendein Hundesohn hat die Speichen unseres Einspänners eingetreten.»
Er tippte an seinen formlosen Hut, und er und Pond trotteten über den Schneematsch des Hofes zu ihrem Vehikel mit seinen reparierten Rädern.
«Also», sagte Pond, «was nun?»
«Gar nichts», sagte McNab. «Lestrade ist jetzt weg.»
«Aber er weiß Bescheid», sagte Pond und sah sich argwöhnisch um. «Er weiß alles.»
«Er kennt keine Namen», versicherte McNab. «Alles, was er hat, ist das Wort eines toten Mannes, daß es eine Verschwörung gibt. Nichts über das Ausmaß. Wir werden uns einen Monat oder zwei bedeckt halten. Klein Fingal kann die Sache in Frankreich erklären. Ganz unter uns, ich habe Laidlaws Methoden immer für ein bißchen plump gehalten.»
Er spürte die Besorgnis seines Untergebenen.
«Verlaß dich drauf, Goldfisch», sagte der Inspector, «es kommt ein anderer Tag. Ein anderer Ort. Gehen wir.»
Der Fuß eines alten Etonianers knirschte auf dem Kies.

An diesem Nachmittag ratterte der Quadrant in die Princes Street.
«Wollen Sie gleich mit dem Zug weiter? Oder werden Sie die Nacht über bleiben?» fragte Sphagnum.
«Ich nehme den Zug», gab Lestrade zur Antwort. «Nehmen Sie's mir nicht übel, aber je eher ich wieder im Yard bin, desto besser. Zeit, sich zu erkundigen, ob ich noch einen Job habe. Trotzdem, wenigstens die Destillateure werden erfreut sein, wenn Sie ihnen berichten. Sie können ihnen Allan Ramsays Kopf auf einem Tablett servieren.»
«*Sie* haben ihn geschnappt, Lestrade», sagte Sphagnum.
«Nach dem, was Sie letzte Nacht für mich getan haben, ist es das mindeste, was ich für Sie tun kann», lächelte der Superintendent. «Jetzt müssen sich alle Destillateure nur noch um die MacKinnons

Sorgen machen. Oh, da fällt mir ein, ich denke, ich kann mich darauf verlassen, daß Sie dies hier verbrennen?»

Er reichte Sphagnum den Umschlag, der das geheime Rezept von Prinz Bonnie enthielt.

«Gütiger Gott», sagte Sphagnum, «*das* ist es also, was da drin ist. Als Student der Chemie hatte ich natürlich einen Verdacht...» Und er hielt ein brennendes Zündholz an die Ecke. «Nein, die Destillateure werden zufrieden sein, das heißt, solange Guinness nicht versucht, sie zu schlucken.»

«Ganz recht», sagte Lestrade.

«Nun denn.» Sphagnum streckte eine Hand aus. «Hier trennen sich unsere Wege. Ich freue mich, Sie kennengelernt zu haben, Sholto Lestrade.»

«Und ich freue mich, Sie kennengelernt zu haben, Alistair Sphagnum.»

«Sagen Sie mal», fragte der schottische Detektiv, «werden Sie nie wieder zurückkommen?»

Lestrade schwieg einen Augenblick. «Nein», sagte er, «ich denke nicht.» Sein Gesicht sagte alles.

«Also dann», grinste Sphagnum, «möge Ihr Schornstein lange rauchen, Lestrade», und er donnerte in den Sonnenuntergang. Einen Augenblick später donnerte er zurück. «Vergessen Sie das hier», sagte er. «Kam an, kurz bevor wir Glamis verließen. Wurde von Balmoral umgeleitet. Viel Glück, Lestrade.»

Lestrade riß den Umschlag auf und las: WAS MACHT DER FALL STOP ERSCHRECKT ÜBER UNKOSTEN STOP SOLL KEINE KRITIK SEIN STOP WAR AUTOKAUF NOTWENDIG STOP MUSSTEN SIE HAUS IN COLDSTREAM KAUFEN STOP BITTE UM ERKLÄRUNG STOP CONNAUGHT

Unkosten? fragte sich Lestrade. Auto? Ein Haus in Coldstream? War der Herzog von Connaught verrückt geworden? Er hatte das herzogliche Handschreiben, das ihre Unkosten decken sollte, seit ... Marshall und Snellgrove. Plötzlich ging ihm ein Licht auf. Er stopfte das Telegramm in die Tasche, ergriff seine zerschrammte Reisetasche und stapfte verbissen zum Bahnhof, Mordgedanken im Herzen.

«Einmal einfach nach Coldstream», sagte er zu dem Fahrkartenverkäufer, «und ein bißchen fix.»

«Sind Sie Superintendent Lestrade?» gemäß seinen Dienstvorschriften fauchte der Mann zurück.

«Vielleicht ja, vielleicht nein.» Lestrade hatte gelernt, niemandem zu trauen. Ausgenommen Alistair Sphagnum, Harry und Letitia Bandicoot, Lord und Lady Glamis. Ein oder zwei anderen.

«Nun, wenn Sie's sind», sagte der Mann, «da ist ein Telegramm für Sie.»

«Für mich?»

«Für Superintendent Lestrade. Man sagte mir, ich solle Ausschau halten nach einem komischen kleinen, schmuddeligen, verschrumpelten Ekel mit einem Kopfverband.»

«Ja, das bin ich», sagte Lestrade.

Er las das Telegramm. Es kam von Harry Bandicoot. HABE HEUTE MORGEN KURZ NACH IHRER ABREISE IM HOF VON GLAMIS EINE SEHR INTERESSANTE UNTERHALTUNG MIT ANGHÖRT STOP KÖNNEN SIE ZURÜCKKOMMEN STOP WICHTIGE NEUIGKEITEN ÜBER INSPECTOR MCNAB STOP

Lestrade knirschte mit den Zähnen, steckte das bißchen Kleingeld ein, das er sich von Bandicoot geliehen hatte, ergriff seine Reisetasche und machte sich auf den Weg nach Norden.

Was hatte Sphagnum gesagt? «Möge Ihr Schornstein lange rauchen.»?

Lestrade seufzte. Darauf gab es wirklich keine Antwort.

LANCASHI
Liverpool
Bangor
Crewe
WALES
SHROPSHIRE
HEREFORDSHIRE
Haverfordwest
RIVER SEVERN
Bristol
ATLANTIC
OCEAN
EXMOOR
SOMERSET
DEVONSHIRE
Exeter
DORS
LANDS END
CORNWALL
DART-MOOR
Plymouth
ENGLIS
St. Ives
Falmouth
MOUNTS BAY
0 5 10 15 20 25 30 35 40 45
MILES.
N
53
52
51
50
5
4
3

York
Leeds
YORKSHIRE
Humber
GERMAN
OCEAN
Nottingham
The Wash
Derby
Norwich
BROADS
Leicester
PETER
BOROUGH
NORFOLK
EAST ANGLIA
Birmingham
CAMBRIDGE-
SHIRE
NORTHAMPTON
SUFFOLK
BEDFORD-
SHIRE
Cambridge
Rhadegund Hall
BUCKINGHAMSHIRE
Harwich
OXFORDSHIRE
HERTFORDSHIRE
Oxford
ESSEX
Hatfield House
BERKSHIRE
MIDDLESEX
Eton
Windsor
London
THAMES RIVER
MAIDSTONE
Canterbury
Aldershot
KENT
SURREY
Dover
Tunbridge Wells
HAMPSHIRE
Winchester
THE WEALD
SUSSEX
Southampton
SOUTH DOWNS
Lewes
NEW FOREST
Portsmouth
Southsea
Brighton
SOLENT
ISLE OF
WIGHT
FRANCE
ENGLAND
HANNEL
JULIAN
WOLFF
1940
Dieppe
53
52
51
50
0
1

Colin Dexter

«Seit Sherlock Holmes gibt es in der englischen Kriminalliteratur keine interessantere Figur als Chief Inspector Morse ...»
Süddeutsche Zeitung

Der letzte Bus nach Woodstock
(thriller 3142)

... wurde sie zuletzt gesehen
(thriller 3156)

Die schweigende Welt des Nicholas Quinn
(thriller-Dreierband 3102 und Neuausgabe Februar 97, thriller 3263)

Eine Messe für all die Toten
(thriller 3173)
In der kleinen Gemeinde von St. Frideswide's kursieren wilde Gerüchte: Jemand stiehlt Beträge aus der Kollekte, der Pfarrer soll sich den Chorknaben zu sehr nähern, der Organist hat ein Verhältnis mit der Frau des Kirchenältesten.
Alles sehr unerfreuliche, aber nicht gerade außergewöhnliche Dinge: Doch dann geschieht etwas Ungeheuerliches: Während des Gottesdienstes wird der Kirchenälteste umgebracht ...
Ausgezeichnet mit dem Silver Dagger der britischen Crime Writers' Association.

Die Toten von Jericho
(Neuausgabe Oktober 96, thriller 3242)
Ausgezeichnet mit dem Silver Dagger der britischen Crime Writers' Association.

rororo thriller

Das Rätsel der dritten Meile
(thriller 2806)
«... brillant, komisch, bizarr und glänzend geschrieben.»
Südwestpresse

rororo thriller werden herausgegeben von Bernd Jost. Ein Gesamtverzeichnis der Reihe finden Sie in der *Rowohlt Revue*. Jedes Vierteljahr neu. Kostenlos in Ihrer Buchhandlung.

3005/5

Ruth Rendell

«Mich fasziniert jedesmal wieder, wie leise-harmonisch die Romane von **Ruth Rendell** beginnen, wie verständlich und normal die ersten Schritte sind, mit denen die Figuren ins Verhängnis laufen. Ruth Rendells liebevoll-ironisch geschilderte Vorstadtidyllen sind mit einer unterschwelligen Spannung gefüllt, die atemlos macht.»
Hansjörg Martin

Eine Auswahl der thriller von Ruth Rendell:

Dämon hinter Spitzenstores
(thriller 2677)
Ausgezeichnet mit dem Gold Dagger 1975, dem begehrtesten internationalen Krimi-Preis.

Der Pakt
(thriller 2709)
Pup ist sechzehn und möchte seine Stiefmutter loswerden. Aus dem Spiel mit der Schwarzen Magie wird tödlicher Ernst...

Flucht ist kein Entkommen
(thriller 2712)
«... ein sanfter, trauriger Thriller. Mit einer Pointe wie ein Feuerwerk.»
Frankfurter Rundschau

Die Grausamkeit der Raben
(thriller 2741)
«... wieder ein Psychothriller der Sonderklasse.»
Cosmopolitan

Die Verschleierte
(thriller 3092)

Die Masken der Mütter
(thriller 2723)
Ausgezeichnet mit dem Silver Dagger 1984.

3017/4

rororo thriller

Durch Gewalt und List
(thriller 2989)

Den Wolf auf die Schlachtbank
(thriller 2996)

See der Dunkelheit
(thriller 2974)

In blinder Panik
(thriller 2798)
«Ruth Rendell hat sich mit diesem Krimi selbst übertroffen: die Meisterin der Spannung ist nie spannender zu lesen gewesen.»
Frankfurter Rundschau

Leben mit doppeltem Boden
(thriller 2898)

Mancher Traum hat kein Erwachen
(thriller 2879)

Der Herr des Moores
(thriller 3047)

«**Ruth Rendell** – die beste Kriminalschriftstellerin in Großbritannien.»
Observer Magazine